COLLECTION FOLIO

Philippe Le Guillou

Le passage
de l'Aulne

Postface de Claude Ber

Gallimard

« *Le passage de l'Aulne, par Philippe Le Guillou.
Écriture d'une légende, légende d'une écriture* » *de Claude Ber a été
publié initialement dans la revue* Sud (*n° 110-111, septembre 1994*).

© *Éditions Gallimard, 1993.*

© *Éditions Gallimard, 1996, pour la présente édition.*

Philippe Le Guillou est né en 1959. Il a déjà publié sept romans dont *Le dieu noir*, *La rumeur du soleil* (prix Méditerranée 1990), *Le passage de l'Aulne* et *Livres des guerriers d'or*.
Le passage de l'Aulne a reçu le prix Trevarez en 1995.

À Gabriel Martin †.

« À l'adolescent que je fus. À ce saint vieillard, ermitage ou mission.
À l'esprit des pauvres. Et à un très haut clergé. »

RIMBAUD

Le témoin magnifique

I

Des champs de boue à l'infini, cordeaux d'arbres, la pluie, l'orage, route qui s'enfonce parmi les terrils spectraux et les emblavures lourdes, route incertaine, cahoteuse. Irène, épuisée, ne parlait plus, lasse de cette remontée éprouvante, de ces trombes. Plus de pancartes soudain, de rares lanternes allumées au front d'interminables façades de suie. Nous traversions des villages morts ou damnés. Les noms et les lieux de Bernanos : l'envers de la grâce. Nous roulions depuis des heures. Irène grillait cigarette sur cigarette. Le Nord semblait inaccessible. Impossible de s'arrêter en chemin. La nuit avait englouti la boue, les tranchées, les monceaux de betteraves, les masures. La nuit hostile, truffée de pièges, de fondrières creusées par l'orage. À la tension grandissante d'Irène, accusée par la conduite sur une voie aussi grasse, répondaient mon calme, ma secrète jubilation. J'avais voulu fuir cette première Toussaint, fuir la famille, la tombe neuve de Gaël. Les chrysanthèmes, ces odieuses végétations du deuil. Et les visages dans les fleurs, la douleur ravivée.

Irène avait été mon élève en Bretagne. Elle venait

de recevoir pour première affectation un poste dans le Béthunois et m'avait invité à venir visiter la région. Fabrice, un autre élève, devait nous rejoindre.

Le lendemain, tous les trois — triade merveilleuse, je me sentais renaître auprès de ces *presque encore* adolescents —, nous nous promenâmes en Belgique. Bruges dorée, hérissée de tourelles, de pinacles, de façades aiguës. Bruges de Memling et du Saint Sang. Nous errâmes dans la cohue des touristes d'automne. Il faisait bon. Un vent roux inondait la ville. Le soir venu, nous prîmes la direction de Gand. Je voulais contempler le Retable de *l'Agneau mystique* de Van Eyck. Le garde, qui fermait, nous autorisa à entrer dans la Chapelle du Retable et nous nous arrêtâmes devant ce pâturage d'un vert acide, éblouissant, intact. Les masses d'anges et d'élus mitrés étaient posés dans l'herbe, goûtant sa succulence, sa verdeur vitale. Plus encore que la fontaine ou l'autel de l'Agneau, ce qui nous enchanta, ce fut la prairie mystique, dans son épaisseur, son éclat. Je murmurai : *Dieu, il est dans l'herbe, Dieu...* Après la boue de Bernanos et les douves de Bruges, le vert surnaturel de Van Eyck.

La nef était illuminée quand nous sortîmes du sanctuaire de l'Agneau. Le chœur aussi, avec ses grands portiques de marbre blanc et noir, hautes parois de requiem. On commençait d'y chanter la messe des morts. Nous nous assîmes un peu machinalement. Au sortir de *l'Agneau* herbu, je retrouvais la rituélie du deuil. Je m'y plongeai, chasubles mauves des célébrants, cierges, encens, prières gutturales assenées en flamand... Je revoyais le vieillard amaigri, le témoin émacié, la longue agonie de Gaël. À un moment, un prêtre se leva et égrena la litanie des morts de l'année. Et ce fut superbe, d'émotion et de transparence, Stella, Helena, Rachel, Stefan, tous ces noms levés, ravivés, ces noms de morts emplissant soudain la nef, l'opéra des marbres, ces noms vides, glorieux, éveillant en chacun le souvenir d'ombres, et appelant chacun, ces noms morts, buée de paroles, dans le marbre et le gel des drapés linceuls des vivants...

Le soir, je me souviens que nous marchâmes dans la ville, écoutant jusqu'à l'obsession le fracas de l'eau contre les parois des quais, humant la brume froide. Irène redisait tous ces noms de morts dans le silence de Gand. Autour de ce nom que je ne prononçais plus, ils formaient une constellation ardente, comme un cercle de vigie. La mort nous désirait. Notre nuit fut longue. Fabrice nous raconta des histoires. Nous finîmes dans un pub étrange, enfumé, saturé de marionnettes et de pièces hétéroclites — un antre de magie.

II

J'ai passé une large part de mon enfance en Bretagne, entre la forêt et la mer. Mes grands-parents, de vieille souche finistérienne, s'étaient posés là, la retraite venue, après une existence laborieuse. Très tôt, on m'a inculqué le sens du pèlerinage, j'ai mesuré l'impérieuse exigence de ce que l'on doit aux anciens. Je m'installais chez eux à chaque période de vacances, je les écoutais, je rêvais en les regardant vivre. Revenir là, quitter enfin cette ville claustrale et froide où habitaient mes parents, c'était s'ensauvager un peu, retourner à l'état de nature. Il n'y avait plus de contraintes. Je pouvais rester seul des heures entières dans le grand grenier qui surplombait le village et la mer, parmi les reliques, les caisses, les vieux costumes et les meubles déglingués, à m'inventer des jeux, des mises en scène, dans lesquels j'étais roi, grand prêtre, guerrier ou pharaon des origines.

Je sombrais dans le rêve, un rêve que j'orchestrais, et qui avait un décor, une liturgie, une symbolique. J'avais inscrit à la craie l'indication des points cardinaux sur les poutres du grenier, de même j'avais tracé une gigantesque rose des vents sur le parquet. D'autres fois, couché à même la poussière, je dessinais, au dos de rouleaux de papier peint que j'avais trouvés dans je ne sais quelle encoignure, des cartes, avec des reliefs ombrés, la courbe des fleuves, les deltas ou les marécages, et les noms des villes. Me fascinaient les fleuves, leur naissance dans les massifs, leur épanchement, puis la symphonie commençait, grossie d'affluents, de crues, de biefs vertigineux. J'aimais l'orage qui cuivrait les galons des vieux uniformes qui traînaient là, le balaiement des averses, le brusque moutonnement des constructions nuageuses, la pluie de ce promontoire du bout des terres, fine, vibratile, venteuse et salée. Ce grenier, c'était ma sacristie, mon sanctuaire, mon laboratoire de cosmographe. Les signes, les vibrations du monde vivifiaient mon alchimie. Je suis né là, dans ce retrait, cet *écart*, et la vie n'avait de sens que dans ce territoire que jalonnaient les rites et la scansion des pluies, des tempêtes et des embellies.

Il fallait aussi sortir. Un enfermement excessif risquait de causer une dangereuse anémie. On ne pouvait, surtout dans l'esprit des grands-mères, être durablement voué aux papiers, aux signes, aux liturgies solitaires, et à la claustration du belvédère. Il fallait redescendre. On allait marcher, autre rite familial. J'ai marché, des heures, avec mes deux grands-pères, les promenades variaient : on s'enfonçait dans la campagne, pataugeant à travers les garennes et les prairies. Sultan, un bâtard fougueux, nous accompagnait. Ce n'est que bien plus tard que j'ai commencé à aimer ces promenades, lorsque j'ai deviné leur secrète richesse, leur vertu initiatique. Par ces pas, ces enjambées joyeuses, nous repérions la diversité du bocage, le dessin des talus et des fossés, tout un cadastre d'emblavures, d'étangs, de landes et d'anciennes carrières à présent ennoyées. J'apprenais les noms des fermes, des parcelles, les noms des céréales, des espèces végétales, des pierres et des fossiles que nous ramassions parfois au creux des ornières. Car cette terre avait été modelée par le reflux des eaux millénaires. Moïse extasié, jeune cartographe arraché à la stérilité de ses relevés, j'entendais la muraille marine se fracasser, et la terre se dessinait dans l'espacement des eaux, bistre, encore encombrée d'un lacis d'algues, de conques, de sédiments de mer.

La nuit, dans mes songes, il y avait la forêt et la mer, leur concert, leur tumultueux échange. La totalité de l'espace qui entourait les maisons familiales surgissait des remous des vagues, les talus étaient comme de volcaniques bourrelets qui crevaient les flots ; d'autres fois, la forêt proche, la mystérieuse forêt du Cranou — dont m'obsédaient les profondeurs, les clairières perdues, les histoires de loups et de troupeaux dévorés, les pièges dissimulés sous un opercule de brindilles — se levait et déferlait sur la mer, une carène de troncs serrés partait à l'assaut de la vague, plus haute encore, plus forte, tendue de mousses, de herses de houx, de chênes tentaculaires et de parois rocailleuses. La forêt engloutissait la mer.

Gaël, mon grand-père maternel, me menait aux limites de ce territoire. Lise ou lisière, quel mot choisir? La forêt se prolongeait en capillarités marines et la mer était texture de ramures, voisinage d'arbres, corps lisse et immobile des bois, surtout dans les parages de l'île d'Arun où la rencontre des eaux calmes et des glaives des ifs éveille le sentiment d'une présence lacunaire, *trouée*, de nature morte japonaise, que j'ai retrouvé plus tard sur les bords des lochs tortueux d'Écosse. Avec lui, nous remontions jusqu'au village voisin, Rosnoën, puis nous descendions par une route labyrinthique et menaçante que je pratiquai beaucoup par les chaleurs torrides de l'été de 1976, jusqu'à ce lieu étrange, cette grève aride que, dans la famille, on appelait communément le *passage*. Il s'agissait, en fait, d'une grève avec vase et gravier, sentiers durs où poser le pied et bancs flottants, spongieux, hantés de corps mous, de congres, de présences visqueuses.

Nous étions là sur les bords de l'Aulne, à la fin de sa course, lorsqu'elle s'est déjà offerte à la remontée de la mer. En face, de l'autre côté, on devinait une petite habitation, sorte de café perdu sur la rive, qui dominait une cale grasse et algueuse qui semblait s'enfoncer sous les flots. Gaël m'avait dit un jour que c'était la maison du passeur. Sur notre rive, il n'y avait rien : le boutoir des vagues et les intempéries avaient eu raison du plan incliné de moellons qui avait dû jadis tenir lieu de cale. L'endroit était désert. On s'arrêtait quelques instants au soleil. À gauche des restes d'un quai, dans une anse putride envahie d'herbes à marée basse, pourrissait une haute carène démantelée. Il arrivait qu'on fît quelques pas sur la grève, le long des eaux amples de l'Aulne. Le vent avait peine à les rider, tant elles paraissaient lourdes de terre, d'algues, de maillages de racines et de mottes arrachées aux prairies des rives. Il n'y avait plus de *passeur*. En face, le café devait être en ruine. Un rideau de vigne vierge en tapissait la façade. Ma grand-mère et ma mère, lorsque, pendant la guerre, elles allaient chercher du beurre dans les fermes des contreforts du Menez Hom, avaient utilisé ce moyen de communication. Il fallait agiter le bras, faire signe au passeur qui arrivait à coup de rame. Gaël ne me racontait jamais ces histoires : il se contentait de me montrer sur le pignon d'une maison proche un panneau signalétique qui indiquait la direction de Plomodiern, de l'autre côté des eaux, et le kilométrage. C'était bien la preuve que la route *continuait*, ligne imaginaire qui défiait le corps mobile du fleuve, ou, telle que je l'imaginais déjà, voie ténébreuse, engloutie, hypothétique chemin parmi les grandes algues laminaires et les fourreaux luisants des congres. Mes rêves nocturnes avaient un nouveau radeau. Jamais je n'arrivai à triompher du passage de l'Aulne, et je me réveillais, haletant, balancé à la mer.

J'ai relu ce panneau, intact, un jour de juin dernier que Fabrice avait bien voulu me conduire au *passage*. Le panneau, la ligne des eaux. L'indication kilométrique. Et l'écrasante certitude du deuil.

III

Gaël est mort le 16 mars 1990. J'ai toujours entendu dire que les vieillards partaient en novembre ou en mars, mois de l'égarement tempétueux et de la reverdie proche, mois des grèves et du passage de l'ombre. Comme si l'architecture du monde craquait soudain, révélant son épaisseur de nuit souterraine, son noyau noir. C'est ce happement de l'ombre que j'ai ressenti lorsque j'ai reposé l'appareil téléphonique d'où venait de sortir la fatale nouvelle. Nouvelle que j'attendais depuis un an déjà, lorsqu'au terme d'une après-midi ensoleillée de février, ma mère m'avait dit l'imminence de cette mort. Je ne l'avais pas crue dans l'instant. Puis il m'avait fallu me faire à cette perspective, m'habituer à ce lent déclin. Le témoin magnifique, le passant des bords de l'Aulne s'apprêtait à refluer lentement, désinvestissant la vie, décolorant les choses. Pas une journée de cette année que n'ait habitée la pensée de la mort future de Gaël. Taraud aigu, permanent. J'y reviens aujourd'hui, comme à cette arche noire qui vogue sur les flots de l'Aulne, j'y reviens dans la tension de l'écriture et de la réminiscence.

La première tentation du deuil serait de vouloir établir un journal de l'agonie, une recension au jour le jour des événements, des atteintes de la maladie, de tracer la courbe inexorable de la fuite, mais je me dis que cette collection d'instants noirs est mensongère, peu conforme à tout ce que m'avait enseigné Gaël. La maladie banalise et démythifie. Qu'était soudain Gaël, dans l'univers blanc de l'hôpital, arraché à la bogue de ses lieux, de ses papiers et de ses livres ? Les soins, la volonté légitime d'atténuer la mort exigeaient ce premier déracinement. Une fois rompue la coque protectrice des habitudes et de l'environnement intime, une fois brisé le lien qui unissait l'homme à sa maison, à sa table, à son fauteuil, la maladie s'affichait, dans sa cruauté, son évidence. Et, de même qu'elle avait progressivement cloué le vieillard en restreignant autour de lui l'espace comme en un resserrement de cercles concentriques — toute promenade dans le jardin était désormais impossible —, de même elle était une suite imparable de ruptures, d'abandons. Cette maladie qui le faisait hoqueter, cette maladie qui l'étouffait proprement — il était encore chez lui ce dimanche de janvier où je le vis ouvrir la fenêtre, espérant que la circulation de l'air vif lui permettrait de respirer —, était strangulation et cassure, c'était le corps décharné d'un gisant des tombeaux qu'elle traçait sur la rive creusée, un corps du néant échoué dans le non-lieu d'une chambre blanche.

Je me souviens de cette visite que je lui rendis, un mois avant sa mort, dans ce tombeau immaculé. On l'avait bardé de tuyaux. Un vieillard agonisait auprès de lui. Spectral, émacié, Gaël rayonnait. Le préoccupait la tempête que l'on entendait bruire. Ce vent qui résonnait par les coursives, les cavités, les hypogées, l'empoignait soudain, il s'était redressé sur son lit, attentif à cette violence. Le monde continuait. J'ai quitté la chambre, j'ai marché jusqu'au bout de la coursive, l'hôpital vibrait, le vent, les pleurs, nécropole déracinée.

Le soir de l'inhumation, je suis revenu seul dans le petit cimetière. Il faisait un crépuscule doré de début de printemps. Les collines, les forêts, les prairies et les eaux entouraient la tombe. Au loin, l'échancrure marine miroitait. J'ai ressenti l'apaisement, violent, inouï. L'unité du témoin était restaurée.

*

Je dirai l'érosion du deuil, l'abandon après la perte, et surtout l'impression tenace qui domina pendant des mois : l'éclatement. L'univers était en morceaux, c'étaient des bribes, des fragments qui m'entouraient, et rien, pas même l'affection d'Irène ou la présence de Fabrice ne parvenait à atténuer cette impression. Orphelin d'un monde, je marchais sur les lises du chaos. Même la lumière de ce printemps 90 était blessure, foudre froide qui me vrillait les yeux. J'étais seul soudain. Comme si le fil des filiations archaïques eût été rompu. Des forces obscures, intermittentes, erratiques, me poussaient à la révolte. Et je savais pourtant que toute révolte était inutile et illégitime. Pleurais-je Gaël, ma solitude ou la fin d'un monde ?

Les jours qui ont suivi cette mort, j'ai vu ma mère, ma grand-mère comme prises d'une frénésie de photos, de vestiges qu'elles devaient, dans le fouillis des tiroirs, impérativement retrouver. Sans doute voulaient-elles chasser le souvenir de l'autre visage, échoué et bleu dans la blancheur de l'hypogée, dont elles ne pouvaient se défaire. Je ne voulais pas revoir ces photos, ces signes d'un temps révolu. Le visage de Gaël, ses traits m'habitaient encore. Immatériels, purs, détachés de tout ancrage temporel précis. La crispation de la maladie, le souffle court ne les contractaient plus. Dans l'indéfini du songe, comme aujourd'hui dans le mouvement de l'écriture, ces traits irradiaient un feu pâle, au-delà des lises glacées du monde, et les images et les mots se consumaient à ce feu.

Jamais autant que l'année qui précéda la disparition de Gaël je n'ai côtoyé la mort. Je démêle mieux à présent ces événements, ces avertissements qui advinrent, violents, sans que je pusse vraiment les affronter avec la force requise. Je revois la sciure baignée de sang que je dus fouler une après-midi de novembre pour gagner la classe du lycée où j'enseignais alors : un interne s'était suicidé dans la nuit, en sautant du quatrième étage, et on avait tenté, tant bien que mal, de faire disparaître les marques de sa mort.

C'est aussi à cette période — quelques mois plus tard — que Julia, la femme de mon ami d'enfance Erwan, tenta de mettre fin à ses jours en se jetant dans un ravin des Alpes. Elle était partie avec les enfants pour les congés de février. À mon retour de Venise, je trouvai sur le répondeur un message d'Erwan — voix blanche, intense émotion contenue, comme toujours — m'annonçant cet accident. Je l'appelai aussitôt : il allait, le soir même, rendre visite à Julia qui, ne souffrant miraculeusement que de quelques contusions, avait été placée après son transfert de Grenoble dans un hôpital psychiatrique. Pour Erwan, un monde aussi s'écroulait, plus atroce que pour moi. Il s'enquit, pendant que nous roulions vers l'hôpital, de l'état de santé de Gaël. J'eus la décence d'esquiver en murmurant que le dénouement était proche.

De minuscules pavillons avaient été construits dans ce qui avait jadis été le parc de l'hôpital. Julia était dans l'un de ces cubes. Erwan était pâle, tétanisé. Je l'aidai à porter quelques affaires : des vêtements, des livres. Il fallut sonner, passer par des sas. Une infirmière nous annonça qu'elle allait appeler Julia au salon de télévision. Autour de nous, des êtres éteints, drogués, somnambuliques. Vieillards obèses, jeunes femmes au regard halluciné, silhouettes hagardes, vacillantes. Julia arriva soudain, lente, hébétée, le pas lourd, la démarche brisée. Les cheveux retombaient sur les épaules, ternes, filasses. Nous l'embrassâmes et la suivîmes jusqu'à sa chambre. Je replongeais dans cet univers de la folie que j'avais connu à dix-huit ans. J'écoutais le pas rompu de Julia sur le carreau du vestibule, évitant de regarder cette silhouette rescapée du ravin, les épaules tassées, la tête rentrée dans les épaules. Aucune conversation ne se nouait. J'avais vu ce couple se former au lycée, lorsque ensemble nous étions élèves.

— C'est gentil d'être venu, dit-elle à mon adresse. C'est gentil. Il ne faut pas croire ce que disent les uns ou les autres, c'est un accident, ce n'est qu'un accident...

Erwan se taisait. Intense et beau dans sa douleur muette. Je remarquai que ses tempes avaient blanchi. Ses mains se crispaient sur les montants du lit pendant que j'essayais de dire quelques mots à Julia. Nous prîmes congé. Je les laissai l'un face à l'autre dans la chambre et j'arpentai le couloir. À côté, une malade dactylographiait avec frénésie. Les alvéoles s'étaient fermés sur leurs brûlots de folie. Il y avait seulement deux ou trois ans que Julia allait de dépression en dépression, multipliant les congés, les séjours chez sa mère. La thèse de l'accident était plausible, mais je connaissais la puissance autodestructrice de Julia et je ne doutais pas un seul instant qu'il s'agît d'une tentative de suicide.

La nuit tardait à venir. Des oiseaux pépiaient. Une tiédeur traînait dans l'air. J'invitai Erwan à dîner. Je voulais fuir toutes ces morts, ces suicides, cette souffrance que la visite avait ravivée. Erwan contenait toujours son émotion. Il m'avait toujours fasciné, dès l'enfance, dès les toutes petites classes. Notre histoire était une suite de malentendus, de crises, de rapprochements et d'emballements. Notre complicité excluait parfois Julia, tout comme la leur m'avait un jour exclu.

Les enfants étaient en garde chez des amis du

couple. Erwan ne voulait pas rentrer. Nous bûmes avec abondance. Il se surprit lui-même à souhaiter que l'enfermement psychiatrique se prolongeât. Il semblait déchiré. Il ne croyait plus à ce couple, à leur histoire, à leur maison d'Ouessant. Le temps de l'inventaire était venu. Nous étions ivres. La ville était peuplée de silhouettes ivres, carnaval étrange, cendres bleuies qu'on fêtait encore. Julia, miraculée du gouffre de neige, dormait peut-être dans son affreux cube. La douleur d'Erwan éclatait. Tout au bout des terres, là-bas, je savais que Gaël agonisait. Et pourtant, nous étions seuls, nous étions ivres, nous étions libres.

IV

Maintenant que le livre est commencé, que Gaël est devenu sujet d'écriture — car c'est lui qui est là, vigile attentif, en permanence, sous ces mots, c'est lui qui les épelle et les dicte, à présent qu'il hante les profondeurs gelées de la langue, point irradiant du souvenir, *nom vocal* de l'office des morts de Gand — j'ai voulu revenir au village, j'ai tenu à marcher par les rues désertes et ensoleillées. Je me suis perdu dans la forêt des stèles pour relire les noms minéraux des morts de l'enfance — tel ivrogne accoudé au bar, telle commère de la rue principale, telle jeune fille fauchée dans un accident ou foudroyée par un cancer —, la marée était haute, emplissant les derniers méandres vaseux de la rivière, le jour fondait en une variation de molécules blondes et limpides. Il passait un vent soyeux, velouté.

J'ai marché comme, enfant, je l'avais fait, des centaines, des milliers de fois auprès de Gaël, du cimetière au bout des quais, aux confins de l'esplanade sur laquelle les sabliers déchargent leur cargaison, à cet endroit où le quai, telle une proue, domine l'eau tumultueuse et la perspective de l'île d'Arun et de l'Abbaye, puis je me suis enfoncé dans l'église, calme, inondée de soleil, arche lacustre sur les flots qui l'encerclaient. Le clapot et le vent de mer résonnaient jusque dans les profondeurs du transept. J'ai longuement contemplé l'autel, son tabernacle doré, ses grands anges maniéristes, devant lesquels échouent rituellement tous les morts du village. Les retables, les boiseries, les alignements de statues dégorgeaient une odeur de forêt ténébreuse et moussue, de bois insidieusement rongé, de minces et invisibles et menaçantes particules qui attaquaient les poumons. La nef se déroulait avec ses austères rangées de chaises jusqu'au Baptistère et à la Porte des morts, cette porte qui ne s'ouvre que pour le passage des convois funéraires, porte maintenue aussi scrupuleusement fermée que la Porte sainte de la basilique Saint-Pierre. Je l'avais passée, l'an dernier, dans la procession qui suivait le cercueil de Gaël, j'entendais la franchir à nouveau, mais à rebours.

J'ai attendu qu'une vieille religieuse vienne fermer l'église : je m'étais caché à l'angle d'un confessionnal. L'église était à moi à présent. Je sentais la pression que la pleine mer imposait à l'armature du vieil édifice, ce corps à corps répété, essentiel, qui fait que l'arche survit, caressée par le flot, inondée dans ses souterrains et ses caches. Tantôt la mer donnait l'impression de vouloir broyer les voûtes et les pierres contre le rivage, tantôt, au contraire, on croyait qu'elle allait briser les amarres des assises et livrer la nef à la liberté du flot. Elle avait encore monté, et l'on voyait ses vagues se déployer en se pulvérisant derrière les volutes, les racines et les armoiries des verrières, écume d'or, festons de Jessé. C'était le moment de partir. La clé de la Porte des morts était dissimulée près de la fontaine baptismale, cette fontaine de pierre ocre de Logonna, peinte et sculptée, et frappée des noms des quatre fleuves mythiques du Paradis. Dans un rituel étrange, dont je découvrais l'ordonnance en l'exécutant, j'ai pressé la clé sur le cartouche de chacun des fleuves, comme pour faire jaillir de la pierre dorée quelque source endormie, j'imaginais Gaël me tenant au-dessus de cette cuve, comme il l'avait fait, me sauvant de l'ondée paradisiaque, mon corps oint, baigné dans l'eau magnifique, Gaël le fondamental parrain, le père mythique — et d'un coup de clé, j'ai passé la Porte des morts.

Dans la maison, tel l'enfant honteux qui veut se terrer après un inavouable forfait, je suis discrètement monté au grenier. Là encore je ne voulais pas éveiller l'attention de ceux qui bavardaient à l'étage. J'avais faim de papiers, de reliques, épures, épaves, souvenirs qui nourriraient mon livre. La chambre dans laquelle mon frère et moi avons passé tant de nuits est pourvue de profonds placards qui meublent la soupente : je me rappelais y avoir vu autrefois des espèces de carnets de navigation de mon grand-père, des photographies racornies également, et même d'anciens cours de littérature qui avaient sans doute appartenu à ma mère. J'aurais aimé y trouver quelque chose comme un journal de bord de Gaël, avec le détail de ses périples et de ses escales, le trajet de ses odyssées et de ses anabases. Guadeloupe, Martinique, Djibouti, Égypte, Chine. Oui, je n'en doutais plus, c'était Gaël qui m'avait appris le beau et vital nom de Yang-Tsê Kiang, lui aussi qui m'avait parlé de Gênes, de Venise et des Dardanelles.

En bas, dans le salon, j'entendais la rumeur brouillée des voix, affaires d'argent peut-être, aléas de la succession. J'ébranlai des piles de livres, classiques poussiéreux et jaunis, carnets de notes, exemplaires annotés du Journal officiel des années 30. Il n'y avait visiblement rien. Gaël avait été silencieux, muet. Il ne restait aucune trace de sa vie voyageuse. Soudain, je tirai un cahier plus grand que j'approchai aussitôt de la lampe :

Cours de Navigation et Annexes

―――――

MANŒUVRE

―――――

Moyens offensifs et défensifs
Utilisés contre les Sous-Marins

―――――

ANNÉE 1928

―――――

TOULON, Imprimerie de la 3ᵉ escadre — 1928 — N° 4.

Il s'agissait d'un cours de timonerie, bourré de

tableaux, d'équations, d'heures-marées, d'amers, de prismes, de dragues et de torpilles. Je restai interdit devant plusieurs intitulés qui me saisirent : « relèvement vrai de la Polaire », « azimut du soleil », « carnet de passerelle », « hauteur d'eau au mouillage de Bréhat le 4 janvier 1926 à 6 h du matin ».. Sur la page de garde, il était inscrit :

M. Gaël
Matricule 116 095[2]

J'emportai le cahier. Précieuse relique, ultime amer de cette vie voyageuse que Gaël m'avait toujours tue.

Sans doute aurait-il fallu fouiller plus longuement le placard. D'autres souvenirs de Gaël y étaient peut-être enfouis. Celui-ci me suffisait. Je le compulse, mon imagination dérive au gré des courants de marée et des fuseaux horaires. Le cours a été lu et travaillé : plusieurs fois, on trouve trace d'annotations ou de corrections orthographiques. Bréviaire du sous-marinier, Bible des navigations profondes. Incendie, voie d'eau, évacuation d'un bâtiment : tout est prévu. Vie impeccablement organisée, ritualisée. Mes voyages à Venise, à Rome, à Milan, à Prague ou à Bruges n'ont rien de la splendeur des circumnavigations de Gaël. Jadis il me semble l'avoir interrogé sur cette vie recluse au fond des coques, cette vie des mois durant sous le manteau des mers. Je me souviens du mot magique de « périscope », de quelques détails qu'il livrait, à condition qu'on insistât. Jamais d'aveu brutal ni frontal chez cet homme, un art de la retenue, de la parole avare et juste. Je devine la moiteur, l'enfermement des carènes, les volants et les taquets des lourdes portes blindées, les escaliers abrupts, les étages secrets, les dépôts d'armes. Plus de mer, plus de contact avec l'élément rude ou cinglant, plus de balise côtière, plus d'étoiles. L'enfouissement, la reconnaissance des envers du monde. Le temps long, immobile, rythmé par les gardes, les quarts, les relèves, les patrouilles. Et, brusquement, le retour à la surface, l'émergence dans le temps, la vie, d'autres scansions, d'autres rythmes après les mois d'isolement sous les mers.

À lire le manuel, on rêve l'entrée dans les ports, les jetées, le dédale des darses, les poches profondes du littoral, l'intimité des arsenaux, des citadelles. Le cours multiplie les recommandations, évoque la diversité des situations : il importe de prendre en compte le courant et le contre-courant que l'on trouve quelquefois le long des rives, lorsque le terrain est vaseux et argileux comme à Rochefort ou Saigon (exemples cités), il s'agit d'appuyer son étrave sur la berge. Ce qu'il oublie bien entendu, ce sont les premiers pas sur la terre, les longues et intenses gorgées d'air humide et chaud, saturé d'épices, de goyaves, de fruits putrescents, de chairs musquées. Il tait la forme et l'éclat des étoiles de Saigon. Les pupilles vertes des femmes.

Je rêve ces lambeaux de voyages, ces immersions lointaines, ces passages des profondeurs, ces incendies dans le silence des glaces, ces voies d'eau. À quelques pas de la mort, Gaël s'enfonçait dans une songerie lourde, indifférente à toute sollicitation extérieure : ce devait être une songerie de mer, d'abysses, de ports ocre, d'estuaires aux eaux rouges et limoneuses, de fortifications arrogantes. Arroi de Nil, de Chine, d'astre tropical, de nuit lumineuse. Et sa rêverie cheminait par les revers et les rebords du monde, expérience de géographie intime, écriture des gouffres, des sutures et des passes. Connaissance des détroits et des replis. Je ne vis jamais Gaël feuilleter ce cours dont il devait ignorer l'existence. Il ne fouillait plus ses placards. Il se contentait de prendre le dictionnaire et de lire attentivement les cartes des confins.

V

De mon enfance dans la ville parentale — une petite sous-préfecture côtière, encavée sous ses collines et son viaduc ferroviaire — subsiste une impression d'ennui. Je devais être trop jeune pour goûter la beauté, indéniable à mes yeux aujourd'hui, de la ville, ses escarpements, ses venelles labyrinthiques et moussues, ses *rampes*, c'est-à-dire ses passages tortueux dans le tissu décrépit des quartiers. Ce qui m'est apparu quand j'ai commencé à écrire — la magie d'une cité recluse au fond d'un fjord, l'étagement des maisons, la complexité et la richesse des circuits d'une colline à l'autre, la ruine imminente de la ville —, je ne le percevais alors que confusément. On s'ennuyait. Les études se déroulaient sans problème, et le savoir qu'on nous dispensait paraissait manquer d'éclat. La ville était pluvieuse, verte de mousses et de lichens resplendissants. Rien n'advenait. Tout était à l'image de la nef triste et poussiéreuse du musée où me portaient mes pas quand j'étais las d'étudier ou de lire : quelques beautés, échouées là par on ne sait quel miracle, une tête de momie trouvée dans l'atelier d'un peintre, quelques ivoires, des colonnes sculptées de l'époque médiévale, quelques toiles impressionnistes. Rien n'avait changé depuis le XIXᵉ siècle.

À la bibliothèque, où le linoléum et les becs de gaz semblaient de haute époque, c'était la même chose : on devait, pour emprunter Verne ou Hugo, remonter la totalité de la salle, subir le regard dévorant des vieux qui croupissaient là et que le crissement des pas sur le linoléum avait réveillés. L'endroit suintait la reliure poussiéreuse, le commérage, la vie rance. Plusieurs fois, je pensai incendier ces lieux, vouer au brasier le buisson des reliures mortes et la tribu des spectres qui semblait y résider. J'en avais assez de ces limites, du costume et de l'étiquette de bon élève : j'aspirais à la profanation.

La ville s'envasait, comme le port, au fond de la rivière. Pluie, crachin, froidure enfumée, pierres ruisselantes et moisies, coupe-gorge lugubres, voici le souvenir que je garde de ces journées urbaines. J'étais las ou malade. En troisième, je n'avais plus de ressort intérieur, plus de goût à l'étude. La tentation du néant me gagnait. Je m'inventai des maux, des rhumes, je couvai d'interminables grippes, le moindre microbe me terrassait. C'était l'ennui, pesant, inentamable, la régularité des jours et des cours, le vieux collège sale et inhospitalier, trou à cafards et à rats — tableaux écaillés, estrades éventrées, préau venteux et cour carcérale —, l'ennui des choses inutiles et ternes. L'anatomie me passionna, l'hydrographie aussi, l'étude de l'Égypte, de la Mésopotamie, la découverte de mots rares, luxueux, qu'on ne saurait négocier dans le commerce ordinaire des jours. C'étaient des réserves de rêve que je préparais ainsi, un musée intérieur peuplé de drakkars et de pharaons d'or, de nécropoles et de bathyscaphes. Je ne connaissais pas encore Rimbaud, Baudelaire et Gide. Seulement la vieille mousse, la pluie, la pesanteur du temps.

Rougeoyait à cet horizon morne, comme un feu rédempteur, le sacré, toute cette nébuleuse qui entourait Dieu, l'église, avec ses substances aromatiques, ses nuages d'encens, ses arches habitées de couleurs fabuleuses, de vaisselle de vermeil, de corps sanglant et de nuit lumineuse. À treize ans, je crus deviner les signes d'une vocation. Loin des miasmes de la ville, je vivrais sous le grand Christ tutélaire de l'église, auprès d'une statue de Vierge ouvrante qui me fascinait. Les messes dilataient le temps. C'était enfin l'extase. Ma vocation était ardente, mais il y entrait trop d'aspiration au repli et au faste.

Il pleuvait tout le temps. On grelottait. J'ai le souvenir de matins languissants, passés sous les couvertures, à craindre la réalité extérieure. L'éblouissement de la neige était rare. Tous les dimanches ou presque, toutes les vacances, nous prenions la direction des maisons grand-paternelles. Il fallait qu'il y eût du verglas ou que l'un d'entre nous fût malade pour que l'on renonçât à nos sorties. Auquel cas, nous devions nous contenter du sable triste d'une station balnéaire proche : le retour imposait qu'on longeât la rivière, hideuse au jusant. Les plantations de résineux, les gros affleurements de vase, le cours rare et sinueux, tout me faisait horreur. On était loin de la magie de l'Aulne.

*

En février 1974, les eaux montèrent dans la ville, sous la conjonction des pluies violentes et des grandes marées. Erwan, qui habitait au centre ville, ne pouvait plus venir en cours. Pour la première fois, je souffris de cette absence. Les rivières souterraines avaient déferlé dans les rues, emplissant certaines boutiques des zones basses jusqu'au plafond. Sur la grand-place, dans les rues principales, on circulait en barque. Le peu que j'en vis, des hauteurs, des tertres, des places qui avaient échappé aux flots, me saisit. J'étais descendu seul. La ligne des eaux miroitait, plus blanche, plus prégnante dans l'affadissement du crépuscule. On eût dit un film d'étain posé sur les pavés. J'eusse aimé aller jusqu'à Erwan. Impossible. C'était une étrange Venise que je découvrais, irréelle, un faisceau d'ombres liquides, de bruits atténués dans ce décor sinistre que je détestais. L'inondation parait la ville d'un attrait que je ne lui avais jamais reconnu ; les boutiques dévastées, la circulation interdite, le ralentissement de la vie, l'impuissance face à la suprématie de l'eau, cela m'enchantait. Le jour s'étiolait jusqu'en ses nuances les plus dures, les plus mates. Il était difficile de s'arracher à la séduction de la crue. Je l'espérais longue — définitive.

Je ne voyais guère Erwan qu'en cours. J'étais trop sauvage, trop solitaire pour lui proposer de nous rencontrer au-dehors. En classe, on avait des vocations de forts en thème, lui plus encore, acharné, orgueilleux, avide de succès et d'honneur, blessé à la moindre déconvenue. Les absences, les maladies et mon naturel rêveur jouaient en ma défaveur. Je me maintenais toutefois à un niveau honorable. Je savais peu de chose d'Erwan. Un matin que nous étions arrivés de fort bonne heure au collège, il m'avait un peu raconté sa vie, il m'avait parlé de ses sœurs, du divorce de ses parents. J'avais une fois porté à sa mère, qui tenait un commerce, une liste de devoirs à faire. Je m'étais aventuré dans une cage d'escalier sombre et nauséabonde. Erwan habitait les étages. Je n'en savais pas plus.

C'était un garçon fin, nerveux, aux traits durs et marqués. Il émanait de lui une violence, une force, qui invitaient au respect. Je devais l'irriter et il m'agaçait souvent. Je me plaisais si peu dans cette ville, ce collège, que je songeais sans cesse à mon village, à nos promenades, nos vacances oisives, aux récits de mon grand-père paternel, Jude, à cette amie d'enfance aussi, Aurélie, qui demeurait à côté de chez mes grands-parents et que je voyais de loin en loin. De cela je ne parlais jamais à Erwan.

Il revint en classe après la crue. La ville offrait le spectacle d'une cité bombardée, avec ses vitrines fracassées, ses voitures renversées : ce n'étaient plus que croûtes et sédiments de boue, pavés arrachés, cratères, trottoirs dévastés, troncs d'arbres que le courant avait transportés des campagnes.

Erwan me parla de la boue, de la ville comme pillée par le reflux, mais il sut surtout dire l'enchantement qu'avaient été les journées sans classe dans la maison assiégée par les eaux, l'extase des crépuscules sur le flot qui semblait ne pas vouloir baisser, le ballet des barques sur la place. Je l'écoutais, revoyant l'eau plus blanche à l'approche de la nuit. Pour la première fois, nous communions à une même émotion. Je détestais d'habitude ce qui l'enthousiasmait : le sport, les bagarres, les complicités tonitruantes. Un même mystère nous liait, comme un commencement de pacte.

VI

À peine arrivé au village, je renaissais. Deux maisons, deux jardins, les fermes environnantes, la campagne, les rivages, la forêt. L'ennui se dissipait aussitôt. Il y avait toujours quelque chose à voir ou à découvrir. Au printemps, pendant la Semaine sainte, Jude s'affairait à greffer les pommiers : il découpait le bois, pratiquait une entaille, la sève coulait, puis il introduisait le greffon, le ligaturait de mastic et de paille. C'était la Semaine sainte, le monde criant de vie, le bruissement des bouvreuils, le rite du Lavement des pieds à l'église — des enfants de chœur hilares qui ne comprenaient guère ce qui leur arrivait —, les touffes de primevères, des sources vives qui ruisselaient dans les fossés, au bas du jardin. J'avais, une année, apporté *L'Odyssée* : je n'en lus pas une ligne. La terre m'appelait, bourgeonnante, cette odeur de nids dans l'entrelacs des buis, tout un tumulte d'oiseaux, de reptations, quelque chose comme la violence du désir.

Je courais chez Aurélie, à la ferme. La petite fille timide m'attendait, nous allions visiter les étables bourrées de paille et de fumier, des rats couraient sur les poutres au-dessus de nos têtes, on s'enfuyait dans les greniers à blé. J'aimais la poussière de froment, les monticules de grain dans lesquels les rats encore se frayaient un passage. Parfois, le père d'Aurélie survenait mystérieusement au grenier : il avait laissé ses bottes en bas, dans la grange, on ne l'entendait pas arriver. Il avait pêché des truites : les poissons morts, la gueule déchirée par l'hameçon, gisaient sur la table de la cuisine, humides, argentés parmi des pousses de cresson.

Aurélie était frêle, de complexion maladive. Elle avait le teint brouillé, des yeux en amande. La rousseur hésitait à percer. Elle me parlait des bêtes, des vaches qui, d'après elle — Jude le disait aussi — se levaient à minuit, toutes en chœur, la nuit de Noël. Nous allions à l'écurie : un nouveau poulain naissait rituellement à Pâques. La jeune bête gourde qui ne tenait pas encore sur ses pattes tétait dans l'ombre des râteliers et des lourdes mangeoires de schiste garnies de trèfle. Il nous revenait de le baptiser. Il y eut ainsi Camélia, Améthyste et Orage. Ensuite nous courions à la grange : il y faisait une lumière bleutée, le premier rayon de soleil révélant les milliers de particules poussiéreuses en suspension dans l'air. Les jattes de crème, les mottes de beurre frais étaient disposées sur une vieille table. Les rats cavalaient sur le parquet du grenier, on entendait leur trot, des cris parfois, rageurs, puis ils s'engloutissaient dans les galeries qu'ils avaient creusées dans les murailles de torchis. La couronne de violence et de mort qui enserrait la ferme m'envoûtait.

C'est en compagnie d'Aurélie que j'observai les chauves-souris en hibernation, les griffes fichées dans le bois spongieux des poutres des granges, le mystère des naissances dans la nuit des étables — bien qu'on nous tînt volontairement à distance —, les grenouilles juchées sur les feuilles grasses des plantes d'eau dans la mare proche. Le fumier, dont les monticules flanquaient les portes des étables, était riche de bouse odorante, de paille fraîche encore, d'ajoncs broyés pour les chevaux, de délivres sanglants. Dans la cour, le pavé glissait : de multiples rigoles traversaient le pavage, flux de lait, de sang, de purin. Je jubilais, subjugué par l'intensité des odeurs. Je rentrais à la maison, comme ivre, enviant le domaine d'Aurélie, sa richesse, ses vaches qu'elle nommait, ses poulains, cette constellation de senteurs magnifiques. Ma tortue, qui renaissait généralement à cette période-là, ne me suffisait plus. La vie, la mort, leurs alchimies secrètes, c'est à la ferme d'Aurélie qu'elles se tissaient, dans ces cavernes, ces dédales ravinés de rats, ces litières de fleurs, de foin, de fougères desséchées et souillées.

J'étais ivre de printemps, de monde gorgé de sève, de buis tendre, de bouvreuils flamboyants, de verdiers et de mésanges, ivre des primevères, des jonquilles — jaunes quilles dressées dans l'humus de la forêt ou à proximité des ruisseaux —, ivre de ces fêtes mystérieuses, ces Rameaux agités et bénits, ces pieds purifiés, ce pain transsubstantié, ce Rideau déchiré, ce Christ mort qui revenait sa légende dite. L'air était pur, coupant : flottaient des essences de résine, des téguments crevés, l'opaline de coquilles brisées. L'air était mobile et lumineux : on y voyait des éclats, des éclairs. La terre, dès qu'on l'ouvrait, grouillait de vers annelés, lianes tendres et roses. Sultan, le chien fou, bondissait d'une allée, d'une parcelle à l'autre. Il m'accompagnait parfois jusque chez Aurélie.

Mon domaine était immense, tatoué de refuges et de surprises, de miracles et de merveilles. J'avais la ferme d'Aurélie, ses champs, la maison de Jude et celle de Gaël. La rivière, le village les séparaient. C'étaient deux univers distincts qui ne se mélangeaient guère. Les relations étaient courtoises, polies, comme entre ces vieux États dont des siècles de diplomatie rituelle ont policé l'échange. Les grands-mères, me semblait-il, se tenaient à distance. J'étais né dans la maison de Gaël, mais ces vacances ivres, c'est chez Jude que je les vivais. Gaël était là-bas, sur l'autre rive. Nous séparaient de lui le bras de mer, l'église et son radeau de cierges de la nuit pascale, le village, sa ruche de commères acerbes.

Les récits de Jude ajoutaient à mon ivresse : il parlait tout le temps. Impossible de le faire taire. Il avait la parole facile, joueuse, encline à dévier, à délirer. Jude avait la fibre ludique. Il s'amusait des bonds et des ruades de Sultan qui dévastaient les parterres de la grand-mère, de ses jets de pisse sur les groseilliers et les cassis. C'était cela, An Od, un paradis truffé de palmiers, de troènes épais, de pommiers en fleur, de cerisiers neigeux, de buis et de saxifrages, de treillis et de tonnelles, de caches et de reposoirs secrets sous les cyprès. Couronnait le tout le grand grenier céleste, l'arche de mes écarts et de mes liturgies solitaires.

L'intarissable Jude m'emmenait de continent en continent. Avec lui, on visitait l'épissure des souvenirs familiaux, l'imbrication des généalogies. Cela allait des aventures d'un aïeul au Mexique lors de l'expédition de Napoléon III aux propres souvenirs du grand-père en Tunisie lors de son service militaire, ou à Brest au moment du siège qu'il avait vécu jusqu'au bout. C'était comme une bibliothèque orale, un foisonnement de récits-gigognes, de chasses haletantes, de braconnages dans les campagnes enneigées, un repérage des coutumes, des pratiques familiales et locales, un opéra de légendes qui accueillait l'Ankou et son charroi cahoteux, les intersignes et les sortilèges dont avait été victime cette lignée de paysans à l'âme superstitieuse, le désert tunisien, son vent de sable et ses points d'eau putride, Is et l'Apocalypse, des histoires de meurtriers sanguinaires, d'exécution capitale en place publique, de bombardements et de tirs qui étoilaient la nuit de Brest, c'était la mémoire de la famille, polyphonique et multiforme, soudain racontée, mise en mots, chuchotée, esquissée, différée, dramatisée. Toute une poésie du monde, de la neige et des astres, de la loutre et du congre, de rats emmêlés et de rivières prises par le gel, chauves-souris et lucanes, guerres et moissons, déserts et ondées fertiles, les dires et les songes de la famille dans sa ferme-berceau à la lisière de la forêt, la mer et l'emblavure — une plénitude plus dépaysante que la légende printanière du Christ, n'eussent été les primevères, les cierges dans le soir et la transparence des corps.

L'été, d'autres rites, d'autres activités m'attendaient. Jude m'apprit à regarder le ciel, à reconnaître les constellations. On se plaçait au pignon de la maison et on repérait les étoiles. On s'amusait aussi à chasser les lucanes à coups de grands rameaux de chêne. J'avais un « élevage » de lucanes, ces cerfs-volants aux mandibules voraces que je nourrissais de feuilles. Jude me comblait de ses histoires. Il s'y perdait parfois, les récits se contaminaient, j'entendais des pans entiers d'histoires se greffer sur d'autres que je ne connaissais pas, changeant par là même de registre ou de latitude. Il y avait des récits préférés que je redemandais avec insistance : l'histoire de l'aïeul ensorcelé au retour d'une foire à chevaux par la parole moqueuse d'un vagabond, et qui avait dû errer une nuit entière dans le même champ sans en trouver l'issue, la relation du siège de Brest, les bombardements, la ville saccagée, les corps des soldats allemands étendus dans les rues, la mitraille et la terrible explosion de l'Abri Sadi-Carnot — un de mes premiers actes quand, plus tard, je fus nommé professeur dans cette ville, fut de me rendre auprès des portes tombales de l'Abri.

Les histoires étaient permanentes, fêtes du verbe, de la mémoire, de la geste travestie. J'étais dans l'attitude des Grecs vis-à-vis de leurs dieux. Je croyais à ces exploits, à ces envoûtements, à ces massacres, dans le langage, dans la courbe mélodique des récits. Dès qu'il pleuvait, on montait ensemble au grenier. L'averse arrivait de la mer, noire, avec son front de nuages qui absorbait les derniers accrocs de soleil. Le fond de rade se plombait, les rafales battaient les lucarnes, nous étions au centre de la giration des pluies. On allumait alors un poisson multicolore rapporté d'Afrique, qui servait de lampe. Dans ces lieux où, seul, j'apprenais la généalogie du monde et les mystères du corps — les premières exigences du désir — Jude m'enseignait la généalogie de la famille. Sous le toit fouetté par la grêle, l'ondée ou l'orage — les éclairs m'enchantaient, je rêvais de voir ces troncs, ces moignons calcinés par la foudre, dont me parlait Jude, athanors de la folie cosmique —, électrisé par le vent, les lambeaux de nuit marine qui encerclaient le village, je traçais l'arbre des ancêtres, avec les noms exacts, les dates, tout ce ramas de vies simples, terriennes, consacrées au travail des champs, à la procréation et à Dieu. Vies de sillons, d'*Angelus*, de maternités calleuses, de crainte, de respect de la terre et d'adorations muettes. Je savais tout de la famille, l'arbre s'enrichissait de ramures, de nouvelles fermes, d'autres lieux-dits à la lisière de la forêt, d'autres pierres tombales aussi, de nouveaux noms de schiste serrés dans l'étau de dates qui commençaient par 17.

On avait dépassé le rondouillard Louis-Philippe, le sanguinaire Napoléon, la Révolution, c'étaient les dernières heures du règne de Louis XV. L'arbre croissait, chargé d'alliances, de migrations — qui ne dépassaient jamais le territoire que délimitaient l'Aulne et l'Elorn —, de veuvages, d'éducations strictes, rigides, puritaines. On aimait la terre. On aimait Dieu, et Dieu plus que la terre, avant la terre, car on ne la possédait pas.

Quelquefois nous regardions des photographies abîmées, couleur sépia, des plaques rouillées qui présentaient des formes difficilement reconnaissables. Je n'avais guère besoin de ces visages, de ces *preuves*, tant je connaissais intimement l'arbre paternel, ses faisceaux noueux, son enracinement terrien. Jude était paysan dans l'âme. Adepte du *pagus*, adorateur fervent de sa terre, dans ses nuances, l'intimité de ses sillons, la germination dormeuse de ses tombes. Et s'il avait quitté la terre pour laisser la jouissance de la ferme familiale à sa sœur qui venait de se marier, s'il avait servi l'État — il avait été gendarme en Loire-Inférieure, puis à Brest et dans les *colonies* à la fin de sa carrière —, il n'avait jamais abandonné l'esprit du lieu, le génie du territoire, la forêt et ses loups aux canines d'effroi, la terre hostile, peu féconde, brûlée de vent marin et gorgée de pierres aux cils vibratiles, aux valves de l'origine. La mer n'était pas l'alliée de Jude, qui en disait toujours le danger. Il n'était pour lui de moirure et de rumeur que dans un champ d'avoines ou d'herbes hautes.

La pluie ne fouettait plus les ardoises. Le soleil, dans l'axe de la rivière et de la mer, traversait le grenier de part en part. J'étais inerte, écrasé par le bruissement macabre de l'arbre qui remuait tant d'ombres. Je perdais pied. Le gros poisson des Tropiques, aux ouïes dilatées, avait un rire grotesque.

Lorsque je traversais la rivière, lorsque, selon la formule consacrée, je passais *de l'autre côté du pont*, j'entrais dans une région autre. Je quittais ces émerveillements, cette parole permanente. Gaël m'intimidait par son silence. Il était taciturne, aimable et affectueux certes, mais il vaquait à ses activités et ne s'occupait guère de moi. Il arrivait toutefois que, seul à seul avec lui, je l'interrogeasse sur sa vie, sa famille, son origine. Je savais qu'il était né dans le Finistère au début du siècle. J'avais d'autres repères qu'il distillait : il avait servi dans la Marine jusqu'en 1937, je devinais qu'il avait quitté la Marine pour des raisons que je démêlais mal, il travaillait encore dans une scierie. Mes questions l'importunaient-elles ? Autant qu'il m'en souvienne, je ne le vis jamais me repousser avec violence, refuser sèchement de me répondre. Il ne m'opposait que son silence, et c'était plus terrible encore. J'aurais voulu compléter l'arbre, connaître les détails de l'enfance de Gaël, j'aurais voulu qu'il me racontât quelques anecdotes à propos de ses parents, quelques souvenirs d'école, comme le faisait Jude. Je me heurtais à un silence qui aiguisait le mystère.

Je ne voulus plus affronter Gaël. J'interrogeai ma grand-mère, ma mère. Elles me parlèrent de ces pays qu'il avait visités, l'Afrique, l'Égypte, la Chine, l'Indochine — autant de combustibles pour la rêverie —, elles prononcèrent un nom mystérieux, un nom de bateau, *Phénix*, sur lequel aurait dû embarquer Gaël et qui avait été perdu *corps et biens*. Je cherchai le nom dans le petit Larousse : je ne trouvai qu'un nom d'oiseau fabuleux qui renaissait de ses cendres. Ce qui semblait en contradiction avec l'expression « perdu corps et biens ». Je me mis à imaginer Gaël en rescapé d'un naufrage, énigmatique marin qui paraissait ne pas avoir eu d'enfance, d'existence enracinée, étrange voyageur qui voguait sur des mers chaudes, lointaines, navigateur du *Phénix*, phénix lui-même, de cendre et de feu, de mer étoilée et de vent violent.

Gaël avait disparu : je le cherchais. Il n'était pas au jardin, il avait quitté la maison de bonne heure pour aller débroussailler les plantations de résineux de Morlan, un riche propriétaire forestier. Gaël n'était jamais là, comme le *Phénix* n'était pas là. L'absence, la nostalgie commençaient à me tarauder. Je n'avais pour alimenter la songerie que des noms et des bribes, pas de tronc précis, de ramures délimitées. Gaël s'était retiré dans la profondeur des bois. Autant, lorsque je désirais connaître la vie et les ascendants de Jude, je croulais sous la multitude des noms, des renseignements, des détails même — et jusqu'aux plus factuels, aux plus inessentiels —, autant ici, je sombrais avec le *Phénix*. L'itinéraire de Jude était gravé dans la terre, inscrit dans le paysage qu'il me faisait découvrir lorsque nous nous promenions avec Sultan. Celui de Gaël était incertain, mouvant, jalonné de repères que dévoraient les vagues. Habitait son secret comme une arche muette, engloutie.

VII

Gaël avait disparu dans les sapinaies de Morlan — plusieurs hectares austères, touffus, qui surplombaient l'échancrure marine —, Jude vaquait à ses occupations de jardinage : il me restait à rejoindre Aurélie. La petite fille rousse était relativement libre, elle quittait le périmètre de la ferme sans même avertir ses parents ou sa tante. Elle aimait m'emmener dans la campagne par un dédale de chemins d'eau et de garennes boueuses : c'étaient des kilomètres de voies creusées par les pas des bêtes et les grandes roues striées des tracteurs, sous d'épaisses voussures de feuilles translucides qui laissaient passer le soleil. Les médaillons, les molécules de lumière nous nimbaient. On avançait sur l'eau, dans le désordre des lentisques, des fougères et des sources vives, comme en apesanteur.

Aurélie parlait peu. Parfois, ses longs cheveux qu'elle n'avait pas noués, s'accrochaient aux branches ou aux ronces. Il fallait démêler la cataracte soyeuse des épines, je m'appliquais à délivrer les belles boucles rousses sans lui faire mal. Aurélie adorait ces conduites boueuses et obscures qui, assurait-elle, remontaient jusqu'aux sources de la rivière, dans la forêt. Au printemps, on s'arrêtait pour cueillir, dans la mousse humide, d'énormes bouquets de primevères qui iraient ensuite orner sa chambre et mon grenier céleste. Emblème commun, signe en miroir de notre amour secret. Le chemin se resserrait, de gros massifs de granit scintillant perçaient le flanc du talus, enserrés de racines tortueuses, dénudées.

On ne voyait plus rien de la campagne, du cloisonnement des champs, des cordons d'aulnes et de saules le long de la rivière. On aurait dit que le chemin s'enfonçait dans les entrailles de la terre, parmi les tombes fabuleuses, les pierres de l'origine. Il arrivait qu'on s'abritât dans un semblant de grotte sous un dais de fougères et de ronces qu'Aurélie appelait « grotte des chevaliers ». Le mot brillait, aimantant mon désir, au cœur des feuilles et des herbes que venait de lisser l'ondée. La grotte sentait la moisissure, le lichen sec et d'autres substances, entêtantes, qui enivraient. Nous désirions des boucliers, des armures luisant sous la pluie, des combats héroïques et des bêtes sacrifiées. Aurélie, plus pieuse, s'attendait à quelque apparition de haute dame céleste. On repartait : il fallait quitter le chemin enterré, couper par les prairies pour atteindre le dernier village avant la forêt.

Il y avait là une chapelle parée de retables somptueux, de végétations d'apôtres et de saints flamboyants, une grande arche échouée à la lisière des bois, avec un plafond bleu piqueté de minuscules étoiles. Une Vierge rayonnante — Notre-Dame de Tout Remède — y était vénérée. Nous entrions, boueux, hirsutes après la promenade, dans la nef bâtie à même la roche, et c'était une féerie de boiseries lumineuses, de flammes, de femmes en noir et de vitraux incendiés. Aurélie plongeait la main dans le lourd bénitier de pierre, elle s'avançait, respectueuse, immatérielle, s'inclinait devant la Vierge hiératique dans sa robe brodée, et allumait un cierge. C'était là un rite de femme dans cette nef de femmes. La piécette d'Aurélie heurtait celles qui dormaient déjà au fond du tronc. Aurélie avait vu sa grand-mère, sa mère agir ainsi. Puis elle disait une courte prière. Je l'imitais. Dans ce lieu, on oubliait la boue, l'encavement sinueux du chemin, la noirceur de la terre, les travaux et les jours, l'écrasement du deuil ou de la souffrance.

Une force, une grâce émanaient de la pierre, des buissons de cierges, du bois travaillé, des verrières flamboyantes. Haute dame de lumière derrière laquelle se cachait la nostalgie des divinités des terres, des pluies, des forêts à loups. Magnificat, Annonciations, anges magnifiques, comme on les voit à Florence ou à Sienne, maternités pures, telle devait être la rêverie d'Aurélie, son catéchisme de phrases simples et d'enluminures, son livre d'heures secret, ébauché, déjà tissé de fils d'or, de couronnes délicates, d'anges et de femmes transparentes, de Judées lumineuses, de chemins d'eau et d'arches pierreuses, immatériels soudain, là, comme un grand feu de grâce entre la mer et la forêt.

D'autres fois, j'accompagnais Aurélie chez le peintre Rivet. Il l'avait choisie, prise pour modèle, un jour qu'il était venu acheter du lait à la ferme. On le disait *peintre de la Marine*, mais il ne peignait pas seulement les grèves, les bateaux échoués, les navires de guerre et les ports. Il s'était pris de passion pour Aurélie, pour cette petite fille rousse qu'il faisait poser des heures dans le jardin d'hiver vitré qui lui servait d'atelier. Aurélie portait une robe à fleurs très paysanne et un chapeau de paille à larges bords. Rivet ne devait pas être un grand, ni même un bon peintre, mais tout dans l'atelier nous enchantait : l'immobilité, l'odeur des huiles, l'agitation mystérieuse du vieillard derrière le chevalet, le silence que, seuls, troublaient les mouches ou les bourdons emprisonnés dans la serre. Je restais à l'écart, sur un tabouret, tout près des toiles, des châssis, des alignements de flacons et des bocaux de pinceaux. Il me semble me souvenir que je n'aimais guère ces moments : Aurélie m'échappait, elle appartenait à Rivet, qui jouait avec son image, son reflet, dans les taches de lumière, les touches, les points.

Aurélie restait parfaitement immobile, un livre à la main ; le temps s'arrêtait, on n'entendait rien du village tout proche, les biseaux de jour qui transperçaient la verrière nous blessaient. Rivet n'en finissait pas d'ajouter des couleurs et des touches, une myriade de molécules, de sphères tirant sur le jaune ou l'orange, il bougonnait parfois, et la petite fille se fondait parmi les plantes, la serre inondée de soleil, la lumière d'aquarium, les bourdons. Devaient le fasciner les pigmentations rousses de la peau d'Aurélie, son teint brouillé, semis de taches, sirène impressionniste, et le vieillard se dressait, bougon, concentré, roide dans sa blouse striée de lames et de giclures, de croûtes, palette, tableau lui-même, vieux sage, alchimiste des couleurs dans la serre caniculaire. Parfois il faisait si chaud que Madame Rivet nous apportait des glaces ou des jus de fruits. Les gros blocs de glace s'entrechoquaient : il était bon de les garder sous la langue. Aurélie buvait, silencieuse, elle avait un instant quitté son livre, la pose, le chapeau à larges bords : Rivet, très paternel, lui épongeait le front.

Je me mis à aimer ces instants quand je compris qu'ils étaient les seuls où je pouvais regarder intensément Aurélie, elle n'était plus voyageuse des chemins d'eau, simplement liseuse, jeune fille modèle posée sur son tabouret de paille, le monde s'arrondissait autour d'elle, courbe, caresse de la lumière, des lierres sombres, des treillis qui constituaient le fond ; Aurélie était une pluie de taches, une nuée de points qui pigmentaient la toile, je la voyais se défaire sous le pinceau du peintre, n'être plus qu'un reflet émietté, arrêté : j'avais chaud, mes tempes cognaient, j'étais sous l'emprise d'une force mystérieuse, comme un vertige qu'aiguisaient le pollen des natures mortes, le verre fondu, les lys béants et les bourdons incessants.

Un jour, Rivet me proposa de rejoindre Aurélie sous la tonnelle du jardin d'hiver. Plusieurs matinées des vacances, nous revînmes poser ensemble. Cette fois, c'était notre couple qu'il peignait. Je commençai à préférer l'atelier à tous nos autres sanctuaires, granges, grottes, chemins profonds, chapelle des lisières, pour sa liturgie muette, son extase paradisiaque. Nous étions côte à côte, sur un banc de jardin écaillé, et nous regardions dans la direction des charmilles. Rivet peignait notre union, notre amour immobile dans la chaleur d'un été du bout des terres.

Qu'est devenue cette toile ? A-t-elle existé ? Elle a dû être vendue trois fois rien dans une obscure salle des ventes à la mort de Rivet. Il m'arrive de passer auprès de la maison fermée du vieux peintre. La vigne vierge recouvre à présent la façade dans sa totalité. Glycines et lierres sauvages ont envahi le jardin, si bien qu'on ne voit plus l'atelier qui doit être fracassé. Je songe à ces heures de pose sous le pinceau d'un vieil adepte de l'impressionnisme. Je revois le tableau, notre couple naïf, Aurélie enfantine, végétale, fille de ce paradis des confins. On vendait l'autre jour une série de marines de Rivet à l'hôtel des ventes de Rennes : j'en ai acheté une pour le plaisir de revoir — d'avoir — cette signature. Elle était datée : 1971. Graphe du Paradis.

Le soir, je ne pouvais pas m'endormir. J'étais couché depuis une heure, deux peut-être. Des histoires me revenaient, les braconnages de Jude, le *Phénix* englouti de Gaël. Plus encore que toutes ces histoires, le souvenir des odeurs m'empêchait de dormir. Elles revenaient me harceler, senteurs de buis, d'insectes, de feuilles réduites en poussière par les mandibules des lucanes, poussière des greniers à blé, de l'atelier de Rivet, odeur entêtante des huiles et des corps en sueur. S'y ajoutait celle, âcre, des vases de primevères, la boue du chemin de la chapelle rayonnante et perdue, l'odeur de la terre, de l'argile humide, crevassée. Puis je voyais le corps d'Aurélie, les fines gouttes de sueur qui lui ruisselaient sur le front dans l'atelier caniculaire, les épaules fuyantes, la gorge fragile. Aurélie était là, près de moi, je sentais son corps qui se lovait contre le mien : d'un coup, je basculais dans la « grotte des chevaliers ».

Des rêves nous portaient jusqu'à la chapelle de la Madone, au terme d'une navigation sous les voûtes de frênes et de saules. Les feuillages retombaient en ombelle, formant un dais au-dessus de l'arche flottante. Aurélie était nue : je voulais connaître l'énigme de son corps.

Je me souviens d'autres vacances pascales, trois ans plus tard, après l'hiver des crues. Le soir, je lisais *L'Écume des jours*, agacé par tant de virtuosité, de facticité. C'était le début de l'adolescence. J'avais trouvé refuge chez Gaël et je voyais moins souvent Aurélie. Elle n'avait pas changé pourtant. Plus de grenier, plus de grange, plus de grotte, de longues conversations dans la cuisine, près de la fenêtre. On parlait d'études et de lecture.

Le soir, comme avant, comme au temps des rêveries fluviales et des poses dans l'atelier de Rivet, j'aurais voulu m'endormir, me désamarrer de la réalité sur l'éblouissement de son corps, peau immaculée, chevelure plus rouge. Fondre à ce brasier voluptueux, cette dernière vision. D'autres images me venaient, corps souples, tendus dans l'effort, jeunes athlètes courant sur les pistes des stades. Il y avait des discoboles, des moulages de corps nus dans l'atelier de Rivet. Ils me revenaient maintenant, je les revoyais alignés sur une crédence, au-dessus des toiles. Ils revenaient me hanter, me torturer par-delà l'oubli, par-delà les crues. Ils ne me quittaient pas. Je m'enfonçais dans le sommeil avec leur garde crépusculaire. Ce devait être le signe de l'élection merveilleuse.

VIII

Le jour où j'ai eu le pressentiment de la mort de Gaël, j'ai aussitôt appelé Irène et Fabrice pour qu'ils me rejoignent à la maison. Je voulais leur parler de Gaël, mettre en mots cette vie silencieuse, cette vie dont l'essence avait été la soumission silencieuse. Il y avait longtemps que je savais tout : avec le temps, l'énigme s'était éclaircie, je connaissais le secret de Gaël, ce secret qu'il n'avait jamais voulu me livrer, même l'adolescence venue, cette blessure ardente qu'il portait encore, toujours aussi douloureuse.

Dans le confort des livres, des statues d'Inde et d'Afrique, je voulais dire à mes deux compagnons de l'essentiel l'existence difficile de Gaël, son entrée dans la Marine comme mousse à quatorze ans, l'apprentissage rigoureux, les premiers galons, puis les voyages sous les eaux, les colonies, les comptoirs lointains, les escadres, Toulon, Brest, Cherbourg, d'autres galons conquis, une certaine respectabilité acquise, le mariage. Venu d'une certaine pauvreté, d'une terrible différence surtout, Gaël avait, par son mérite, quitté la misère de la boue et des contingences rurales, il avait été bon élève, mousse studieux, marin à la conduite irréprochable, comme il serait bon mari et bon père. Durant ses voyages — il avait connu l'éblouissement devant une Chine archaïque, il avait vu rouler les eaux du Yang-Tsê Kiang —, dans l'intimité des passes, des goulets, des détroits, il lui était arrivé d'écrire à sa grand-mère des lettres dans lesquelles il racontait ses émerveillements et où il énumérait la liste de ses escales. En revanche, il écrivait rarement à sa mère. Une vieille misogynie le tenaillait. Je crois que c'est à cette grand-mère qui l'avait élevé qu'il dédiait secrètement les galons obtenus. Il avait besoin de cette présence aimante restée dans sa ferme auprès de l'Elorn, il avait besoin de cette dédicataire secrète, usée, pour survivre. Dans ses circumnavigations, il se disait le fils de cette vieille femme prostrée qui l'attendait dans une salle basse enfumée, entre le lit clos et la vitre givrée. Elle ne connaissait rien des destinations lointaines. Des noms sur une carte, et le sentiment aigu d'une absence.

Gaël, lui-même, quelques mois avant sa mort, m'avait montré les diplômes. J'ai entre les mains les rouleaux jaunis, émouvants, le premier diplôme, le brevet élémentaire de Timonier en date du 1er octobre 1919 — des notes excellentes, soixante-douze points supplémentaires —, puis le brevet supérieur de Timonerie — calligraphie gothique — fait à bord de *l'Armorique* le 14 mars 1930, là encore avec des notes excellentes, oscillant toutes entre quinze et vingt, avec cette fois deux cent quarante-cinq points supplémentaires : Gaël, selon la formule en vigueur, était admis à servir les bâtiments de la Flotte, ès qualités. Il était auprès de moi, cloué à son fauteuil de valétudinaire, et il m'avait demandé de relire les notes. Je lui avais tant de fois présenté mes carnets d'écolier, de même j'avais fêté avec lui mes titres universitaires et mes livres. La scène s'inversait. Pour la première fois, je le voyais s'enorgueillir au souvenir de ces diplômes qu'il avait tenu à réenrouler tout seul.

Cette nuit de février où, en compagnie d'Irène et de Fabrice, j'avais voyagé dans la vie de Gaël, j'avais mesuré à quel point mon grand-père avait souvent flirté avec la mort. Je l'avais vu malade, gravement, en 1971 — on disait alors qu'il allait mourir —, je me rappelais également le jour où on l'avait ramené à la maison ensanglanté : il était tombé d'un camion à la scierie où il travaillait encore. Ma grand-mère m'avait aussi raconté l'accident dont il avait été victime pendant la guerre lorsqu'une lourde berline allemande l'avait happé et traîné sur plusieurs mètres.

La mort n'arrivait pas à le faucher. Il revenait toujours. Il était le rescapé du *Phénix*, ce sous-marin dont je connaissais maintenant l'histoire, ce sous-marin à bord duquel Gaël aurait dû servir et dont il savait, au vu des lézardes, l'engloutissement proche. Il n'était pas possible de différer son embarquement. Gaël était père désormais. La vieille dédicataire de ses rêveries lointaines était morte, mais sur la rive l'attendait un foyer, une belle jeune femme et sa fille qui venait de naître. Gaël avait démissionné. On n'avait jamais revu le *Phénix* au port de Cherbourg. Gaël s'était retrouvé commis aux écritures, puis il avait fui les bombardements du Cotentin. Pour la beauté de cette fille qui le réconciliait avec la vie — la vie transmise —, il s'était fait bûcheron, fabricant de charbon de bois, manutentionnaire de scierie, modeste débroussailleur. Il s'était mis au service de Morlan qu'il vénérait comme il l'eût fait d'un amiral. Par tous les temps il partait : des nuits entières il veillait auprès des fours à charbon dans la forêt du Cranou. Plus de houle, de mer lactescente : le cri de la hulotte, le brasier des fours, les nuits pluvieuses qui sentent l'algue et l'embrun. L'averse glissait : Gaël s'était caché sous son abri de rondins derrière les fougères. Peut-être songeait-il à sa femme, à sa fille qui étaient là, non loin, au village, ou encore, dans le vent mouillé qui amplifiait l'haleine du brasier, à ses compagnons, les maîtres-timoniers disparus dans les soutes tombales du *Phénix*.

Celui qui, par quatre fois, avait échappé à la mort allait-il la rencontrer enfin ? Le *Phénix*, la voiture allemande, la chute et la fatigue tuberculeuse, rien n'avait eu raison de son corps de marin et de bûcheron, de sa carcasse de veilleur solitaire. Gaël aurait cent ans. Il couvrirait le siècle. Je buvais avec Irène et Fabrice, je leur disais la vie de ce vieillard qu'ils ne connaissaient pas. Peut-être croyaient-ils entendre une fiction, superbe, chamarrée de mers et de villes bombardées, de forêts et de brasiers, de souffles marins dans les clairières, de nuits neigeuses — à en avoir l'onglée — et de naufrages sous les arbres.

Le secret de Gaël était plus terrible que la disparition du *Phénix*, plus terrible que les morts côtoyées ou traversées, plus violent que la peur de descendre aux abysses. Il tenait en un mot, inavouable. Il expliquait toute la misogynie de Gaël et le miracle de son mariage, de son assentiment à la vie transmise. À sa naissance, le droit avait appelé Gaël *enfant naturel*. La grand-mère, auprès de qui la fille honteuse avait trouvé refuge, avait insisté pour qu'on lui donnât ce beau prénom de voyage et d'Irlande. Gaël, il serait, dans l'infamie et la différence. On le montrerait du doigt, à l'école, au village. Il souffrirait jusqu'à la mort d'un nom manquant. Sa famille, ce serait la Marine, l'intimité des mers, le compagnonnage des disparus. Né d'un blanc, d'une absence au livret de famille — ce rameau inconnu qui m'avait tant intrigué — il était voué à la mer, à la mort, aux lisières. Son secret était sa force, son silence la marque de sa soumission à l'ordre du monde. Il était d'une autre essence, d'une autre planète. Et c'est pour cela que je le croyais immortel.

IX

Son déclin va durer un hiver. Un long hiver de froidure et de pluies. Un dimanche sur deux, quel que soit mon travail, je vais le voir dans sa maison du village ; il est là, immobile, comme prostré dans le fauteuil où il nous attend, et il va de renoncement en renoncement. Le jardin n'est plus cultivé : de hautes herbes poussent. À l'automne, il sort encore un peu, il veut tâter les poires dorées qu'il aime par-dessus tout, il veut éprouver le grain de leur peau, débusquer les guêpes des minces galeries qu'elles ont forées dans les fruits. Plus tard dans l'hiver — je n'ai plus la date précise — il lui faut renoncer à descendre à la cave et au jardin. Les pluies qui forcent les profondeurs reculées de la rade fouettent les vitres. La maison est une coque battue par le flot. Des arches, des cavernes marines grondent. Et Gaël continue d'inscrire sur son carnet les lunaisons, l'amplitude des marées. Comme il lui coûte de se lever pour regarder le ciel, il écoute le bulletin météo qui suit le journal télévisé, quand il ne dort pas déjà. Mais il concentre tous ses efforts, toutes les ressources de sa vigilance pour retrouver le coefficient exact de la marée, l'indication du quartier de lune, une date qui lui manque.

Rituel que je respecte avec scrupule, à chaque visite, je lui apporte le supplément richement illustré de ce journal qui, chaque samedi, présente plusieurs pages de rétrospective d'événements qui se sont déroulés quarante ans plus tôt. Son premier geste, dès qu'il s'empare du magazine, est de chercher les pages historiques, pour relire avec piété ses noms de Chine et des Dardanelles. C'est tout juste s'il esquisse quelque commentaire. Il s'abîme dans sa lecture. Le silence tombe. Il n'y a plus que le battement de la pendule, là, derrière lui, et le halètement brisé de sa respiration. Quand il a ainsi pris place dans la cuisine, près de la fenêtre, je sais qu'il ne faut plus le déranger : je l'ai toujours vu s'asseoir ainsi, prendre la pose du lecteur assidu, avide. Je m'éclipse et j'envie sa qualité de lecture, le recueillement vivant qu'il incarne. Du jardin, je l'observe, penché derrière la fenêtre. Je devine le profil du grand lecteur recueilli. Il pluviote, mais la silhouette rayonne parmi les filets de pluie, les langues, les réseaux de l'ondée, veilleur, timonier, décrypteur, voyageur de l'absence. La pluie, la vitre, la distance l'absorbent, il se pétrifie dans son fléchissement liturgique, et pourtant le crépuscule est vif, des nappes de lumière sont lentes à mourir sur la mer très haute qui a envahi les quais. Je cède à l'appel de la pluie, du soir — du sanglot marin.

J'ai toujours peur de le quitter. Une secrète peur me paralyse. C'est la dernière fois. Il s'est relevé, les yeux rougis par la lecture, les mains noueuses, comme écorchées, posées dans le halo que dispense la lampe. Il me regarde. Lui, l'homme des itinéraires et des marches, il m'interroge, d'un seul silence du regard, devine-t-il où mes pas m'ont porté une fois encore, comme pour exorciser l'angoisse ? Sait-il que j'ai visité l'église, que j'ai traversé le flot jusqu'à ce qui sera sa tombe ? Près de lui, son étui à lunettes, des crayons, et ce vaporisateur qu'il garde toujours près de lui, ce vaporisateur qui l'aide à respirer au plus fort de la crise, talisman de ses nuits brisées. Il me souhaite bonne route. « Amuse-toi bien... », telle est sa formule rituelle.

La route est longue jusqu'à Rennes. Au gré des cahots du train, des stations dans les gares de campagne, je revis l'après-midi, ce qui reste de l'immuable liturgie des dimanches. Autrefois il y avait un déjeuner, une marche digestive, et ce jusqu'à il y a peu. Le rite s'est concentré à l'appel de la mort. Derrière la vitre qui ruisselle, je revois le halo de la lampe et la silhouette pliée — brisée — de Gaël. Les poires ont pourri : il reste des fruits de grosses outres juteuses, et qui suintent. J'ai peine à lire dans le train qui me ramène, tant ces images m'oppressent : la mer haute, presque au niveau du pont, entre l'église et la tombe, la fenêtre qui s'anuite, la lecture douloureuse, les faisceaux de la pluie. Il est tard et je marche comme ivre parmi les étudiants, les soldats, les ombres interlopes.

Le soir, quand l'angoisse me saisit, j'appelle ou je rejoins Irène. Elle habite à quelques pas de chez moi, près de la cathédrale. On va marcher dans le déambulatoire sous les chapeaux pendus des cardinaux défunts. Elle parle de ce mémoire qu'elle écrit sur Gracq, je lui parle de Gaël, de ma dernière visite dominicale, je suis obsédé par l'approche lente de la mort et je la sens plus vive encore dans la cathédrale qui s'assombrit, les stucs, les crosses, les pierres tombales des archevêques, on marche sur ces pavages creux, silencieux, tétanisés.

Étrange ce présent qui ravive et fige les actes, comme s'il était le seul à même de les fixer, de les épurer. C'est dans le cercle parfait du présent que se dessinent le cadre de la fenêtre ruisselante où se courbe la silhouette de Gaël, les marbres creusés de la cathédrale, érodés par nos pas ressassants, les deux bars en forme de barque renversée — le Chatham et le Saint-Georges — où Irène et moi aimons traîner au lieu de travailler ou d'écrire, et le souvenir unique, intact, de Franz. Il s'associe définitivement à l'agonie hivernale de Gaël, comme un contrepoint, une figure menacée, un soleil noir. Il m'est apparu pour la première fois à une conférence que je donnais à la bibliothèque de la ville, sombre, de jais, attentif, intensément concentré. C'était en octobre, le 3, je devais parler de romans, de littérature contemporaine, je ne sais plus trop. Une foule de visages, dont certains connus — Fabrice, Irène, Erwan et Julia sont là —, d'autres, lointains, indifférents, et ce garçon au troisième rang, difficile de lui donner un âge, entre dix-huit et vingt-cinq ans. Je parle, et plus je parle, plus son regard m'absorbe, sombre, puissant, le visage est hâlé, légèrement, octobre, reste de bronzage, soleil d'automne. Il me semble qu'il prend des notes comme je parle. Ma concentration s'émousse. La cohérence de l'exposé s'en ressent. Tout, mes phrases, mon attention, ma jubilation, mon désir, sont appelés par cet adolescent androgyne du troisième rang près de la fenêtre. J'évoque le baroque tout en affrontant l'ange noir. Il ne sourit pas. Il est d'une impassibilité totale. La causerie s'achève. Cohue, tumulte. Irène et Julia m'entourent. Il vient vers moi :

— Je travaille sur le roman contemporain. J'aimerais vous revoir...

J'affecte la distance, tout en griffonnant l'adresse. Je l'invite à m'appeler... Je passerai des jours à attendre un signe.

Les deux histoires sont indissociables désormais. L'ordinaire d'un hiver. J'essaie de les retranscrire avec un maximum de minutie, je feuillette des carnets qui entremêlent les deux itinéraires, celui du témoin magnifique et celui de l'ange noir. Je visite l'un dans sa demeure que cernent lentement les eaux de mort, j'attends avec impatience des nouvelles de l'autre. Il me semble que le désir s'exacerbe sur son filigrane de mort. Franz est venu, cérémonieux, intimidé. Physique d'ascète mat, yeux sombres, profondément enfoncés.

Conversation banale, presque superficielle. Quand ? Novembre peut-être. À l'approche de l'hiver, il porte un pardessus noir chiné, c'est une même flamme noire, tignasse, laine ténébreuse. Je crois le voir partout. À la gare, derrière les colonnes de la cathédrale. Divinité cimmérienne, maléfique. Je suis au confluent d'un désir et d'une peur. Un confluent ou un clivage ? Je rêve de rapt, de départ, de possession saccageuse. Taraudé par l'angoisse, par l'appréhension de la grande fracture, j'avance cerné de tessons, de cristaux noirs. Orfèvrerie du vice. Avec Irène, je vais deux soirs de suite voir l'adaptation de *Querelle* par Fassbinder. Je ne veux pas mourir.

J'aime l'ironie fougueuse d'Irène, son sens de la fête et de l'excès. Elle donne des dîners, elle parcourt la ville la nuit à grandes enjambées, elle n'a peur de rien, elle s'introduit dans les passages obscurs qui relient entre elles les cours intérieures des vieux immeubles, et m'entraîne au fond des coques enfumées du Chatham ou du Saint-Georges. Foule étudiante, jeunesse insouciante, absolue. Je crois n'être jamais autant sorti que cet hiver-là. Seul, je retrouve vite mes fantômes. Avec Irène, j'entre dans le flux d'une conversation ludique et ininterrompue. J'ai faim de ses mots joueurs, chatoyants. Novembre est gris, long, pluvieux. Les grands verres d'alcool pur nous réchauffent.

Par hasard, je retrouve Franz à un cocktail en ville, pour un vernissage. Il est plus timide que jamais, fébrile, embarrassé. Je crois comprendre qu'il est une lointaine relation du graveur qui expose. Nous buvons, trop sans doute. Il dit aimer particulièrement une gravure, sorte de paysage proliférant et englouti, constellé de signes, de stèles, d'hiéroglyphes. Un paysage comme une souche de Kabbale et de nuit, tombeau lunaire et marin. Je le lui offre. La gravure, m'avoue-t-il avec gêne, ira orner la chambre qu'il partage rue de la Croix-Cassée avec un ami.

Des jours sans rien. Des jours sans visite. Retrouvailles rituelles chaque soir avec Irène qui m'entretient de l'état d'avancement de ses travaux sur Gracq. Cathédrale. Pavage lissé de nuit. Carènes enfumées, comme patinées au coaltar, de nos bars d'élection. Le jour, je fais des cours incohérents, électriques. La brisure en moi s'accentue. Je sais inexorable la mort du mythe, de l'enfance magnifique. Et je me précipite sur la crête du désir.

J'ai tout avoué à Irène. Ce désir qui m'éloigne d'elle. Cette passion insensée. Je suis allé jusqu'à dédier à Franz un texte de catalogue que j'ai écrit sur des gravures de Dürer : le monogramme, l'Apocalypse, les Passions, hordes et glaives. Il pleut inlassablement. Pendant ce temps, Gaël dépérit, crises plus nombreuses, plus violentes. Ma mère me le dit chaque jour au téléphone. Franz est là de plus en plus souvent. Il se déchausse chaque fois pour fouler le beau tapis de la vallée du Drâ : pieds fins, chaussettes bleues.

X

J'ai fui à Venise, carnaval, paons lunaires en robes lamées immobilisés sur les ponts, découpes de l'eau multiple, lourde, encombrée de vase, de filaments verts, Irène et Fabrice m'accompagnent, Venise est à nous, enjambées nerveuses, des milliers de pas par jour, la Basilique menacée par les eaux, et toujours les paons, les masques d'argent, aristocrates ludiques et belles pour ce colloque sentimental miné par l'eau, la brume, la froidure qui monte. Nous gagne le délire des marbres, des tombeaux de doges géants, le dédale des *calli* où nous piétinons des nuits, les arrières sombres de la Salute, les darses vides de la Giudecca, je ne sais plus où je suis, qui je suis, assailli d'images luxueuses, Jugement Dernier du Palais des Doges qui semble jaillir de la lagune, Carpaccio verts, rouges, dragons convulsés, émiettés, Augustin, Jérôme, je ne suis jamais las des nefs, des églises emplies de peintures et de fresques, éclats, poinçons d'or, bleu nuit, comme une croûte démente émaillée de signes, de gerbes de signes, de traces glorieuses, de milliers de morts traversées.

L'après-midi, c'est Torcello, grise, saline, plus rugueuse, plus désolée, la ligne, la base, la nef matricielle, sans l'apparat, les fresques lumineuses, les pilastres, les portiques et les lions levés sur les radeaux de marbre. Les marches descendent, glissent, fouettées par l'embrun et l'algue, c'est l'appel d'une mer souterraine que creuse l'étrave du vaporetto, mer terreuse, peu profonde, tapie sous son manteau de vagues vertes, semée d'îlots, de villes fastueuses, bourgeons sertis de lèpre, bastions de signes, d'enluminures que prolongent les fatras d'algues, l'eau ramifiée, la tombe ouverte et proliférante.

On marche sur des tombes, dalles, pavages, écrins de cendre, tabernacle des Absents, restent les Images, les Nimbes qui fleurissent les murailles, les chaloupes noires arrimées aux quais seuls, la cape du Commandeur qui disparaît par les ruelles, pressé, avide, appelant la ville entière au festin de pierre, lions ignés, aux griffes liquides, canaux pétrifiés. Des incitations fulgurantes, telle vieille masquée, noueuse, égarée au bord de l'eau, manteaux damassés, flux de plis soyeux, lagune miroitante, tactile, et ces caves, soupiraux ouverts à même l'eau qui cogne, cryptes noires aux ongles de mer. Ivresse du labyrinthe, des jardins morts, des végétaux cendreux — treillis de hampes sombres —, des incurvations et des boucles de la ville, ivresse du pavé qui flotte, d'Is, des quais splendides.

Près de San Stefano, d'immenses statues de chevaux écorchés, disloqués, démultipliés. Ils s'ébrouent entre les flammes des torches qui délimitent l'aire de travail des sculpteurs fous. L'os, le muscle, la crinière, la bave fulminante en un jeu de formes vivantes, d'entrailles mobiles, cisaillées par le feu et l'effroi. Les sculpteurs étirent les muscles, lacèrent les poitrails. Carnaval de la chair furieuse. J'ai oublié l'ange noir et le témoin magnifique. Les grands chevaux cinglent le carreau lagunaire.

Le soir nous parlons. Il me faut un flot de paroles pour occulter la perspective de ce qui m'attend. Avec Fabrice, nous évoquons des souvenirs, la ville pluvieuse du front atlantique où nous nous sommes rencontrés. Irène se déguise, marquise XVIIIe, nous marchons place Saint-Marc, tout à la féerie de la place, de l'eau qui sourd des dalles disjointes, de la masse ombreuse de la basilique écrasée de coupoles, des derniers *acteurs* qui se dispersent sous les arcades des Procuraties : le Frascati ou l'Orvieto nous portent, c'est l'Italie du désir et du masque, des brasiers de tissus et de plumes, l'Italie baroque, je rêve la dépouille dormeuse de saint Marc guidée par le Lion emblématique, elle surgit des vagues, comme dans la procession flamboyante de Bellini.

Quai des Esclavons, Santa Maria della Chiesa, un concert dans l'église tendue de tentures pourpres : un jeune homme au teint mat chante le *Stabat mater* de Vivaldi. On s'arrête. L'eau déferle sur les quais. Les veines pures, le couteau cristallin du deuil. Le hautecontre est superbe. Je crois reconnaître Franz.

De retour à Paris, je fais halte chez Bussan. Je le rejoins dans son grand loft du quai Voltaire. C'est un écrivain et un peintre que j'aime. L'atelier est immense et clair, taillé de lumière. Bussan a délaissé le pupitre pour s'asseoir parmi les plantes et les fétiches d'Océanie. Il revient d'Amsterdam, avoue travailler à un grand roman cyclique, roman des villes, des déserts, des malédictions et des migrations ; il est vif, torturé, long visage sabré, aigu. Je le sens fébrile, pris par sa création. On se connaît depuis douze ans. Il me fait parler de Venise, du carnaval lunaire, de Torcello et de Carpaccio, tous ces goûts que nous partageons. Je lui dis ma peur de rentrer en Bretagne, la peur de ce deuil qui va briser l'enfance magnifique. Il rit, m'entraîne dans la galerie supérieure qui domine la Seine, me montre ses écorchés, ses gisants façon Christ putrescent de Holbein. La lumière est verdâtre sur les corps couchés, les argiles, les bronzes. Il a délaissé le roman pour sculpter et peindre. Il veut sortir.

Nous marchons sur les quais, puis plus bas, tout près du fleuve. Bouillons gris, marneux. La ville paraît brumeuse, très minérale, fendue par la violence du fleuve. Bussan raconte ses deuils, ses ruptures, s'amuse de ma condition de « puceau de la mort ». Il parle d'un rythme saccadé, avec précipitation, il chante Paris, la force de la ville, la crue dévastatrice, la résistance des étraves pierreuses. Il rêve d'une autre lumière, plus douce et plus crue, de marbres.

À Montparnasse, avant que je ne parte, nous dînons rapidement dans une pizzeria. Il y a donné rendez-vous à Lucy, une jeune femme brune qui veut devenir comédienne. Je crois comprendre qu'elle a posé pour lui et qu'elle sera un des personnages du roman cyclique. En présence de Lucy, Pierre Bussan est plus présent, plus chaleureux. Ils évoquent une possible installation à Milan à l'automne. Italie stendhalienne, Italie des lacs, des chartreuses et des galets rugueux de Come. Lucy se noue à Pierre, l'entoure, l'envoûte. Longue liane nerveuse, peau mate et lisse. Avant que je ne les quitte, Pierre me redit ce mot de Camille Claudel qu'il affectionne : « Il y a toujours quelque chose d'absent qui me tourmente. »

*

À peine rentré, j'appelle Franz. Il paraît décidé à venir me voir très vite. À Venise, en écoutant le haute-contre, j'ai convoité son corps de guetteur fragile. Les images de Venise, celles de Paris, l'*acqua alta* par les dalles disjointes, les arbres dénudés des quais, la Seine grosse, vertigineuse, se confondent. C'est une même nébuleuse torrentielle. Il est là, face à moi. Ange pur, méfiant. Il me semble qu'il a décrypté mes lettres, mes textes. Il a identifié la nature de mon désir. Qu'il l'ait extirpé de la gangue de la métaphore et du sortilège m'effraie. Je le regarde, rétracté, peureux, les yeux plus enfoncés que jamais, son discours s'effiloche, lambeaux d'idées, balbutiements. Je dois encore croire que sa beauté d'ange m'immunisera contre la mort. Il doit être tard et nous parlons depuis le crépuscule. Il a peut-être faim. La rumeur de la ville nous parvient, résonances, sillages lumineux. Il est allé dans le Finistère, il a voulu voir la pointe Saint-Mathieu. J'essaie de recentrer la conversation sur ce qui pourrait nous unir. Sa méfiance se convertit en distance. L'Ange s'éloigne au moment où je le désire de toutes mes fibres. C'est un appel, une soif violente, la soif de ses mille visages depuis l'automne, depuis le reste de hâle d'octobre, puis il me semble que le visage s'est creusé, aplats plus durs, visage plus adulte. Mon désir a dû remodeler ses traits.

Je n'en peux plus. Je cède. J'avoue. Il s'est levé, pétrifié, ravagé devant la porte. Il veut partir. Je lui dis que j'aimerais le garder prisonnier dans cet appartement. Il répond un mystérieux : « Ce serait plus simple. »

Je ne l'ai pas vu partir.

XI

Le téléphone m'a sorti du sommeil. C'était ma mère. Gaël est mort dans la nuit. Je reste étendu dans mon lit, étrangement calme, rasséréné. Je ne sais pas ce qui m'attend. Je ne veux pas savoir. J'appelle Irène et je lui dis, très lentement, que Gaël est mort. Il faut que je m'imprègne de la réalité matérielle de ces syllabes pour croire à cette mort. Il faut qu'elles repassent par ma bouche, qu'elles viennent éclore et mourir sur ma langue sèche. Là elles ont leur réalité, leur évidence de décret infaillible ; la mort doit être puisqu'elle est dite. Au même moment, je désire la contrer, par l'écriture. Elle ne saurait s'installer dans mon territoire. Je revois Gaël, c'était dimanche, il y a quatre jours seulement, une dernière fois je suis allé le saluer avant de partir : il était roide dans son fauteuil, les mains osseuses — minérales — nouées sur sa canne, son sceptre de passeur des ombres. Je l'ai embrassé, j'ai embrassé ses joues creusées, j'ai embrassé sa vie refluante. Et il m'a souhaité « bon voyage ». J'essaie de fixer ces instants, comme ceux des lectures derrière la fenêtre de la maison du village, ni enluminure, ni sortilège, la netteté, l'évidence du Décret, de la mort qui se découvre. On aimerait pleurer, mais je n'ai pas d'image pour susciter les pleurs, ni biseau ni ciseau pour me faire mal. Je suis seul et c'est ma propre perte que je vais pleurer.

J'écris à Franz. Je lui dis mon abandon, ce sont les premiers mots de deuil que je trace, le vieillard que j'adorais promis à la terre et l'adolescent qui me rejette. Le Témoin et l'Ange. Sorte de texte, d'épitaphe, premier défi au deuil, à la perte, à la fission d'un monde à travers les mots. Matrice d'un roman qui ne serait que d'ombres. Ombres vocales que je retrouverai à Gand. À cet instant, c'est la terre qui m'obsède, la mort dans la terre, l'idée insoutenable d'un dieu lumineux définitivement prisonnier de la nuit, d'un dieu enterré. L'Aulne, Venise, le *Phénix*, Is, mêmes images d'engloutissement, d'enfouissement terreux. On passe, on aspire à la chevalerie célestielle, au compagnonnage solaire des nimbes. On se croit poussière, et on est de terre, véritable lignage, racines inverses qui nous appellent pour être un dieu des lunaisons froides, un dieu de terre.

Je vais traverser la Bretagne jusqu'à ses confins. Il fait un soleil de mars, acide, tissé de molécules vives. La liturgie, que l'enfance a inscrite dans ma chair, m'inviterait à songer à la résurrection, au tombeau fracturé, je roule vers la mort. Du train, j'observe la campagne, les arbres convulsés par la sève qui renaît, les prairies ravinées par les sources, l'herbe, le visage de la terre après le gel. J'arrive très vite à M., là où est mort Gaël. Je demande à voir tout de suite ce qu'il reste du grand absentement de la nuit. Trois heures vingt-cinq.

Je suis entré dans la chambre de la morgue. Je ne l'ai pas reconnu, émacié, plus creusé encore, mais apaisé, sans contractions, ni crispations, le témoin magnifique foudroyé sous son linceul, sommeil fixe, stable, un pharaon d'un bleu froid. Les lèvres fines, pincées, comme dessinées au crayon, violettes, les narines trop grandes, ouvertes, exhibées — inutiles. Le corps couché de l'Absent, suprême, royal, et ces ombres que nous sommes, ma mère, ma grand-mère, mon père, absurdes, d'une fébrilité déplacée ou d'une immobilité maladroite, incapables, ontologiquement incapables de trouver la gestuelle adaptée au figement de Gaël. Je le regarde, j'essaie de m'accorder *intérieurement* à cette immobilité souveraine. Ce ne sont ni la blancheur ni la raideur qui me saisissent, mais l'immobilité statuaire, dont l'éclat nous découpe comme les ombres d'un grand soleil fauché.

Les images courent, c'est une scansion terrible, la prosodie de la mort. Elles n'ont ni socle ni souche. Elles défilent, fulgurantes. D'un côté, le figement, le néant blanc; de l'autre, le flash des instants, le blond d'un cercueil, le vif du printemps naissant, les eaux hautes qui frôlent l'arche du pont et les assises de l'église. Des ombres qui s'inclinent devant le cercueil dans la nef assiégée par le flot. Sensualité des flammes, du mauve de la liturgie, des mots sacrés. Le temporel, l'absentement, l'éternité.

*

Orphelin du mythe, orphelin de l'enfance : j'ai perdu un dieu taciturne, mystérieux, un dieu fort des morts traversées, un dieu qui détenait le secret des mers et des abysses. Les heures qui vont suivre son enfouissement me laissent inerte, incapable d'affronter le réel déserté. J'essaie de retrouver son silence des derniers temps, ses heures de sommeil hagard : ils contenaient sans doute en filigrane l'image du grand absentement. Le lignage est cassé : je vais devoir en inventer un autre, redessiner les itinéraires sous-marins, les nuits de veille dans la forêt. Je déambule dans la maison vide : les journaux, les livres, les flacons médicamenteux sont là, il suffirait de réunir ces objets pour que de leur *conjonction* surgisse la figure perdue de Gaël.

Je marche jusqu'à chez Jude. Le silence l'a atteint à son tour. Il est brisé, presque aveugle. Je le suis dans le jardin où il veut me montrer je ne sais quoi ; là aussi l'herbe a envahi les parcelles qu'il ne cultive plus. An Od me semble brisé, je n'y retrouve plus la texture paradisiaque qui nous enchantait, l'ouragan de 1987 a couché nombre des beaux cyprès de clôture. Jude est fébrile, secrètement touché par la mort de Gaël. On ne parle de rien, on fait comme si rien ne s'était passé : la cohérence ordinaire des jours. Jude marche devant moi : je le sens flageolant, vacillant, je crains qu'il ne dérape sur les marches ébréchées. Et il parle, les récits reviennent : la campagne, les braconnages, les rivières gelées, la Truite et la Loutre, les saumons, les fossiles. Le territoire se redessine à cet instant, linéaments, fractures, rives molles et galeries de la rivière, affleurements rocailleux, Loutre carnassière, vorace. Jude s'anime, il tisse à Gaël un linceul de mots, chatoiements de l'enfance, grâce des jours, des enchantements terriens. En parlant de Gaël, il dit : « ton grand-père »...

Le siècle émerge, intact, archaïque. Jude craint la crise et l'atome, les pauvres, l'embrasement islamique. Il prophétise. Il mêle à son discours des chiffres, des données précises. Il y a des histoires que j'ai perdues et que j'aimerais réentendre. Les sait-il encore ? Eurent-elles jamais un corps ? Le territoire les inspirait, le modelé du bocage, elles n'advenaient que tissues aux bois, aux mailles des champs, aux convulsions de la Truite et de la Loutre, aux égarements du sortilège. La contradiction, l'imprécision minent désormais les paroles de Jude. À moins que j'aie rêvé ces récits, que Jude les ait rêvés aussi, et que nos songes soient inconciliables. Nous rêvons tous des rêves, des esquisses. Derrière ces rêves, il y a encore le socle du territoire, mais je sens que sa topographie est bousculée, ouragan, absentement, le territoire est le nimbe ocré d'un dieu de terre, et nos mots de rêve sont dérisoires.

Jude parle au présent. Présent de l'enfance — la sienne —, présent du siècle commençant, absolu des immortels. D'autres appels, d'autres influx ont vivifié en moi d'autres songes. J'ai l'attention intermittente, et Jude raconte encore comme si j'étais un enfant. Une terrible gêne me paralyse. Jude s'essouffle, vacille, aveugle.

Au retour, j'évite la tombe. Traverser le pont procure un enchantement fugace, comme si l'on marchait sur les eaux. La mer, pleine, totale, est venue de loin et a empli le port et la rivière. Nulle brise ne ride la surface de l'eau. On voudrait partir, appareiller pour l'ailleurs, déjouer les îles, les pointes et les chicanes qui verrouillent la rade. C'est une flaque lisse tendue de l'Abbaye, là-bas en face, aux derniers méandres vaseux de la rivière.

Je remonte jusqu'à la maison de Gaël : le jardin, les poiriers bourgeonnants, et cette fenêtre distante, vide, qui m'obsède. Il y a, au fond du jardin, des cordes, des bouts de ficelles, des fils de fer enroulés et noués de la main de Gaël. Toutes sortes d'objets, d'outils encombrent encore la resserre : des dates de coupe, de plantation, les noms mi-scientifiques, mi-poétiques des fraisiers, tracés à la craie, d'une main anguleuse, sur les poutres. Ce grimoire de traces, de vestiges, de gestes arrêtés, sédimentés, me fascine et me trouble. Écriture aveugle, obstinée, méticuleuse, routinière. Écriture blanche et anecdotique : des traces, des dates, des mesures, des noms. Roman émietté, brisé.

Je tarde à pénétrer dans la maison où m'attend la

famille. Ma douleur fuit la vue des visages. Étrangement, les objets noués, les vestiges, les marques et les palimpsestes de Gaël l'apaisent en lui donnant un circuit, un labyrinthe à parcourir. J'entre dans le salon : le fauteuil jaune de Gaël est là, personne n'a osé s'y asseoir. Mon regard se porte, comme aimanté, sur le vernis usé, au pied du fauteuil : à cet instant, je revois le mouvement des pieds, nerveux à l'approche de la crise — trace plus terrible que toutes les autres.

Où est-il ? Je ne saurais le limiter à cette tombe perchée d'où l'on saisit le village, la forêt, les hauteurs de Rosnoën et les sapinaies de Morlan — et la mer. Je lui rêve une autre *étendue*. Royaume des morts de la matière celtique, marécages du cœur de l'Arrée, berges flottantes, avancées de tourbe parmi l'eau dormeuse et automnale ? Jeu d'ombres qui lacèrent la lande. C'étaient la source de son enfance — les sources de l'Elorn —, les lisières de ses compagnonnages. Maisons pauvres des confins, champs rugueux, emblavures stériles. Cette zone indécise, ce commencement de montagne aride le fascinaient. Je me souviens de le voir inquiet, agité, lorsque la sécheresse de l'été de 1976 — l'été de la soif — faisait brûler les plantations de résineux de ces premiers escarpements. La cendre, les flammèches pleuvaient dans le jardin. Il les ramassait, silencieux — religieux. Souche même de son âme hercynienne. Les contreforts de l'Arrée au-dessus du Cranou, roches, bruyères, ajoncs, les ornières du charroi de l'Ankou. Gaël commence là-bas. Et son *étendue* est ce théâtre d'arbres et de nefs qui veillent.

Le deuil lumineux

I

L'hiver sera long avant le deuil lumineux. J'écoute inlassablement le finale du requiem de Brahms : *Selig sind die Toten.* Longues vagues de l'apaisement, reprises, retours. Tribu des bienheureux dans le bleu de l'éther. J'écoute, je réécoute ce requiem pour le plaisir des voix conclusives, voix lumineuses qui défient la pourriture et l'enfermement de l'argile. Voix galactiques, dans la fibre du Psaume et le corps biblique. Voix *déracinées*, portées par la vague, rituelles et culturelles aussi, loin de la forêt, des rochers calcinés des lisières, de la mort élémentaire de Gaël.

Julia et Erwan m'ont invité en juillet dans leur île pour que je puisse y écrire. J'aimerais finir un roman, revenir sur tous ces événements. Julia est sortie de l'hôpital, elle a vite repris toutes ses activités. Elle est amaigrie, très décharnée, marquée par les semaines d'isolement psychiatrique. Je la sens d'humeur changeante : il lui arrive de partir brusquement, de quitter la table, de se murer dans son chagrin. La thèse qui prévaut est toujours celle de l'accident. C'est ce que me redisent les enfants — Julien, sept ans, et Aude, trois ans — qui nous accompagnent pour le séjour : « Maman est tombée dans la neige... » La formule est belle et cache une de ces chutes dont on ne se remet pas.

Erwan est officiellement retenu à Paris. Il m'a simplement demandé de veiller sur Julia. Notre complicité est vive. Le matin, je travaille dans cette grande pièce chaulée qui m'a toujours servi de chambre, juste à côté de la leur, et d'où l'on voit la lande, les amers sur le promontoire, les phares, les brisants et les longues traînées d'écume. La nuit, la pièce est embrasée des faisceaux alternés des phares qui balaient l'île. J'aime écrire sur la table rugueuse — un ancien pupitre d'écolier, avec la rainure pour les crayons et l'emplacement vide de l'encrier — face à la mer. La maison, assez élevée, surplombe une large partie de l'île. Julia s'active dans le jardin. Je l'entends aller et venir. Les enfants jouent derrière les mimosas et les tamaris. Le jardin s'enfonce parmi les fougères et les rocailles : il jouxte la lande. Il y a peu d'habitations proches. La route descend en lacet vers le hameau et le port. Je travaille jusqu'à une heure. Ensuite, nous déjeunons avec les enfants avant de descendre à la grève. Julia me rapporte des fruits de mer — palourdes, bigorneaux, langoustines — juteux, iodés. Je la rejoins dans la cuisine, nous les préparons ensemble.

J'ai l'impression de la connaître depuis toujours.

Depuis l'accident de février, elle a changé de coiffure : elle s'est fait un casque de cheveux blonds qui accentue la rigueur douloureuse du visage. De même, l'absence de maquillage, l'air vif, l'embrun lui donnent une nudité de trait que je ne lui ai jamais vue. Elle profite de l'absence d'Erwan pour boire et fumer. Les déjeuners sont agréables. Nous parlons très librement d'écriture, d'enseignement, de livres, de peinture. Elle s'est découvert une passion pour Cy Twombly, le blanc neigeux des toiles, les signes, les formes, les noms filigranés, arrêtés. On parle des heures. On en oublie les gosses qui nous rappellent à l'ordre car c'est pour eux l'heure de descendre à la grève.

La crique est plaisante vers quatre heures quand l'eau vive l'envahit : il reste alors une frange de galets et de varechs sous l'à-pic de glaise creusé de béances et de minuscules grottes. La mer s'élance et se pulvérise sur les roches. L'endroit est abrité, protégé par ses hautes murailles d'argile : devant nous, l'eau est ponctuée de lames, de voiles, de boucliers luminescents. Aude et Julien s'ébrouent parmi les algues. Je ne me baigne jamais. Julia lit ou bavarde de nouveau. Elle voudrait rencontrer Irène et Fabrice. Elle m'incite à retrouver Franz. Les enfants plongent, puis se parent de longues tuniques de varech. Julia les rejoint : elle est fine, agile avec un buste mince d'ondine, des seins aux larges aréoles, elle nage, fougueuse, elle aime aller loin, dans le tumulte des vagues.

Il fait beau. Tous les soirs, Julia écoute les bulletins météo, regarde le ciel. Cela ne saurait durer, il va pleuvoir. On annonce une perturbation. Aude est couchée.

Nous jouons avec Julien. Le ciel s'embrase, à cet instant le jardin ceint de ses murs chaotiques est comme une arche baignée de feu. La lande crépite. Julia tarde à rentrer. Elle parle de l'hôpital :

— Il y avait une femme étrange, auprès de moi, spécialiste de cinéma. Elle passait son temps à écrire et à taper à la machine... Des scénarios, des histoires, je ne sais pas... Tu l'as certainement entendue quand tu es venu avec Erwan... Le jardin de l'hôpital était agréable... Les élèves auraient pu venir m'y voir, mais Erwan s'est opposé...

Je sens monter le ressentiment à l'égard d'Erwan. Je les revois, heureux, égoïstes, *insulaires*, en 1976. Un soir, je lui fais écouter le requiem de Brahms, je lui parle de ce roman que je voudrais écrire autour de Gaël. Elle acquiesce en souriant. Puis elle s'assombrit, mais d'une noirceur lumineuse. Il est entendu que je partirai pour l'Écosse quelques jours après l'arrivée d'Erwan.

On s'enferme dans nos chambres. Une mince cloison de bois nous sépare. Je m'allonge. J'aime dériver au rythme des feux, des faisceaux qui zèbrent le ciel, découpant la masse sombre d'un énorme cyprès démembré. Des mots, des images me viennent. J'ai le corps brûlé de sel et d'air salubre. Il semble que Julia s'endort vite...

Des coups, comme un claquement de porte. Une vitre qui se brise. La tempête, je me redresse, la chambre est inondée d'une lumière bleue, j'ai peine à sortir de mon rêve : non, il vente et il pleut. Les feuillages des arbustes moutonnent. Soudain, un cri, immense dans la nuit de l'île. Je bondis à la fenêtre. Julia court dans le jardin, comme ivre, elle se frotte aux pierres des murets, je l'appelle, pas de réponse, je descends, elle danse, hagarde dans la pluie, indifférente à tout. Elle doit être bourrée de médicaments. La pluie, les faisceaux des phares l'électrisent. Je la prends, elle tombe dans mes bras, souillée de sang et de boue. Elle est blessée, saoule, maculée de larmes et de griffures. Je la porte jusqu'à la maison, elle hoquette, « Ce n'est rien, ce n'est rien... », j'ai peine à la monter par l'escalier étroit d'autant que je ne veux pas réveiller les enfants. Elle pleure, je tente de l'apaiser. Elle s'est roulée nue dans la boue de l'averse.

Je passerai le reste de la nuit à laver et calmer ce corps convulsif blotti entre mes bras.

Je suis là, seul avec ce corps inerte. J'ai vérifié : elle n'a pas pris de médicaments. Elle a simplement bu : la bouteille de whisky est au pied de son lit. J'ai ramené le drap sur son corps blessé. Les enfants n'ont rien entendu. J'appellerais bien un médecin, je préviendrais volontiers Erwan. J'ai un numéro de téléphone, mais où est-il ? Pourquoi tarde-t-il tant ? Les lames assaillent l'île, la meule atlantique, les éclairs. J'ai l'impression d'être plongé au tréfonds de la solitude océanique. Le jardin vide, labouré par l'averse, l'écume, la danse folle de Julia. Erwan m'avait assuré — il le tenait des médecins — que la guérison était en route. Une nouvelle crise paraissait improbable. Ai-je vraiment fait ce qu'il convenait de faire ? J'ai peur et je veux partir.

Nous sommes allés attendre Erwan au débarcadère. La vedette arrive du Conquet, bondée de touristes. Julia s'est maquillée pour la circonstance, elle s'est longuement enfermée dans sa chambre, comme pour effacer les stigmates de la nuit de tempête. Elle est belle, pure, soudain. Son aptitude à renaître me sidère. La crise paraît un souvenir improbable. Je l'ai entendue téléphoner à son psychiatre, à plusieurs reprises, les jours qui ont suivi. Rendez-vous est pris pour début août. Erwan a envoyé une lettre laconique : il arrive par le bateau de 16 heures, les derniers dossiers sont bouclés. La manœuvre d'accostage est longue : il faut attendre que les ancres soient jetées, les filins amarrés. Une foule se presse sur le pont. On ne distingue pas encore Erwan. Les enfants nous accompagnent. Il a fallu se battre, promettre monts et merveilles pour qu'ils acceptent de quitter quelques heures leurs petits camarades.

Le temps s'est assombri pendant que nous patientions dans le café du port. Erwan se détache soudain, il porte des lunettes solaires, il est très bronzé, en vareuse bleue. Il s'isole vraiment de la foule, des passagers qui déferlent, racé, une hauteur, une aura qu'il avait déjà adolescent. Il est tendu, embrasse Julia, les enfants, évoque des complications de dernière minute. Il suffit d'emprunter un petit chemin côtier pour regagner la grande maison aux croisées et aux volets bleus. La lande recuite craque, poussiéreuse. Je suis surpris du peu de paroles qu'ils échangent. Erwan marche d'un pas rapide, il est rentré parce qu'il ne pouvait plus faire autrement, j'en suis sûr. Je regarde le grand corps noueux de l'île, les chapelets de brisants, les phares dressés sur les récifs comme des janissaires d'écume. La nuit est proche encore, le jardin clos, battu par le flot, l'hystérie de Julia.

Je décide d'aller me promener seul pour les laisser en tête à tête. J'aime le port, la petite église, le cimetière avec sa chapelle aux *proella*, figurines de cire façonnées en souvenir des marins disparus. Car elle est là, partout, la marâtre, avec ses longs tentacules de vase et d'algues, sous les digues, les défenses, noire, ourlée d'écume, de congres clairs, de furies et de herses rageuses. C'est elle, la vieille hyène atlantique, qui cisèle l'échine rocheuse de l'île, c'est elle qui la fragmente en promenoirs de récifs, chaos cyclopéens, divinités minérales, fétiches géologiques qui se dressent, lichéneux, chevelus, comme les vestiges ou les emblèmes d'une totalité, d'un archipel soudé, d'un continent qui englobait Is, le Raz, Crozon et Molène. Je marche sur le sentier douanier en partie éboulé, sapé par les lames, les murs d'eau : c'est le lieu où rêver l'effritement de l'unité minérale, la perte des villes des confins — Is, Tolente, Occismor —, la lumière glisse, dorée, liquide, sur le front d'écume bouillant; des territoires, des calottes se reconstituent, se retrament, et les oiseaux qui habitent les pinacles et les failles n'en finissent pas de hurler l'unité rompue.

Je rêvasse, dîne seul sur le port. La salle à manger de l'hôtel est vaste, vitrée comme un chapiteau de cristal lissé de gelée marine. Quelques vieillards, quelques valétudinaires, de jeunes couples avec enfants en bas âge s'y sont attablés. Les fruits de mer sont délavés, sans goût : ils n'ont ni le jus ni la saveur de ceux que je mangeais avec Julia.

Il est tard quand j'arrive dans le jardin de la maison. J'ai retraversé la lande secouée de craquements, de reptations : les lapins bondissent des garennes, zigzaguent sur le chemin. Tout le monde est couché. Je m'apprête à rentrer quand soudain une voix m'interpelle : Erwan est assis sous les mimosas, dans la tonnelle. C'est une nuit de pleine lune, de ressac souple, exténué. Erwan m'invite à m'asseoir près de lui. Il m'interroge sur le séjour, les douze jours passés ensemble. Je ne peux lui cacher la crise.

— Julia m'en a parlé, sans tout m'avouer, bien sûr, comme toujours. Je le pressentais. Le médecin s'est une fois de plus trompé. C'était inévitable...

Il se lève :

— Viens, j'ai envie d'aller me baigner...

Nous descendons jusqu'à la grève sous un ciel anthracite, sans étoiles. Les fougères, les ajoncs, les troènes chauffés tout le jour embaument. L'énorme masse de la mer se découpe entre les portiques rocheux. On dirait une cathédrale dévastée, semée d'éboulements, d'architraves basculées, seule s'illumine la frange de vague qui s'ouvre sur les goémons de la lise. Il s'agit de descendre avec précaution le petit chemin tortueux. La crique est déserte, jonchée de fourreaux de laminaires et de coques renversées.

Erwan se déshabille : il aime se baigner nu. Il s'enfonce lentement, écarte les eaux avec violence, puis disparaît, comme s'il avait coulé. L'anthracite du ciel, quelques feux à éclipse à l'horizon, le clapotis des vagues et le rythme lent d'une brasse sous-marine. Il revient, glacé, s'étend près de moi, sur une roche :

— À l'automne, j'aurai quitté Julia. Elle ne le sait pas encore. Je le lui annoncerai dès que tu seras parti. J'aurais pu, tu sais, rentrer plus tôt. Paris, Rennes, c'étaient des prétextes. J'ai voulu rester seul pour réfléchir. Mais je n'en peux plus. Je ne suis pas certain de pouvoir rester ici jusqu'à la mi-août comme prévu. Je vis avec une folle. Tu l'as vu... Depuis février, depuis cette tentative de suicide, rien n'est plus pareil... Je dois être lâche de partir, mais je ne peux faire autrement... Et il y a les gosses... Je ne sais comment faire pour le lui annoncer... Quatorze ans qu'on est ensemble pour en arriver là... Mais c'est moi qui sombre maintenant, je ne dors plus, je n'ai plus goût à rien...

Dans sa voix, dans la vague qui éclate, régulière, j'entends notre pacte, le glissement des inondations, nos mots cruels de jadis. Il ne veut plus se taire. Il est toujours nu sur son rocher, le sexe long sur l'aine. C'est la première fois que je le vois ainsi.

II

L'Écosse somptueuse, dure, minérale, creusée de lochs, d'imbrications marines et lacustres. Palimpseste de rochers, de landes, d'affleurements de gneiss, de vestiges troués, torturés. À mesure que l'on remonte vers le nord, le paysage se dénude, plus d'enrobements, de complaisances végétales, c'est une ligne, une échine rugueuse, rabotée, vouée aux vents, aux flagellations polaires. L'eau, qui bat les côtes et imbibe la lande, éclate partout, dans la texture même du territoire, boucliers des lochs aux rives mauves, brunâtres, comme macérées dans la pluie et la rouille, cascades, miracle de chutes dans le désordre des pierrailles, immenses steppes de pierres, de vents calcinés, d'arbustes secs. Les forêts surgissent en alignements réguliers de hampes, résineux malingres que la moindre tempête, le moindre glissement du sol gorgé d'eau arrachent et ploient à flanc d'abîme. La lumière mobile balaie l'espace, parade de faisceaux jaillis des lochs, des égarements de la mer par les ravines boisées, elle saute, bondit, foudroie les nuages qu'elle déchire : ce sont assombrissements résiduels, averses sur les sapinaies, puis les rochers cristallins, les innervations aquatiques dans la tourbe s'allument et rutilent.

Des jours de voyage, des bains de paysage, de lumière, de vent clair par le deuil mauve des tourbières et des landes. Des jours d'étendue, d'infini, de lochs vertigineux et lisses, des jours d'averses, de calottes de suie, de berges molles, fluctuantes, pour se laver du deuil, des drames, des peurs. Il faut naître à l'opéra qui se joue là, dans l'éclat précaire du jour, la variété, le grain de l'éclaircie, pour s'enter sur le socle du monde, l'arête, la table des commencements et des confins. Écosse tabulaire, sacrificielle, Écosse d'un meurtre géant, primordial, entre la pluie et le feu, le granit et la terre tissée de racines, les éperons minéraux du rivage et les cavités souterraines des lacs. C'est le pays de la combustion, l'âme y devient un brasier, elle brûle d'un feu lent, millénaire et cosmique. Car on ne sait plus, on ne distingue plus ce qui est pluie, feu sourd sous les brindilles, rémanence des meurtres sur la table du vent, érosion torrentielle et fossile vivant. Comme souvent, l'appel du Nord me lave. Induction souveraine, aiguë.

Sur le bateau qui me mène à Lewis — l'île désolée, la déréliction des pierres —, parmi les couples qui s'agrègent au bastingage, je songe à Julia et Erwan, à leur séparation proche. Mais très vite, je retrouve l'emprise des roches, des monticules, je me perds dans le vide de l'île chaotique, dans la houle de lumière marine qui décape les ciels. Corrosion de vent, de sel, d'infini. Les noms, les visages, les faits des derniers mois ne forment plus qu'une rumeur indistincte.

Au port de Tarbert, avant de reprendre le bateau pour Skye, je fais halte dans un petit bazar que tient un vieillard à quelques pas de l'embarcadère. Boutique désordonnée, poussiéreuse. L'homme se déplace avec lenteur, simple et cérémonieux, visage buriné, prunelle vive. Je reconnais ses gestes. On est le vingt-huit août et c'est l'anniversaire de Gaël.

Les linéaments durs de Lewis, la déréliction insulaire, et Tongue, tout au nord de l'Écosse, l'ampleur du loch ouvert sur la mer, flancs de montagnes ténébreuses et la quiétude, le rythme lent de l'eau qui s'ouvre, s'offre aux sables du large. Le cimetière est perché au-dessus de l'estuaire, dans une prairie qui descend mollement vers le rivage, forêt, tribu de colonnes et d'urnes voilées, aveugles. Tout au bout des terres et des lochs, des pluies et des landes, ce champ, ce carnaval de vases de cendre. Je marche sur l'herbe des morts : ils sont là, flottille nordique, compagnons cinéraires.

III

En septembre, pas de nouvelles des uns et des autres. Irène est partie pour le Nord. Un soir, j'appelle Erwan. C'est la mère de Julia qui me répond — Erwan n'est plus là et Julia est hospitalisée depuis dix jours. Elle a fait une nouvelle tentative de suicide. Vous pouvez aller la voir...

La réalité s'impose en une fraction de seconde. Erwan est allé jusqu'au bout de ses résolutions, Julia aussi. Je décide d'aller la voir seul, dans cette clinique de la périphérie de la ville. On dirait une vieille et riche demeure au cœur d'un grand parc. De hauts murs, des grillages ceignent l'espace. Là encore, on doit sonner, montrer patte blanche, patienter dans un petit salon ripoliné. Si l'allée, les parterres, les pelouses et les futaies laissent accroire une vie fastueuse, l'intérieur est sobre, monacal. Julia arrive, comme en février, lente, la tête dans les épaules : elle n'a plus la fougue de la nageuse d'Ouessant. C'est un automate que j'embrasse. Je la suis dans le jardin. Nous prenons place, à l'écart, autour d'une table blanche. J'ai du mal à regarder Julia : d'énormes cernes balafrent son visage qui a encore pâli et maigri.

— Il est parti, dit-elle d'une voix atone, peu après toi... Il est venu, un soir, dans la chambre. Nous avons fait l'amour et après il m'a annoncé qu'il s'en allait, que nous étions usés, que ce serait certainement mieux pour moi... Je crois que je m'étais inconsciemment préparée à cette nouvelle... J'ai dit oui à tout... C'est après que j'ai sombré...

La fin de journée est chaude dans ce coin de parc, des balles de tennis claquent là-bas, derrière les haies. Il monte des bassins une odeur d'eaux croupies. Je suis démuni. Julia soliloque.

— Le médecin m'interdit de le voir. Je sais qu'il passe son temps entre Rennes et Paris. Maman a pris en charge les enfants. Il est cruel, il ne me pardonnera jamais février... Et toi, qu'as-tu fait depuis ?

La question paraît forcée, comme si l'éducation, le jeu de la courtoisie reprenaient subitement le dessus. J'évoque l'Écosse, la beauté désolée du Nord, le vide, le vertige des Hébrides extérieures. Julia ne m'écoute pas, son regard s'égare, vague, halluciné.

— Je suis ici pour plusieurs jours encore. Le médecin ne veut pas me laisser sortir. Et à ma sortie, étant donné les médicaments que je prends, je ne pourrai pas conduire. Les enfants me manquent... Et la vie est triste ici, je partage ma chambre avec une vieille femme qui écoute Mireille Mathieu à longueur de journée... Je préférerais Piaf...

Des ombres passent, brisées, titubantes. Elles doivent rejoindre une salle de télévision, un espace commun. Derrière les frondaisons se dressent les

104

murailles, c'est une colonie, un bagne, un asile. Je sens le parc qui se ferme sur nous, avec ses senteurs de buis et d'écorces surchauffés, sa poussière, ses secrets, ses maux indicibles. Des femmes, beaucoup de femmes qui marchent, longent les charmilles, piétinent sous le promenoir vitré.

— Levons-nous, dit Julia, comme lasse. Que fais-tu ce soir ?

Je lui parle de ce cours que je prépare sur Lucrèce. Tout cela me semble dérisoire soudain, absurde, la douleur de Julia me saisit, nous marchons dans le quadrilatère herbu d'une sorte de cloître, parfois la bruine des jets d'eau nous asperge : je devine l'intention secrète, inconsciente, de Julia, le rôle qu'elle m'oblige à endosser, et je sais que tout à l'heure je devrai l'abandonner, la laisser seule ici. Une cloche a sonné. Je dois être un des derniers visiteurs.

— Continuons, dit-elle, ce n'est pas grave. J'ai peu de visites... Alors tu vas le revoir ?

Que répondre ? Je me tais.

— Oui, tu vas le revoir, c'est logique, c'est ton ami, il t'aime beaucoup...

Elle m'entraîne aux confins du parc, derrière les cuisines et les dépendances. Je lui fais observer qu'il faut revenir, se rapprocher du grand hall, il doit être l'heure de dîner.

— Tu crois ? Tu vas aussi m'abandonner ? Je me dis parfois que je ne sortirai peut-être plus jamais d'ici... Prisonnière à jamais de cette maison... Le jet d'eau, Mireille Mathieu, la cloche, les interrogatoires... Mais qu'est-ce que j'ai bien pu faire ?

Je presse le pas. Le malaise me gagne. Nous sommes les derniers à arpenter le parc. Un infirmier nous interpelle. Il prend Julia, l'invite à rejoindre la salle à manger.

— Promets-moi que tu reviendras vite...

Le jardin est vide soudain, avec ses parterres jonchés de feuilles, son jet d'eau qui s'est tu, ses allées de gravier blanc et ses feuillages poussiéreux qui frémissent dans le vent du crépuscule. Un cahier, un journal intime peut-être, gît sur un banc. Au cœur de cette enceinte résonnent encore les mots de Julia, lourds, ralentis par les doses de calmants, mots blancs, grevés d'un silence, d'une absence. Leur corps vide, troué, glisse sur les herbes, les graminées nauséeuses. La rivière roule au pied de la muraille de briques, avec ses nénuphars et ses îles de graviers.

L'hiver qui va suivre se greffe sur cette journée. Il y a puisé toute sa charge d'angoisse et de désarroi. L'image est plus forte que la crise dans le jardin de l'île, c'est un autre jardin, vidé, aux feuilles brûlées, secouées par le vent, entre la maison claustrale et la rivière, et une femme douloureuse, abandonnée, méconnaissable. Je remâche ses mots de solitude, ce « il » obsédant qui rythmait ses propos, cette figure de l'amour devenue autre, un tiers calculateur et cruel. Ce ne sont pas les chants et les atomes de Lucrèce qui effaceront le souvenir du jardin, de la conversation au-dessus de la rivière, des buissons maudits. Des oiseaux lugubres crient dans mon souvenir, comme ceux des cratères, des nids rocheux dans la falaise de l'île. Je suis faible, je n'ai pas eu la force d'appeler Julia, de retourner. Je sens son corps fébrile, près de moi, la nuit de la crise, sa respiration hagarde, le corps mutilé du délire. Je suis seul dans mon belvédère au-dessus du jardin et du cloître. Fabrice me semble distant : je crains d'avoir perdu son amitié, je crains que le temps, l'érosion des jours, n'ait fiché son dard dans cette vieille histoire. Les eaux du canal se plissent et jaunissent sous l'assaut du vent automnal. Partout, dans les rues, sur les façades, il me semble retrouver cette lumière ocre, comme une macération de tourbe, une Écosse inconsistante, diluée. J'erre. Après les événements fulgurants, intenses, le vide, la courbe de l'atonie. J'ai perdu Gaël. J'ai perdu Franz. Et les autres souffrent, s'isolent, m'oublient.

Souvent Irène m'appelle. Elle me raconte le Nord terrible, la mine, l'ignorance des élèves, sa Bretagne perdue. Sa voix n'a plus le même élan, la même sûreté inentamable. Des doutes, des angoisses la taraudent. L'usure des jours sous le ciel bas, plombé. Pas d'espoir, l'horizontalité boueuse du paysage, le terril noir, les corons murés.

Je revois Julia et Erwan dans leur chambre d'étudiants, vers 1977. Nos nuits de paroles infinies, de discours tendu, ardent. Je m'oppose au rigorisme, au cartésianisme aveugle d'Erwan. Ils sont sur le lit, noués l'un à l'autre, un bloc, complicité totale. Ils ne me comprennent pas. Je leur parle de quête poétique, de château philosophal, de beauté convulsive et de transgression. Je suis sombre, blessé, sinistre. Je suis promis au jardin des fous et ils ne le voient pas.

Laure est revenue dans ma vie, comme cela, elle a été mon élève, naguère, à Brest. Elle finit des études de psychologie, l'alcoolisme, les traumatismes, l'embastillage de la folie, elle connaît. Je me souvenais de la cavalière discrète, silencieuse, elle a grandi, forci, gagné en audace, en sûreté de verbe. Je la rejoins souvent dans son petit studio d'étudiante, on boit un verre parmi les cours, les ouvrages de Freud et de Lacan. Laure est passionnée de photographie : chaque fois, elle a de nouvelles choses à me montrer, landes, chaos, fractures de la pierre, brumes, ruines, tourbes et rivières de Graal. Elle photographie pour fuir la folie d'une mère, le naufrage dépressif d'un père. Elle est du domaine, du vrai, de l'espace essentiel, électif. Je l'écoute parler de ses cavalcades sur les lieues de plage, dans l'écume, les grèves lisses, couvertes de laminaires, de luisances, les grèves de l'origine et des confins, humides, lustrales, comme en un matin du monde. Laure est ma cavalière, la voyeuse de mes mots. Elle chevauche dans le réseau de ce que je lui dis, de ce que je lui tais ; avant même d'être projetés sur la table d'écriture, Gaël, Franz, Irène, Julia, Erwan, Fabrice, sont ces absents au corps improbable qu'elle déchiffre.

Laure a perdu son grand-père maternel à l'automne. La cavalière qui manie si bien la dague du savoir des abysses est orpheline aussi d'un témoin adoré. Le gouffre de ses patients creuse son propre gouffre. Elle le dissimule, elle donne des fêtes dans son petit appartement, des étudiants, un peu marginaux, légèrement perturbés. Il m'arrive de les retrouver dans le couloir enfumé, ivresse, délire sourd, chacun scrute l'autre, s'emmure, on ne refait plus le monde. Laure m'interroge, parfois avec acharnement. Un soir, alors que j'esquive sa question, elle a ce lapsus superbe :

— Arrête de mourir...

Une journée d'hiver très grise, nous partons pour Saint-Malo. Des amis m'ont prêté une maison, une malouinière cossue dont les fenêtres donnent sur la baie du Mont-Saint-Michel. Laure veut photographier les tangues, les sables gris, travaillés de flux et de sinuosités, les chapelles vides de l'abbaye. Personne. Le Mont, ses venelles, Saint-Malo, les remparts austères, le Grand Bé, tout nous appartient. Des vols de canards sillonnent la baie. Le ciel est pierreux, d'un gris d'ardoise. Sous nos pas, sous nos yeux, tout s'apparente à un réseau de fortifications et de défenses, de tombes marines et de cellules de copistes, d'arches et de prisons insulaires. Là-bas, dans les marécages, les chasseurs se sont embusqués dans leurs gabions. Se prépare une chasse nocturne et sanglante. Nous marchons dans le vent, les passées de lumière froide, le tumulte et la marée furieuse. Au loin, des cris, le son lugubre des appelants. Nuit d'Orion glacé, de givre pur, stellaire. Laure semble lasse, écrasée par le vent, l'air vif, elle s'enfouit dans ses écharpes, protège son visage rougi. Nous ne cessons de battre le chemin côtier, le pavé des remparts, avides de mer, de ciel de pirate et de moine veilleur. Elle voudrait chevaucher au bas des murailles, à la lisière du flot, monture fumante dans son caparaçon d'écume. Elle parle de ses malades du pavillon, de leurs rêves, de leur parole nouée. Je la prends. Je l'étreins.

Nous avons bu, quelque part, dans un bistrot minable du port. À notre fatigue, à notre engourdissement, s'ajoute l'amollissement du whisky chaud. Nous avons la tête pleine de vagues, de chapelles flottantes, d'archanges sabreurs et de caravanes d'oiseaux. Saoulerie de l'élément, du vent pur, du rempart qui vibre sous le bélier du flux. La bogue minérale de la ville est creusée de venelles, ruelles sans lumière, murs borgnes, douves médiévales.

Sur le chemin du retour, Laure insiste pour que nous nous arrêtions dans un petit cimetière grisâtre aux croix rouillées. La mer se fracasse au bas des murets de schiste. Laure marche devant moi. Elle me souffle :

— Il leur faut un an pour qu'ils aient complètement pourri...

Elle continue d'avancer vers les flots. Elle songe à son témoin magnifique. Elle pleure.

Les livres doivent être les vrais tombeaux des morts, c'est là qu'ils sont bien, mieux encore que sous l'herbe écumeuse, parmi les signes, le réseau des dires, l'inattinguible secret. Là ils ne pourrissent pas, ils continuent de hanter la mémoire, l'hypogée aux mille alvéoles, ses chambres nocturnes, les étuis, les paliers de cette cathédrale dormante. Laure s'est assoupie. Je l'ai laissée après l'amour. La bibliothèque de la malouinière se présente à la façon d'un labyrinthe compartimenté : la botanique, la zoologie se distinguent nettement des beaux-arts et de la littérature. Des ampoules fragiles comme des flammes tremblent le long des colonnes. L'électricité est capricieuse, elle s'absente parfois, plongeant la pièce dans la nuit morte des reliures. La mer semble plus présente alors, on discerne mieux son rouleau rageur à la bordure des prairies, sur les plages sillonnées de ruisseaux de galets. La baie est le théâtre de chasses, d'un massacre de sang stellaire. Des constellations d'oiseaux chavirent du côté des gabions enfouis dans la vase, derrière les roseaux.

J'ouvre la fenêtre : les cris des appelants, les détonations sont couvertes par le roulement des vagues. C'est le vif de l'hiver, la nuit balayée d'écume, les clignotements lointains d'astres, la marée charroyeuse, celle qui arrache les cadavres du sable du petit cimetière aux croix rouillées et en dépose d'autres, là-bas, au pied des buissons du jardin. Pas de crique, pas de crypte ici, le champ ouvert de la baie, l'arène des rives souples et les tangues perfides. Champ de massacre, de décharges minérales : les vols, les trophées, les plumages de rêve chutent, s'écrasent dans la fange des petits ruisseaux. Les huisseries de la bibliothèque grincent, la pluie, le vent déboulent sur les pans de livres et les miroirs verdis. Il faut cette invasion de

111

vent rugueux, de marée aboyeuse avec ses mirages de galions fous dans le tombeau des morts. Laure s'est endormie, accablée par l'air, le site, les pleurs et la meute des flots. Difficile aussi pour elle de prendre possession de cette maison, luxueuse et décrépite, sans penser à celles ou ceux avec qui je suis déjà venu ici. Pas de chevauchée dans la nuit tempétueuse, l'alentissement des sables du songe.

Je me perds dans le jardin, sauvage à souhait. Tout au fond se dresse une sorte de forêt, avec un entremêlement de troncs, de broussailles, de ronciers et de bois mort : c'est ce que les propriétaires appellent *l'Enfer*. Un enfer végétal, spongieux, encombré de buissons fétides, d'écorces déliquescentes. Les enfants doivent aimer y jouer. Il faut s'immerger dans cette texture, ce condensé de jardin fou, primordial, grenier d'espèces indésirables, de lierres et de liserons déments, d'orties et de feuilles râpeuses. J'aurais voulu y emmener Franz. La nuit, alors que la mer survole le cimetière, hérissée de ses radeaux de cygnes stellaires. La plume, l'ortie, l'embrun, l'élément, toutes choses que doit ignorer Franz. Le corps mort du désir.

Je reviens vers la maison. Nuit opaque, brumeuse soudain. À moins que *l'Enfer* n'ait jeté en moi son massif d'ombres et de lianes chaotiques. Je ne retrouve plus le repère des astres, Orion, le charroi pur des constellations. Je piétine un sol bourbeux, souillé d'herbes visqueuses, de graminées défaites. Là-bas la bibliothèque miroite, avec ses châssis, ses glaces et ses appliques de cuivre. Seule béance éclairée de la façade tendue de lierre noir. Les morts, leurs alvéoles de signes et les milliers d'âmes et d'atomes d'embrun qui volettent dans la nuit sanguinaire. Philosophie plénière, raccordée aux flux essentiels : le cosmos et le désir. Pas de véritable savoir sans cette innervation de vent et d'étoile, le vrai tombeau des morts, c'est ce livre élémentaire, secoué de courants de congres et de pluies de poitrails sanglants, ce long frôlement de lame à la rive des croix. Je songe aux autres lieux ultimes, Ouessant, Tongue, Lewis, autres lieux de la crise, du désir ou de la mort, des révélations de la pierre et de la tourbe, de l'archive terrestre. Je marche vers la bibliothèque, fouetté par la vague, le vent. Je suis ce ludion que poussent la mer, les oiseaux, les astres. Rêve d'accostage, d'arrimage. Au-delà des brindilles, des carbones, des empreintes et des ombres terreuses du jardin. Bécasses, épaves de goélands pourris sous les troènes. Enfer grouillant de spectres, de noms vides, désossés. Les noms sont de trop dans la bibliothèque des morts. Emphase, bulles de syllabes, de salive. Les noms des morts sont la pâture et l'illusion de celui qui survit : ils viennent former l'armature de sa langue, quelques pas d'une syntaxe minérale, on croit pouvoir s'appuyer sur eux, arches et pontons des mots et des livres à dire, mais les noms des morts sont ce cancer qui ruine toute langue, mine tout projet, tout discours. On ne survit pas aux noms des morts. On ne vit pas des mots morts.

L'Enfer vibre, balayé de vagues, de croix chavirées.

Le Mont, seul, résiste à l'avalanche des lames et des vols neigeux. Je me glisse dans le colimaçon de la bibliothèque. Laure m'attend, seins nus, recroquevillée comme une enfant.

IV

La nuit tombe vite. Laure et moi n'avons nulle envie de regagner Rennes. On s'approprie lentement les lieux, la vastitude des appartements fermés, les degrés, les profondeurs de la malouinière. D'un coup, *l'Enfer* chaotique investit le jardin, désordre de troncs charbonneux, faisceaux d'algues, pieux noueux, verdis, comme jaillis de la mer. Les fenêtres bleuissent, froides sous le ciel pierreux. C'est l'heure d'éclairer le labyrinthe, d'allumer le vaisseau des morts, d'enflammer quelques bûches. Des portraits nous font face, amiraux bardés de grands cordons et de rosettes, chanoines, prélats, des collections d'oiseaux naturalisés aussi, sternes, effraies, courlis et grives de mer. Des gravures, des relevés de temples grecs et de sites archéologiques, basaltes, pierres à hiéroglyphes.

Il coule dans les salons et les vestibules comme une lumière de vitrail, avec des reflets verts et dorés qui s'accrochent aux flambeaux, aux gigantesques pendules. On passe des heures, calmes, immobiles, à attendre le flot, les nuées, la neige peut-être. La maison envoûte Laure. Elle imagine les alliances, les filiations, l'épopée des corsaires, la généalogie d'une tribu. Partout, dans chaque encoignure, au détour d'un palier, on trouve des armes, des dagues, des vasques, des drapés. Laure photographie, recherche des angles nouveaux, des rencontres inédites. Natures mortes, soupières d'étain, aiguière sur fond de velours pourpre. Surgit à nouveau le temps de l'improbable sacrifice, des gestes transparents, sédimentés. Nous n'avons plus d'histoire, de passé intime, sujets du drame qui se joue là, de la malouinière levée sur les sables, aux confins des eaux, à l'approche de la nuit. Laure me demande de la photographier nue sur fond de drapés, de tentures, à la lueur des gigantesques bougies de la bibliothèque, elle s'allonge sur les tables sombres, chair laiteuse, pubis noir, enfourche un grand cheval gothique qui veille dans l'antichambre, puis se glisse derrière les rideaux, auprès des miroirs. Des fourrures, des sortes de toges, de camails de grand juge traînaient dans un placard, Laure s'en est emparée, elle pose, juge de *l'Enfer*, roi passeur drapé de la toge écarlate, roi au pubis de jais.

Je la photographie, nous courons dans la maison jusqu'aux mansardes que nous fuyons comme des sépulcres moisis. Laure aspire à trouver un cheval pour chevaucher demain sur la lise, à la naissance des tangues. Elle fait le récit de ces sables perfides, champs gris et mouvants que la marée recouvre à une vitesse fulgurante. Oubliés l'inconscient, la parole impudique des malades, la folie, l'alcool, l'archéologie des deuils et des gouffres.

— Avec qui es-tu déjà venu ici ? m'interroge-t-elle, de temps à autre.

C'étaient des ombres, lui dis-je, la maison d'un adolescent androgyne, fortuné, j'y suis venu des milliers de fois, pour le plaisir du bois d'enfer, des armoiries et des fourrures, des plateaux d'argent et des biseaux de sang qui les éclaboussent... Des ombres, des carcasses de mer cendreuse, des épaves d'un autre temps, le temps de l'outrance et de l'adolescence, avant la conscience de la brisure et de la perte...

Laure rit, elle rêve le temps immobile, concentré dans l'enclave de la demeure, entre les armes et les flambeaux, plus d'extérieur, de villes, la seule maison insulaire où affleurent le désir, le nom des morts... La nuit est bleue et claire, de l'écume cristallisée. Il va neiger, fin grésil sur la lise, parmi les coquillages, les oursins, les bréchets fracassés. Plus que jamais, Laure convoite ce cheval qui fendra les eaux. Ivres de photos, de cavalcades à travers la maison, nous nous couchons... Le nom des propriétaires est inscrit partout, sur les frontons, les linteaux... L'emblème nous amuse et nous lui rêvons un blason, la dague royale des amiraux, des juges, des rois passeurs...

V

Erwan passe à la maison un soir de janvier. Il a téléphoné une heure avant, de son bureau, il a des choses importantes à dire. Je le trouve grave, vieilli.

— Julia va de plus en plus mal... Elle est toujours dans sa clinique... Dès qu'elle rentre, elle fait un chantage au suicide... Le médecin m'interdit de la voir... Julien et Aude le prennent très mal... Tu as des nouvelles ?

J'avoue ne pas être allé à la clinique depuis l'automne. Le souvenir de l'entretien me semble encore trop présent, trop douloureux pour que j'envisage d'y retourner.

— Je crois qu'on peut dire qu'elle sombre dans la folie... J'y ai peut-être ma part, je n'aurais pas dû lui annoncer que je partais... J'en ai assez, je ne sais plus que faire... Il n'y aurait pas les enfants, je serais déjà parti à l'étranger, une nouvelle filiale s'installe au Maroc, c'est un dossier intéressant à suivre... Je ne m'en sors que par le travail, douze, quinze heures par jour...

Est-elle vraiment bien soignée ? Je lui pose la question. La clinique, le psychiatre sont-ils à la hauteur ? J'ai l'impression que, depuis le début, tout le monde baisse les bras, accepte la fatalité de la folie.

— Sa mère me raconte, reprend Erwan, qu'elle dit et redit que tout le monde l'abandonne... Elle est rejetée, définitivement... Et cet état légitime son mal...

Erwan, d'ordinaire si sobre, boit, se ressert tout seul. Je l'invite à dîner dans ce vieux restaurant rustique du quartier de la cathédrale, pour un de ces face-à-face qui ravive les connivences passées. On parle de tout autre chose, brusquement, les affaires, des relations communes, Laure, les week-ends malouins.

— Tu devrais venir, lui dis-je, les propriétaires ne reviendront pas avant avril, mai, la maison est à moi... Il faut que tu connaisses ces lieux... La baie, les sables d'où surgit le mont Saint-Michel, le jardin avec son enfer et la grande bibliothèque...

Erwan n'aime rien tant que son Finistère et son petit port de Kérantec. Le rivage sableux, vide, de la baie l'effraie. Il est plus calme, plus libre soudain.

— Un an que je mène cette vie de veuf...

Un an déjà, l'accident aux sports d'hiver, notre visite à l'hôpital, notre soirée comme celle-ci.

— Je ne peux plus divorcer. Son état ne le permet pas. Je suis ligoté à cette femme que je ne vois plus, que je ne peux pas voir... Lié à un fantôme, un fantôme un peu monstrueux...

La radicalité des propos d'Erwan me surprend parfois. Une constellation d'images m'obsède, comme il parle, la chambre d'étudiants du boulevard de Vitré, le mariage simple et lumineux dans la petite église de

Kérantec, avec ce soleil blafard, voilé, de fin d'été, la maison de l'île... Tous ces lieux de l'intimité, du bonheur. La radicalité de ses paroles tranche sur son apparence sage, costume gris, chemise bleu pâle, cravate de soie.

— Allez, emmène-moi dans un de ces lieux que je ne connais pas...

Je pense aussitôt au *Chatham*, à sa longue coque lambrissée, enfumée. C'est jeudi soir : le bar est bondé, rempli d'étudiants, d'anciens élèves, d'amis que j'ai rencontrés chez Irène et Laure. On traverse la foule pour atteindre le bar du fond, le balcon d'où l'on surplombe la salle basse avec ses boxes et ses lampes de cuivre. Le rituel veut qu'on y boive une bière blanche de Bruges. Erwan s'y plie, il dénoue sa cravate, se penche sur un tabouret, rit de bon cœur :

— Ah ! voilà tes endroits de débauche !

Le lieu semble le séduire. Il veut m'offrir à boire. Il a soudain une audace, une liberté, un air plein de sous-entendus qu'il n'avait pas adolescent.

— Tu sais, j'ai rencontré quelqu'un...

Je veux en savoir plus. Où donc ?

— À Paris, bien sûr, où je passe la moitié de la semaine... On ne fait pas de rencontres intéressantes en province...

Au même moment, il rit : difficile de savoir si tout cela est vrai. Ses yeux pétillent. Il joue et cherche à séduire.

— Et ce « quelqu'un » accepterait-il de venir avec toi dans ma malouinière ?

— À voir... Il faudra y réfléchir...

Dans la rue, il rit encore, et son regard brille du feu de la mystérieuse rencontre.

*

Il a suffi que je reçoive une carte postale de Bussan pour que m'embrase le désir d'Italie. Il est à Milan, sa carte représente la cathédrale blanche, hérissée de statues et de pinacles. « Ce sont des lieux pour toi, écrit-il, les lacs, la cathédrale, les cryptes sous la ville peuplées de saints pourpres... Je t'attends... » Je connais Venise, Florence, Sienne et Rome, je rêve maintenant de découvrir ce hérissement de marbre pur, ces chapelles sous la ville. Italie de marbres et de fresques, de palais nocturnes, d'anges solaires et de fontaines baroques.

Au vif de l'hiver, sous la neige qui recouvre la ville, je songe à ce feu, cet éclat, ces irradiations de la grâce et de l'art. Milan, les émotions stendhaliennes, la Scala, les baignoires et les lustres, et le vaisseau de la cathédrale, les glaives, les saints hiératiques et levés. Grâce de l'Italie printanière, air blond, hanté de molécules neigeuses, air doré des nimbes, des disques solaires sur les déserts et les fleuves, bleus intenses des *Visitations*, des *Annonciations*. Je réécoute Vivaldi, le *Stabat mater*, les *Vêpres de la Vierge* de Monteverdi. Et l'Italie surgit du charme de ces voix paysages, des ors, des bleus transparents des coupoles, elle oscille entre la crypte terreuse, camaïeu d'argile, d'ossements, de poteries archaïques et de sédiments fluviaux, et le ciel, trompe-l'œil moutonnant de nuages et d'angelots, de corps glorieux voués à la lévitation de la grâce. Ces villes dans l'éclat du printemps naissant, lumière sur les portails, les portiques, Milan, Vérone, Padoue, les fresques, les Christs musculeux et diaphanes, les nimbes ; les linges et les suaires, l'envol des chairs dans la tourmente des formes, nefs aériennes et flottantes, le Verbe fait lumière, corps pictural, un territoire de désir.

*

L'Abbaye face au village, la mer grise, le vide du Vendredi Saint. J'ai tout quitté pour faire retraite. L'Aulne bouillonne au pied du surplomb rocheux sur lequel est construite l'Abbaye. C'est marée haute, une même nappe d'eau relie le monastère au village. Gaël est là-bas, de l'autre côté de la grande flaque que plisse l'averse. Le fond de rade, mi-écossais, mi-japonais, avec ses ifs et ses îles, ses grèves éboulées, striées de ruisseaux et de luminescences, et l'Abbaye dressée, Babel de cellules cendreuses. J'ai garé la voiture sur l'autre rive, appelé le dernier passeur — hébété, aux gestes gourds — pour traverser la rivière et vivre la conjonction du deuil christique et du passage de l'Aulne. Je veux arriver par le petit escalier taillé à même la falaise, parmi les pèlerins, titubants, ombreux, qui jaillissent de la grève. Le territoire s'enroule autour du promontoire de l'Abbaye, les indentations, les criques brumeuses de la rade. Un rare soleil éclaire les falaises, le chemin tracé à flanc d'abîme, les taillis dont les troncs bousculés plongent dans la rivière.

C'est ici que j'ai tenu à entendre le récit de la Passion, le récit du corps humilié et percé, parmi les îlots nocturnes des chants grégoriens, voix monodiques qui s'effacent, comme rongées par la ténèbre et la mer. J'ai soif de signes, de sang et d'eau, de Vendredi qui saigne, de pénitence ; je sais que j'ai traversé les terres et les eaux jusqu'à ce promontoire pour entendre le « Eli, Eli, lama sabactani » du Fils crucifié, épouvanté par la nuit qui gagne, ce cri de l'abandon, dernier appel de la dépouille sanglante. Les moines vont le dire, le chanter, comme une épée de feu qui transperce leurs gorges, avant de se jeter sur le carreau glacé du chœur. De l'abandon du Fils, du désarroi, il restera à cet instant un cercle de gisants sur la pierre sonore, creusée de tombes, de sépultures marines. Le reflux total, le triomphe de la mort.

Comme les moines, je me suis prosterné sur le pavage pour entendre ce vide que peuple l'Aulne immobile, pétrifiée. Les vitraux de la nef ne lancent plus leurs ramages de feu, c'est une eau grise, létale, qui ruisselle des fenêtres, elle absorbe, éteint tout. La mort a ici figure de cendre marine. Au moment du rite de la vénération de la Croix, les moines se lèvent et vont chercher au fond de l'église l'immense dépouille d'un Christ médiéval, écorché, mutilé. On raconte que le Christ a été trouvé sur la grève, aux origines de l'Abbaye, qu'il est de provenance inconnue, espagnole peut-être. Les vagues l'ont roulé jusqu'ici, dépouille aiguë, avec son profil anguleux comme un bec d'oiseau fantastique, cage thoracique abîmée, fracturée par les roches. Quatre moines vont porter sur un drap de pourpre le corps marin du Christ mort, ils l'apportent, à pas lents, pieds nus, je crois reconnaître l'aria de la *Passion selon saint Jean*, Christ misérable, brisé, hérissé de pointes, d'accrocs osseux, rescapé des abysses, couché sur le linge sanglant. Ils vont le porter solennellement jusqu'au chœur, avant de l'étendre sur les marches nues du grand autel, sous le tabernacle vide. Je les regarde passer : ils ne touchent pas le corps du Christ, ils se contentent de tenir le drap rouge. Dans toutes les églises du monde, à cette heure, on vénère une croix ; ici, c'est le corps convulsé, patiné par l'embrun, que l'on embrasse. Le Christ a-t-il passé sa nuit de Gethsémani sur la grève, là même où il fut découvert ? On aimerait le croire. La procession s'ébranle. Les pénitents nocturnes gravissent les marches. Le mouvement de la foule est lent, recueilli, vague unique qui éclate sur les marches de l'autel.

Je suis venu pour me fondre à cette coulée, pour remonter la nef vers le chœur où les voix se sont tues. Le Christ a disparu sous son voile. Me fascine, au-dessus de son corps brisé, le tabernacle béant.

De l'autre côté des eaux de l'Aulne, un corps fracassé, une arche vide.

VI

Aux vacances de printemps, je rejoins Bussan dans la campagne milanaise. Ces vacances furent jadis de pâques, bien centrées sur le tombeau ouvert, la pierre roulée, elles sont maintenant dites de printemps, offertes à la perspective de mai, des frondaisons naissantes. L'hiver est loin soudain, le mirage des corps couchés sous l'avalanche des plumes, dans la baie, l'amour avec Laure et la bibliothèque des morts — de l'autre côté des eaux, de l'autre côté de l'Aulne. Voici le temps du désir, le temps de l'Italie magnifique. La maison qu'occupent Bussan et Lucy surplombe la campagne, les vergers, les lacs aux rives de galets, des villages aux toits de tuiles massés dans des replis montagneux que protègent des verrous morainiques. On traverse un paysage de torrents, de routes sinueuses et de champs crevés d'affleurements rocheux pour atteindre la villa de pierre ocre. Territoire raviné par les eaux, l'usure des glaciers, le passage des armées.

La terrasse de la grande maison s'étale au-dessus d'un à-pic : des nappes de fumée et de pluie voilent Milan, mais les lacs sont, eux, bien visibles, soulignés par des bordures d'arbres, les profils de châteaux de rêve dissimulés dans la verdure. Une sorte de galerie vitrée coiffe la maison à la façon d'un promenoir, d'un long atelier de verre. De là, Bussan peut scruter le paysage, le balaiement des pluies, les variations de la lumière, l'apparition des lointains de Milan, ou, tout au bout du lac tendu entre ses berges de soleil quand survient l'embellie, la petite abbaye Santa Lucia, sa préférée. Comme mon abbaye de l'Aulne, elle contient un secret, une fresque miraculeuse que Pierre a promis de me montrer.

— J'étais las de Paris, dit-il, las de la Seine. Ce paysage m'apaise, et encore le printemps est pluvieux. Lucy révise un prochain rôle. Je me suis remis au roman, j'ai trouvé un personnage délirant qui m'obsède, c'est un roi, un roi nomade qui traverse le monde, il vient d'un lieu lointain, noir, calciné, sillonné de chemins de latérite, des chemins rouges...

J'ai toujours aimé entendre Bussan parler des livres qu'il est en train d'écrire. Des histoires fabuleuses, innervées de mythes, des opéras cosmiques. Tel sera sans doute le songe du roi nomade. Quand il ne travaille pas à ce roman, il peint. Il est très jaloux de sa solitude, on ne franchit pas le seuil de l'atelier-bureau : les feuillets, les toiles sont pieusement surveillés. En fin d'après-midi, nous descendons marcher au bord du lac.

— Tu écris encore ? interroge-t-il.

— Non, pas encore. J'imagine un livre, mais tout est encore très confus...

— Ah, oui... Ton grand-père... Laisse venir les

choses... Il faut ce temps de latence pour que les romans naissent. Dans un autre genre, je n'ai pu me remettre à écrire que lorsque j'ai rencontré Lucy... Ça a effacé le drame de ma rupture avec Annick... J'ai eu un hiver de doute, d'angoisse... Je croyais que je ne pourrais plus jamais écrire...

En août 1989, j'avais fêté mes trente ans à Ouessant, chez Julia et Erwan. Bussan était venu avec Annick. Il avait ainsi rencontré plusieurs de mes amis. Il me demande de leurs nouvelles. Il semble intéressé par Julia, sa beauté douloureuse. Je lui raconte l'hiver, les tentatives de suicide successives. Bussan aime marcher sur les galets, au bord du lac. Des troncs d'arbres blanchis, des branchages démembrés et gainés de boue traînent sur la rive. L'eau est lisse, calme, sans voile, sans esquif. Il tombe une petite pluie glacée.

— Je suis sûr qu'il y a des fossiles parmi les galets... Ils sont là, c'est la mémoire du lac, on va jouer aux orpailleurs...

Et il reparle du roman, des toiles, d'Annick.

— Tu sais, quand elle est partie, je suis resté groggy pendant des semaines. Je ne quittais l'atelier que pour aller chez le psychanalyste. Mon univers était en miettes... La vie n'avait plus de sens... Quel sens chercher quand s'en va la fée de l'enfance ? C'est avec elle que j'avais tout découvert, les châteaux interdits, les extases... Mes romans marchaient, on vendait mes toiles, je n'avais rien à faire... J'étais seul... Le moment où j'étais le plus mal, c'était au crépuscule, lorsque les eaux de la Seine blanchissent... Un poignard sortait de l'eau... J'ai attendu les crues, j'attendais un courant qui me lave et m'emporte... Et puis, c'est étrange, j'ai commencé un jour à peindre le corps perdu d'Annick... Je l'avais photographiée des milliers de fois... J'aurais pu bâtir sur son corps perdu une chapelle de photos, ses seins, son ventre, partout, criblant la voûte, diffractés... J'ai dû commencer par peindre un élément de cette chapelle, un premier corps de l'oratoire du désir... Elle était là, longue, noueuse, je la voulais blanche, grisâtre, hivernale... Un corps des grèves... Et les mots sont revenus, lentement, comme s'ils étaient sortis de cette effigie, lents, très lents, brebis gourdes du songe, comme dans ce poème de Verlaine...

Bussan est volubile, heureux. Il flotte entre le corps perdu d'une femme, immobilisé sur les sables d'une toile et le roi nomade. Oubliés les eaux grises de la Seine, le poignard du crépuscule, l'atelier trop blanc, le taraud de l'absence. C'est le printemps pluvieux de Milan, le lac où s'engloutissent les ombres des conifères, les gros galets qui roulent sous nos pas.

— Elle m'obsède, tu sais, la sainte Lucia dans son abbaye, sur l'île... Qui était-elle ? Une ombre diaphane sur le lac, un garçon travesti ? Regarde l'île, le grand bec rocheux de l'étrave et le minaret de la chartreuse ! Parle-moi de tes femmes !

On quitte Lucia pour Laure et Irène. Bussan se montre avide, il multiplie les questions indiscrètes. Et il parle de nouveau, il se rêve au milieu de la chartreuse de l'île, entouré de femmes, comédiennes antiques, jeunes italiennes, madones pures, esclaves au sexe épilé. Tribu de femmes flottant sur les eaux du lac. Constellation fellinienne. On remonte vers la maison. Bussan rit et délire.

*

Des jours de marche dans le soleil italien. Le voile encore comme un brouillard de neige, quelques effluves d'air vif, écume torrentielle. Avec Lucy, avec Bussan, nous nous promenons dans la campagne par les escarpements rocailleux. Les chemins en corniche dominent l'évasement de la plaine, les fractures sombres qui entament les hauteurs. Et les lacs sont posés comme d'irréelles taches, boucliers scintillants sur lesquels bourgeonnent îles et chartreuses. Il faut s'être grisé de l'air de ces chemins d'altitude avant de descendre vers Milan, avant d'entrer dans la folie monumentale de la ville. La cathédrale se lève, énorme, somptueux hérissement de marbre, bogue blanche, crénelée, constellée de glaives, de pinacles, de statues. On marche sur le toit, promenoir géant ouvert sur le ciel, on titube dans l'entrelacs des arches et des saints, pinacles acérés surmontés de statues gothiques, saint Sébastien blanc, martyrs minéraux, saints blêmes dressés dans la transparence de l'air, tous les fastes de la généalogie biblique érigés, comme appelés par la clarté du ciel italien, saints multiples, projetés, enlevés, se répondant en miroir, généalogies symétriques, grands juges roides, prophètes, patriarches du désert et des grottes, vieux rescapés du linceul oraculaire, apôtres royaux, évêques, pères des commencements; il faut se perdre, avancer parmi eux, à leur immobile cadence, cerné par la ville démente, ses caries, ses immenses écrans publicitaires qui sertissent le joyau, on est voile, pli de chasuble, poussière de la ville, éclat, copeau, granule de pierre, atome, parmi les oiseaux noirs qui tournoient, de ce soulèvement, de ce tellurisme de marbre, poussée géante qui se déploie, se cristallise en faisceaux de plis, mages bénisseurs, flots cassés, purifiés du Jourdain, Nombres et Rois, Exodes et Buissons, supplices sanglants, lavés, dilués dans la fluidité lustrale du ciel, occultés, rédimés par la magie du marbre, de la pierre blanche des montagnes et des lacs.

Comment s'arracher à l'emprise du Livre, de l'Arche matérialisés en volumes, en perspectives, en alignements — tout l'art de la litanie, du cortège, de la filiation — quand on devient particule de la procession, de la cathédrale qui bouge, s'étend, laisse jaillir de nouvelles hampes, d'autres pinacles dardés du marbre lisse, s'enroule et se répand autour de son promenoir céleste? Alignements, perspectives et surplombs, galeries entières de statues hiératiques, immatérielles, juchées à d'autres degrés de la grâce. C'est la forêt fastueuse, un édifice entier qui s'extériorise, s'exhausse avec ses gerbes de signes, ses croix, ses mitres, ses crosses, ses roues et ses clous, le sacré ne se limite plus à un remuement d'ombres cavernales, à une confession enterrée, il jubile dans le vent et le soleil froid, il est bogue lumineuse, lancée, geyser et assomption, labyrinthe ivre de chapes, d'étoffes, d'écorchés haillonneux et de vierges peureuses, livrés enfin à la griffe, à l'arène de la ville et du ciel.

Les froissements et les surgissements du marbre m'électrisent. Je sais que les prophètes et les rois, les grands rescapés des traversées sanglantes veillent sur les étages du promenoir céleste. Mais Milan n'est pas que ce volcan de marbre, c'est aussi la ville des silences, des cryptes, des dormitions. Des squelettes, des reliques couvent sous les pierres. Le sacré redevient alors ce maillage d'ombres terreuses, de flammes vacillantes, de salpêtre et d'ossements brisés. Après l'ivresse des fastes solaires, j'aime descendre, m'enterrer, retrouver un christianisme primitif de la racine et de la crypte. À San Eustorgio, nous attendent trois gisants de pourpre, ceux-là même dont Bussan m'avait parlé dans sa carte de l'hiver. Le rituel impose que l'on traverse successivement le grand cloître, la nef et la crypte avant d'arriver devant le cercueil de cristal contenant les dépouilles des trois saints dormants. Saint Ambroise est là, en chasuble rouge, une longue palme couchée sur le flanc, le crâne couronné. La grimace de la mort dans l'écrin de cristal et de pourpre, trois rois passeurs étendus sous le sanctuaire, sur leurs coussins, leurs radeaux de satin pur. On les a enlevés du cercueil, on les a parés, leur chair s'est diluée dans la terre de Milan, corps lourds, horizontaux qui ne connaissent pas la lévitation du marbre, la verticalité épiphanique du promenoir céleste ; ils sont là, derrière la vitre, reliques, joyaux, curiosités esthétiques, princes dormants des catacombes. Je les fixe : ils me fascinent, dans l'ombre, le verre et la terre, secret d'os serti dans la métaphore du cristal et de la pourpre, doubles enterrés des ressuscités de la cathédrale, je les photographie, je veux garder leur immobilité de gisant, quelque chose de leur ricanement superbe, ce ricanement diffracté par l'éclat du cristal : les saints dormants sont plus vrais que le tellurisme triomphant du Dôme, ils sont la vérité, la racine, l'os sur lequel s'édifie la ville.

Fabrice m'a rejoint à Milan. Je lui ai proposé ce voyage pour effacer les malentendus de l'hiver, la distance. Je veux retrouver l'origine de notre histoire, de notre complicité. Mais Fabrice n'est plus le disciple attentif, respectueux. Il a décidé de tuer le père. Je ne veux pas l'admettre.

La ville nous appartient, du promenoir céleste aux catacombes et aux cryptes. J'ai donné à Fabrice le goût de l'art sacré et des reliques, nous courons jusqu'à San Eustorgio bâtie selon la tradition pour abriter les reliques des Rois Mages. Fabrice est fou de Visconti, des Visconti, nous visitons le château, les jardins, nous prenons le tram qui sillonne les quartiers sur des voies herbeuses, jusqu'aux confins de la ville. Nous nous égarons dans le cimetière géant, fourmillant de chapelles baroques, de statues folles, la cendre de Verdi dort là et le cimetière tout entier est ce requiem délirant de rocailles et de marbres avec des anges diaphanes, des orants pleureurs et des spectres de bronze. Une statue d'adolescent musculeux perchée sur un tombeau gigantesque attire Fabrice.

Parfois nous nous arrêtons pour boire un verre de

notre mythique Orvieto. Nous voulons tout voir de la ville, les fresques, les églises perdues, le petit cloître des Morts de Santa Maria delle Grazie, les jardins secrets sous les porches et, surtout, le Christ mort de Mantegna. Il est à la Pinacothèque de la Brera, vert, cendreux. Nous voulons le contempler. Grand corps fauché, décloué, le Verbe mort, cassé, creusé comme une blessure dans le flanc du Père. Ce tableau signe la mort de la cohérence du monde et la fin de l'ordre du Père. Autre porte par laquelle se défait l'ordonnance sacrée de Milan. Image terrifiante, image de cendre blafarde, plus forte encore que les saints levés du Dôme ou les gisants pourpres de la crypte. Un corps sans vie sous un suaire de tourbe. Fabrice et moi sommes venus contempler ce mystère, cette grâce d'un dieu mort. D'autres corps vibrent sous mes paupières tandis que je regarde le Christ de Mantegna. Le cadavre crépusculaire m'envoûte. Le désir et la beauté aussi.

VII

Le beau temps n'a pas duré. Il s'est mis à pleuvoir sur Milan, sur la campagne. Pierre Bussan est cloîtré dans son atelier. Il écrit ou il peint. Lucy se réfugie dans une chambre mansardée où elle peut réviser son rôle. Je suis seul avec Fabrice dans la grande maison silencieuse. C'est un printemps pluvieux, froid, les fleurs du verger, lacérées par les giboulées, gisent sur l'herbe. Taffetas de pétales froissés, souillés. Au loin, l'étrave de l'île Santa Lucia se dessine entre ses rangées de hauts conifères. On dirait l'île des morts de Böcklin. Nous compulsons des guides : pour achever le voyage, Fabrice rêve de naviguer sur la Brenta en direction de Venise. Je voudrais faire halte à Vérone pour voir les arènes, les églises et l'Adige pierreuse, je voudrais aussi visiter la chapelle des Scrovegni à Padoue. Les ors et les bleus de Giotto me hantent, la grande nef aux fresques, dans la maison battue par l'averse. Le déluge imprègne tout, les contours du paysage disparaissent entre bancs de buée et brouillard, la petite abbaye Santa Lucia n'est plus qu'un point irréel de l'autre côté du lac. La demeure mal chauffée exhale une odeur de moisissure, on devine des colonies de champignons voraces, insidieux, derrière les boiseries, les lambris. Des fantômes me reviennent. Lucy a beau se maquiller, soigner son apparence vestimentaire, elle n'aura jamais l'élégance, le brio d'Annick dont le corps perdu, la silhouette sont partout inscrits sur les murs de l'atelier. Elle semble jeune, immature, peu rompue aux exigences de Bussan pour qui elle n'est qu'une compagne de voyage. Leur relation m'agace, trop ostensiblement charnelle pour résister au gros temps. Ils disparaissent des après-midi entières pour de longues siestes. Indolente, Lucy traîne en peignoir dans le salon, elle se love dans un canapé de cuir sous un amoncellement de coussins, paresse auprès du feu. Les vitres ruissellent ; Bussan travaille sous les langues, les chevelures d'eau, il déambule dans le promenoir, secret, spleenétique. J'essaie d'entrevoir ce qui se prépare : j'ai aperçu des monceaux de formes flamboyantes, des hérissements de citadelles, des cathédrales surmultipliées, pourpres. Le feu, Lucy nue sur le canapé de cuir, l'abbaye disparue, la pluie infinie.

Tout paraît étrange dans cette maison au mobilier disparate, cette maison vide, gangrenée par la pluie. Au crépitement du feu, l'imagination dérive et la demeure semble voguer sur le lac, entre les étamines lacérées du verger, la scansion des flammes suscite une songerie d'eau, rythmée par des froissements de fleurs dispersées dans un potlach d'oiseaux batailleurs, un bruit de flots qui s'entrouvrent au passage d'une étrave : les fantômes adviennent et prolifèrent dans un paysage aux lignes effacées, maison théâtrale, arrimée entre la montagne et le lac, et destinée à accueillir des marionnettes, des fantoches, des comédiens, des rêveurs et des êtres de papier, les doubles d'êtres essentiels et perdus. Nous émergeons tous de la brume, de la pluie gangréneuse, du script répandu auprès du feu que lit et relit Lucy, notre rôle doit être consigné sur ces feuillets dactylographiés qu'apprend la jeune femme, nous sommes venus le jouer dans la grande maison des solitudes pluvieuses, sous les poutres de sapin et les fausses fresques de Pompéi ; la pluie, le printemps ruiné nous ont révélé notre condition de fantômes, Lucy hante un corps de fuite, Bussan traverse l'atelier, météore foudroyé, le jeune initié rieur n'est plus perceptible chez l'homme dur et distant qui m'accompagne, et je ne me vois pas, fantôme d'une unité rompue.

Un couloir tendu de fresques délavées conduit à l'atelier. Bussan m'y attend. En fin d'après-midi, un soleil intermittent perce les bancs de brume ; les grèves, les îles, les forêts et les éperons rocheux se recomposent. On sort brusquement du spleen, de l'abattement des pluies pour entrer dans une radiance nouvelle. J'ai laissé Lucy et Fabrice au salon. Les averses ont inscrit de longues coulures boueuses sur les vitres. Bussan est là, dressé au milieu de l'atelier, le visage secoué de décharges nerveuses. Autour de lui, les toiles, un grand corps convulsé au cœur d'une tourmente de flammes, des remparts, des citadelles de feu. L'atelier s'élève au-dessus de la maison silencieuse, point de confluence entre les escarpements creusés de tunnels, de galeries ferroviaires, et les lacs. Des nappes de brume, de lumière surchargée d'eau viennent s'écraser là. J'ai les yeux emplis des chevaux peints qui défilent sur les murailles du vestibule, il me semble qu'ils continuent d'avancer, spectraux, comme en apesanteur sur les parois de verre. Ici la maison paraît plus théâtrale encore avec ses objets de terre cuite, ses sculptures étrusques, ses moulages, ses chevalets. Une porte permet d'accéder à la chambre et l'on aperçoit un désordre de vêtements, de longues tuniques pourpres.

— J'aime faire venir Lucy quand j'écris... Elle arrive par cette porte, nue ou en peignoir... Les ongles très rouges, sanglants... C'est une présence forte qui m'est nécessaire quand je travaille... Elle se déshabille près de moi, près de ma table...

Bussan m'entraîne vers le front de l'atelier qui domine le jardin et le verger. Les toiles des grandes citadelles s'amassent là, contre le verre.

— Regarde ces incendies, ces brasiers sortis de la terre milanaise... La cathédrale de Milan et les gisants pourpres fondus en une seule métaphore... Le marbre, la relique, le sang... Je prépare ainsi les chevauchées du Roi nomade, les splendides villes auxquelles il va aborder... Je vais creuser des poternes, des arches dans la muraille... Les citadelles font trop pleines, il faut miner leur belle rotondité... Je veux qu'elles s'émiettent dans la lumière d'eau du lac... Cette bruine sur leurs murs de feu, c'est comme Milan, il faut ces cryptes, ces criques de reliques, ces poches d'os...

Il marche dans l'atelier, bouscule les statues ; d'un geste sec, il écarte les rideaux :

— Voilà ma Santa Lucia, ma préférée, ocre, terreuse dans le soir... Son secret, là-bas, derrière ses sentinelles de cendre... Il y a un autre secret dans la montagne, dans les plis, les failles, sous les mélèzes, le givre... Et il y a le secret de Lucy... Je ne regrette pas d'être venu ici, je travaille bien...

Bussan rêve d'une prochaine exposition à Florence ou Venise. À Venise. Les toiles arriveraient sur des chaloupes, ziggourats, frontons de pierre liquide, elles seraient déposées dans un palace ouvrant sur le Grand canal ; l'obsède toujours cette luminosité mouillée, molécules nuageuses...

— On va faire une fête ici... J'aime cette villa... Tu ne voudrais pas une fête de travestis dans le grand jardin, des travelos partout... Et des barques encore, embarquement pour Santa Lucia...

Nous sommes sortis dans le jardin défait par les averses. De véritables torrents ont raviné les allées qui exhibent leurs pavements de rocailles. Il ne pleut plus. On sent l'embellie précaire. L'abbaye semble flotter sur le lac : les eaux hautes, étales, ont englouti les dernières volées de marches du jardin. Lucy et Fabrice bavardent toujours dans le salon... Nous piétinons dans la boue, parmi les herbes grasses. Tout est ruiné, usé, décrépit : les sillages, les empreintes des torrents ont laissé un lacis d'ornières. Le tempietto du jardin émerge, verdi, paré de mousses opulentes.

— J'achèterais bien cette maison... Elle appartient à un directeur de galerie de Genève... Un vieil homme, malade... Mais je ne suis pas l'héritier...

De nouveau Bussan rit. Il y a longtemps que je ne l'ai pas vu rire ainsi. Au passage, il caresse les fesses des divinités qui décorent les balustrades, arrache de longues lianes de lierre...

— On s'emmerde à Paris... Le fric, le monde de l'art, toute l'année, c'est mortel... Remarque, ils sont à Milan, je pourrais les retrouver... Mais ils me fuient... Ils ont peur de mes furies... Ils ont horreur de l'incandescence... La métaphore, la fission métaphorique, ce n'est pas pour eux... Le nomadisme, la liberté essentielle de la métaphore... Ils sont réalistes, peureux, des couards... J'aime bien leur dire ce mot de Céline : l'émotion, ça vient du trognon de l'être... D'être, de trognon, ils n'ont pas... Pour eux, je suis une exception, une irréductible exception... Dernier vestige de l'art visionnaire, prophétique, du lyrisme décadent... Je ris, je vis, je baise, je ne sais pas geindre comme eux... À mort le concert des tristes...

C'est la création, son incandescence, soudain, dans le grand jardin creusé, raviné, l'étincelle de l'hallucination et de la métaphore. Il semble même que tout ici — le jardin à degrés, les balustrades et les colonnades, les quais sur le lac, les charmilles et les statues — ait été conçu pour entendre et porter les paroles de Bussan. Le théâtre décadent et baroque, la maison aux fantômes : pourtant, à cet instant, Bussan n'est plus un fantôme, c'est le lyrique entier, absolu, qui m'a toujours fasciné, l'artiste pur. Il marche à grands pas, vif, il parle fort :

— Je vais prolonger mon séjour. Je n'ai nulle envie de rentrer à Paris pour retrouver la monotonie... Lucy risque de partir pour son tournage... Je ferai venir quelqu'un d'autre... Mais je veux écrire ici jusqu'à l'été, je veux voir la cathédrale de Milan l'été, le Christ mort dans la ruche, la fournaise...

On marche toujours, les manteaux souillés de pétales, d'herbes, de brindilles et de lichens. On n'en finit pas avec Bussan d'explorer le parc, d'autres chemins sous les branchages. On devine le salon éclairé.

— Lucy et Fabrice bavardent toujours... Laisse-les ruminer... Un crime se prépare...

Les paroles de Bussan ont cette force : elles transfigurent le paysage. J'avance brusquement sous les tonnelles inondées dans un palimpseste d'indices et d'empreintes. Le ciel se plombe : un pan de nuit obture la perspective, du côté de l'abbaye. Sur la balustrade, les statues se détachent, colonie passagère...

— Après je descendrai du côté de Naples... Je veux voir deux choses : Naples et l'Ombrie... Le grouillement putride et les ombres sèches... Cellule et volcan... Demain on ira à l'abbaye... On demandera aux moines de nous ouvrir la chapelle... Les vieux moines puants sur leurs paillasses... Il faut absolument que tu voies le joyau... Tu ne peux pas partir sans avoir vu cela... Ta vie est même suffisamment modelée par les motifs initiatiques pour que tu te dises que tu es venu ici pour voir cela...

Je m'en remets totalement à Bussan. Ses mots façonnent mon désir.

— Je te regarde vivre depuis que tu es arrivé... Tu n'es pas allé jusqu'au bout du deuil... Et il a fallu que tu viennes ici escorté d'une dernière sentinelle du deuil... Allez jusqu'à Venise, allez jusqu'au bout des eaux de la Brenta...

VIII

On accède à l'île Santa Lucia par une route épineuse qui longe le lac, puis on doit emprunter une rampe construite sur pilotis de bois. Lucy et Fabrice nous accompagnent. Bussan est un habitué des lieux : il a téléphoné aux moines qui nous attendent.

— Tu vas voir, a-t-il prévenu, tu seras surpris. C'est vraiment une merveille.

On avance dans un froissement d'eau. Des crêtes d'écume soulignent le dessin des vagues. Les ombres dures des sapins colorent le lac de grands motifs noirs, comme une macération de brindilles, de carbone, de fossiles montagneux. On ne sait plus où on est, on marche sous un enchevêtrement d'arcades suintantes que le printemps pluvieux a garnies de points, de filaments verdâtres. Plus on progresse, moins l'unité de la belle abbaye de pierre ocre est perceptible, tant on a l'impression d'un espace qui se fragmente, éclate en couloirs, en coudes, en passages qui se greffent sur des murailles aveugles, puis rebondissent vers de larges allées dallées qui s'élancent au-dessus des jardins et des cours. Il pleut tandis que nous cheminons par les galeries des trois cloîtres successifs : celui des morts, celui des bienheureux, celui de Santa Lucia. La pluie répand son bruissement par les gouttières cachées dans les encoignures, elle lisse le vernis des tuiles qui brillent à la première éclaircie. L'eau paraît omniprésente : le lac s'enfonce sous les fondations de l'abbaye, un réseau de bassins et de fontaines alimente les cloîtres, et la lumière pluvieuse n'en finit pas de se vaporiser sur les massifs de buis et les arbres en espalier des cours. Lucy porte une grande cape de velours rouge, des bottes de cuir souple, très marquise vénitienne. Elle connaît si bien les lieux qu'elle devance presque le vieux moine bourru qui nous guide. Fabrice est calme, souriant, heureux de cette visite. Je me souviens du mot de Bussan : « la dernière sentinelle du deuil ».

Pas une voix, pas la moindre présence dans l'abbaye : les moines ont-ils fui, craignant l'Apocalypse ? En un éclair, l'idée m'habite, celle du monde dévasté, réduit en cendres : nous sommes les quatre ultimes survivants à arpenter les galeries et les cloîtres. Lucy foule d'un pas rapide les larges dalles, le couvercle des sépultures qui résonnent. Le sol paraît truffé de tombes, de cryptes, ce doit être comme à Milan, des squelettes mitrés, drapés de pourpre voyagent par les caves inondées. Un dernier détour par une longue salle où l'on verrait dresser la table de la Cène et nous accédons à un couloir au plafond bas : le moine a allumé une succession de lampes-torches plaquées au mur, révélant une série de cellules sombres, meublées d'un prie-Dieu et d'une pauvre paillasse. En grommelant, il annonce ce que Bussan traduit par « les chambres de la Passion ». Je m'approche : l'œil est attiré par le soupirail vitré qui ouvre à même la surface du lac, une clarté blême se répand dans la cellule. Au mur, un émiettement d'os, des crânes posés sur des étagères, et, criblant la voûte, des rotules, des tibias, des vertèbres, pulvérisés, concassés. Il y a douze, vingt-quatre cellules peut-être. Un ange lumineux de l'Angelico n'y veille pas comme au couvent San Marco de Florence, partout on retrouve les crânes, les ossements brisés et la flamme tremblotante des *Vanités* flamandes. On est au-dessous du niveau du lac. On marche entre les chambres de la Passion ; Lucy, flamboyante, passe d'une cellule à l'autre, comme magnétisée par le glissement des vagues, des flammes — des crânes.

Le couloir, à son extrémité, ouvre sur une chapelle de belles proportions avec une toiture élancée qui jaillit sur un jeu de colonnes cannelées. Les vitraux laissent filtrer un jour rare, comme s'ils étaient obscurcis par les ombres des arbres et les sédiments d'eaux boueuses. La chapelle est creusée en son centre d'une énorme fosse dans laquelle on doit descendre avant de remonter vers le chœur. Là, nulle trace d'ossement, nulle salissure de cendre, c'est tout juste si quelques points d'humidité souillent la pierre jaune et poreuse. On doit être quelque part dans le lac, à la racine de l'île, on continue d'avancer, comme gourds, pétrifiés par les emblèmes d'os, les crânes veilleurs, la plaque pierreuse de l'eau, la descente au tombeau, otages d'une géographie minérale, d'un cadastre de la

Passion, d'un itinéraire sans *objet*, d'un lieu sans *corps*.

Le moine s'est effacé : Bussan, étrangement silencieux, nous conduit. Le chœur est barré d'une hypostase de bois lourd. La fresque miraculeuse se dresse sur le mur central, avec ses tons polychromes, lavés : bleus lisses, ors pâles, des teintes assourdies, affadies. On ne distingue rien d'abord, une cascade de plis peut-être, une impression de ruissellement, mais structurés, sous-tendus par une géométrie, une scénographie rigides. Puis des corps se dessinent, une Pietà majestueuse, souriante, portant sur ses genoux la dépouille géante, comme liquide, du Christ, non pas le corps minéral, tourbeux, de Mantegna, une chair souple, glorieuse déjà, aux stigmates effacés. Autour d'eux, un affolement de têtes, une giration de visages défaits, comme pour mieux isoler l'aura de la renaissance, mieux cerner la nativité définitive. La fresque semble sortir du tombeau, avec ses couleurs de l'autre rive, ses roses pailletés d'or, ses matières délestées, son Christ incorruptible. Le ciel, la Croix filigranée, le grand rideau du Temple roulé en linceul immaculé, constellé de signes comme en un alphabet suaire, la Pietà bleue, statique, ployée sur le corps oblique du Fils surgissent de la fosse centrale, rayonnants, tableau mobile, volumes mouvants. Une transparence et une profondeur me saisissent, une qualité de lumière aussi, que j'ai rarement vues. Je m'approche, pour mieux goûter le vif de l'or, le sourire, mi-affolé, mi-confiant de la Vierge. Le corps christique bégaie : c'est l'Annonciation, la Nativité à nouveau, l'ordre sacré qui courbe les corps, sublime les couleurs.

Bussan dit :
— C'est le deuil lumineux.

*

Je connais le secret de Santa Lucia, je peux partir à présent. Une nouvelle instabilité me prend, l'envie de voyager, de partir. L'aurore lointaine et boréale du deuil, les couleurs lavées, purifiées soudain, l'avènement de la grâce au sortir du couloir de la mort et de la fosse. Je songe au *Stabat Mater* de Vivaldi chanté par le haute-contre de Venise. Les voix finales du requiem de Brahms me reviennent aussi. Aller jusqu'au bout du deuil, c'est mourir, laisser se détacher des pans entiers de l'être. Les bleus, les ors, le rouge glorieux de la fresque de la chapelle sont en moi, fixés, ils se sont posés sur les maux, les blessures. M'habite comme une souche, oblique, liquide, le nœud même du mur radieux. Le mur de la mue. Je rêve à mon tour de mots liquides, obliques, froissés comme les eaux du lac de Santa Lucia, des mots qui diraient le deuil, ses fractures, ses brisures. Je parle et je suis un corps tailladé, miné. Les couleurs miraculeuses ont déposé leur baume sur mon chaos, mes éclats. J'écris et les mots viennent de cette profondeur, ils ont cheminé dans la cendre, ils sont percés du feu du deuil transcendé, ils tâtonnent, lourds encore, morcelés, ils convoitent l'insularité heureuse. Des itinéraires se trament. J'ai entendu résonner les noms des morts de Gand dans la fosse de Santa Lucia. J'y ai vaincu la fascination de la bibliothèque des morts. Je veux d'autres voyages, la baroque Prague, la chambre de Kafka, les eaux de la Brenta, Venise toujours. Le deuil a creusé mon corps et mon territoire ; la Bretagne est brisée, rongée de fosses et de voyages sous les eaux, mais le Voyageur navigue toujours, il est dressé, seul sur la tourelle du sous-marin, il a dépassé la forêt, la rivière, la rade, il m'appelle, il reconnaît le monde.

Il est à l'horizon des eaux de la Brenta et de Venise. À l'horizon des mots. Il fait froid soudain dans la grande villa des lacs. Bussan et Lucy sont sortis. Je suis seul avec Fabrice, le disciple adoré, le premier élève. Il me contre de plus en plus souvent, il me cache de multiples aspects de sa vie qu'il a avoués à Lucy pendant que Pierre et moi nous nous promenions dans le jardin. Dans quelques mois, il sera un étranger, mais pour l'heure, la magie de l'Italie, le sourire de la Pietà lumineuse, l'appel du voyage sont encore suffisamment forts pour voiler la vérité.

Je ne suis pas encore au bout de mes pertes. L'être patiemment construit n'a pas fini de se désintégrer. Je sens ce froid qui annonce d'autres brisures, j'ai besoin d'un théâtre autour de moi, la procession des chevaux étrusques qui mène à l'atelier, les lierres déments du jardin, les marches de marbre qui tombent à pic dans le lac, les métaphores solaires de Bussan. Je m'enroule dans les volutes baroques du parc, je me réchauffe auprès des citadelles météoritiques. Il continue de pleuvoir : on dirait que le verger se démolit en coulées fibreuses, on dirait un pourrissoir de fleurs évanouies. Plus d'oiseaux, de bouvreuils voraces. Les eaux de la Brenta montent. Les villas palladiennes qui longent la rivière canalisée ont dû disparaître sous les trombes. Le corps du voyage s'estompe, mangé par les filets de pluie. Les mots lumineux aussi. Reviennent les fantômes, les morts, les absents, les urnes voilées de Tongue, les noms sur l'herbe verte d'Écosse, les noms mystiques de Van Eyck.

Le véritable deuil lumineux n'est pas encore atteint. Le secret de Santa Lucia n'était qu'une incitation, un signe. Il faut être peintre ou prophète pour capter le soleil qui clôt le deuil, celui qui se lève sur les morts. L'écriture de la mémoire a rarement ce don de voyance, lourde, enracinée, encombrée de visages, de poses, de rictus, trop tellurique pour posséder ce délié stellaire, cette fulgurance des bords du monde. Peintre, prophète ou musicien. Vivaldi, Brahms, *Selig sind die Toten*. Je ne suis que voyageur. La lumière du deuil est une alchimie qui se refuse à l'errant. L'attendent d'autres rivières, d'autres cryptes, d'autres cimetières, d'autres cellules. Le deuil s'éprouve au contact du tronc rugueux du monde, des trombes, des lichens et des eaux. Il faut le laisser errer. Il faut le laisser s'user, par les rives et les abysses. Il faut le laisser revenir, lacéré, grelottant, loqueteux. Si usé qu'il ne puisse plus provoquer d'insomnie, s'établir dans la conscience. Alors son corps roule, s'écrase, anéanti. Reste une lumière, comme le feu de la fresque. Des strates, des lignes. Le trajet des errances. Seuls manquent la couleur, l'éclat de l'autre rive.

C'est à Milan que j'ai eu la révélation des mots lumineux.

IX

Le voyage se poursuit. Nous avons laissé Bussan et Lucy dans leur maison des lacs. Les métaphores picturales sur les grandes toiles de l'atelier sont brouillées de pluie. Nous avons pris rendez-vous pour l'été, à Prague peut-être. J'ai senti Bussan sûr de lui, apaisé, quand je l'ai quitté.

— Le beau temps va revenir, je vais pouvoir travailler. J'attends la lumière, les grandes flèches de feu qui sortent du lac, pour bien écrire... Bonne route...

Nous allons vers Vérone, vers Padoue, vers les eaux de la Brenta. Ce seront quelques jours de lumière et de grâce dans la coque de noms somptueux. Je retrouve l'Italie du désir à la seule prononciation de ces noms. Ils surgissent comme des brasiers, des reliquaires précieux qui triomphent de la pluie. Ils arrivent, carènes de pierre ocre, noms creusés de cryptes, ajourés de cloîtres. Ils diffusent une pluviosité nimbée, de grandes auras bleutées qui flottent dans l'air. Noms purs, aliments du songe en route vers la Vénétie mythique. Jalons d'une rêverie lente, labyrinthique, qui crève le cercle des noms, innerve leurs syllabes. J'ai peur d'aller jusqu'à la Brenta, jusqu'aux villas enfouies dans leurs parcs. Je préfère redire ces mots lumineux pour goûter l'enchantement des villes.

Du train on ne perçoit plus la campagne, le dessin des contreforts rocheux, les vergers en fleurs, la rocaille des torrents. Le ciel s'assombrit, on croirait franchir des cols, de longs tunnels. Fabrice parle peu. C'est un compagnon silencieux que j'emmène vers Venise. Il écrit des cartes postales, consulte des guides. De nos pactes, de nos complicités passées, il reste cette songerie qui glisse à l'unisson du paysage noyé de trombes et de cataractes. Je suis muet aussi. Je sais que je ne sais plus le retenir. Nous sommes au bout de notre voyage initiatique, commencé neuf ans plus tôt dans une ville du front atlantique. J'ai modelé les mots, les rêves, les désirs, l'itinéraire de Fabrice. Si le professeur abdique toute compétence au sortir de la classe, l'initiateur, lui, le relaie, plus archaïque, plus féodal, souche chevaleresque, archétype issu de la nuit des âges : j'ai tenu ce rôle et nous avons traversé les années. Voici venu l'instant douloureux de la fission, de l'effacement. L'enchantement du voyage passé, je serai seul, mais pour l'heure nous sommes prisonniers du compartiment aux vitres ruisselantes, de l'itinéraire que nous avons fixé un dimanche d'hiver — du charme des noms d'Italie.

Vérone. Padoue. Milan, sa cathédrale blanche, ses reliquaires pourpres. Est-ce la pluie, l'usure du dépaysement, l'éloignement de Bussan, toujours est-il qu'il me semble que nous piétinons, que nous pataugeons parmi les ornières et les flaques, loin de la grâce, comme si nous étions orphelins d'un périmètre magique, celui que délimitaient les citadelles du Roi nomade et les eaux de Santa Lucia peut-être. L'envoûtement revient, par intermittence. Il a la forme de vestiges, d'éclats de sortilège qui ressurgissent. Il a la beauté des places seigneuriales de Vérone vidées par l'averse, des arènes rutilantes sous leur velum de gouttelettes lumineuses, il a l'arroi de la citadelle ocre levée au-dessus de l'Adige pierreuse, des ponts crénelés qui enjambent le fleuve, des corbeaux qui tournoient, il a l'éclat du petit cloître Santo Zeno aux tuiles vernies, lissées de pluie; je photographie comme pris de frénésie, je veux tout enregistrer, tout archiver, ces lumières vibratiles d'Irlande sur les pierres d'Italie, ces vols noirs qui balaient l'espace, ces fondations romanes dans le tuf de Vérone, la météorologie capricieuse de l'enchantement au gré des ciels, au creux des noms.

Nous arrivons à Padoue sous le déluge. Nous sommes transis. Pour accéder à l'hôtel qui est situé devant la gare, il faut éviter les trombes que projettent les voitures. Un moignon de parapluie, une carcasse de vélo traînent là. La chambre qui nous abritera se trouve au fond d'un gigantesque couloir lambrissé, ses hauts murs sont parsemés de coulures, de zones humides. Nous rions sous le déluge, nous rions de la rencontre surréaliste du parapluie et de la carcasse de vélo dans les douves inondées, il fait froid dans la grande chambre, l'hôtel a eu sans conteste ses heures de gloire, lorsque Proust visitait Padoue... Le fantôme de Marcel nous obsède par le dédale des coursives. Une complicité renaît, autour de Proust, dans la contiguïté des émotions littéraires, des goûts communs, une complicité qui se tisse dans le rire et le froid, l'ivresse du déluge qui engloutit la ville. Et cette ville, nous voulons la voir, même s'il faut cheminer pendant des heures sous des galeries et des parapluies ruisselants ; des places, des esplanades, nous n'avons qu'une vue indirecte, décalée, derrière les colonnes et les portiques : le secret de Padoue, la langue de saint Antoine, les fresques miraculeuses de Giotto, les noms amers des cocktails du café Pedrocchi sont au bout des averses, des tonnes d'eau, on y arrive, grelottants, mouillés jusqu'à l'os. Padoue est la ville des cheminements diluviens. Tout ruisselle, les vitrines sont un lacis de filets pluvieux, les bouches de fonte des égouts sont propulsées par le flux, seule garde une consistance la langue de saint Antoine, vieux cuir intact dans sa basilique, il faudrait une chaloupe pour naviguer le long des boutiques de bondieuseries, des étoles, des chapes, des ciboires flamboient, je voudrais m'acheter un Graal...

La chapelle des Scrovegni se lève, relique rescapée du déluge. C'est notre arche de Noé, avec ses vices et ses vertus, ses pans de fresques d'un bleu transparent, avec des éclairements de foudre, des auras, des nimbes, et des soleils qui transpercent les fleuves et les pierrailles, des matières simples — la pierre, la paille, la poussière, l'argile rouge et l'eau — transfigurées à même la muraille, inscrites dans une alchimie de couleurs, des matières avec lesquelles les personnages, les figures du lignage de la Rédemption, nouent une sorte d'osmose, Joachim, Anne, Joseph et Marie, liquides, ignés, corps tactiles, comme en apesanteur sur les flancs de l'arche, immatériels et lumineux, au bout des doigts de Giotto. Nous restons interdits, magnétisés par la houle des couleurs, la cadence des fresques, les scènes s'enchaînent, se brouillent : pendant les vingt petites minutes que dure notre enfermement dans la chapelle, nous rallions l'origine, nous sommes les fils réconciliés de l'or bleu de Giotto.

On est le 3 mai. Demain Fabrice aura vingt-cinq ans. Trempés, hirsutes, les yeux brûlés du feu de l'arche, nous décidons de boire. Il faut fêter ce quart de siècle dans le blanc égyptien des salons Pedrocchi. On aimerait boire les cocktails aux noms mystérieux dans des coupes, des vasques, des Graals. Le café somptueux est vide, hanté de serveurs indolents, de vieillards spectraux. On rêverait un environnement de chats aux yeux de gemme, un carnaval de chapes et de chasubles d'or sur le marbre trop pur. Nous avons choisi un breuvage à base de whisky, au-delà des pluies, ce voyage doit conserver une souche irlandaise ou écossaise. Je suis immobile sous les rideaux sanglants du café, un peu étourdi, des caravanes d'images me traversent : le grand hôtel moisi au blason surréaliste, la chambre proustienne, les heures de pluie, les ex-voto et les confessionnaux de la basilique Saint-Antoine, l'or des fresques au bout des trombes, je sens le breuvage qui se répand, me réchauffe et m'électrise, le cocktail au nom magnifique et amer, obscure palette des alcools, je me laisse aller à la griserie, au charme du moment, aux vingt-cinq ans de Fabrice...

Nous dînons somptueusement dans un petit restaurant qui ouvre sur une galerie à arcades. Nous buvons avec allégresse. J'essaie de deviner les projets de Fabrice, les présences mystérieuses qui hantent sa vie. Il a toujours été très secret mais j'ai aperçu dans son agenda d'étranges initiales... Il ne me dit rien, il rit, nous buvons...

Nous rentrons ivres à notre hôtel. La ville est belle, avec ses grandes places ouvertes sur le ciel, comme les esplanades lunaires de Chirico. Plus de boue, plus de pluie, l'or bleu des fresques a envahi les rues, les façades... Avant de m'endormir, une crise d'angoisse me saisit... Les angoisses de l'hiver, de la pourriture... Je crie que je vais mourir... Fabrice s'allonge auprès de moi. Je l'étreins et je le sais perdu.

Nous avons renoncé à la promenade sur la Brenta. Nous prenons le train pour Venise. Pour ses vingt-cinq ans, Fabrice a émis le désir de vivre une journée vénitienne. Il a trop plu, nous ne voulons pas des villas recluses dans leurs parcs détrempés. Je ne humerai pas l'odeur des fougères et des herbes palladiennes. Le train roule sur les eaux parmi les pieux et les pontons verdis. Je ne pensais pas revenir si vite à Venise. L'an dernier, Irène nous accompagnait. Il flotte sur les canaux une lumière vibratile et dorée, malgré la grisaille, l'air saturé de pluie qui arrive de la mer et du continent, cette belle, cette exceptionnelle lumière vénitienne que Genet voyait glisser sur les murailles du bagne de Brest, cette lumière océanique qui nous rappelle à Fabrice et moi la ville de notre rencontre.

Nous avançons, immatériels, délestés, tout à la grâce de l'instant. Nous sommes sans passé, sans voyage. Nous sommes une fusion de molécules rêveuses dans les moirures du Grand canal. Nous sommes le fruit d'indécidables conjonctions, nous avons traversé les pluies, les déluges, l'or de Giotto et les philtres nocturnes. Les arêtes théâtrales des grandes places de Chirico ont tailladé nos songes. Une dernière fois, il faut que nos pas heurtent le marbre des quais, foulent le sol incurvé et les tapis orientaux de la basilique. Il fait froid. Il y a trop de monde. Nous choisissons des itinéraires qui nous mettent à l'écart de la foule, nous fuyons du côté de l'Arsenal, avec sa grande porte flanquée des Lions tutélaires, c'est l'endroit que je choisis pour photographier Fabrice sur fond de muraille ocre, mangée de lichen. Il n'a jamais voulu que je le photographie, c'est la toute première fois, je fixe ce visage dur, fermé soudain, la canadienne se confond avec la muraille, Fabrice se détourne légèrement pour allumer une cigarette, on dirait un mauvais garçon, un héros crépusculaire de Genet.

Nous reprenons le vaporetto. Il y a au Palazzo Grassi une exposition consacrée aux Celtes. Les trésors, les boucliers, les divinités et les idoles sont présentés dans des salles parées de boiseries vert sombre.

Ils émergent soudain de la lagune, des brumes glauques de Venise. Les poignards et les heaumes sortent d'une conjonction de vase lagunaire et de tourbe nordique. Les grandes idoles de la terre, les casques brisés, les charrois de bronze, la source des belles migrations du Nord. Après avoir glissé sur l'eau, nous hantons une mémoire, un territoire qui serait notre origine. De nouveau, nous avons un ancrage.

Dans une salle, un enchevêtrement de troncs, la texture serrée d'une forêt. Ce doit être la Brocéliande des chevaliers. Au centre, dans un espace délimité à la façon d'une clairière, comme un cube de cristal, un écrin grossissant qui renferme un joyau, un objet en or. Nous nous approchons lentement, respectant le cérémonial de la découverte. L'écrin contient un minuscule Graal, le tout petit vaisseau d'or du trésor du musée de Dublin que j'ai jadis visité avec Erwan. Je reconnais la perfection de la miniature, la cambrure de la carène, les rames dardées comme des épingles. Fabrice contemple, émerveillé. Il sait encore admirer. Dans son regard, je vois la nef traverser la forêt, gagner le large, les eaux lagunaires.

La soif

I

En octobre 1991, Laure fut nommée psychologue à l'hôpital de M. Cette nomination immédiate au sortir des études était exceptionnelle. Depuis nos journées malouines, elle avait maigri, ses joues s'étaient creusées, sa poitrine avait perdu de son opulence. Elle avait loué une maison sur la côte nord du Finistère, dans les dunes. C'était une maison sans âge, sans caractère, une sorte de cube de béton enfoui dans les sables et les pins. On y entendait un halètement constant de mer qui obsédait Laure. Et elle rêvait tout haut de chevauchées marines, de naufrageurs et de feux sur la côte, de petits cimetières côtiers balayés par la vague. J'avais retrouvé Laure dès la fin des cours. J'étais léger, amoureux. Ce furent des journées merveilleuses, éclairées d'une lumière subtile et dorée. La mansarde lambrissée contenait un mobilier rudimentaire. Laure y avait installé ses étagères, ses livres, ses objets de Rennes. On ouvrait la fenêtre : déferlait un vent d'embrun et de résine, le suc lourd des pinèdes, l'odeur des écorces craquelées par l'iode et le sel. Je passai trois jours en compagnie de Laure. Je devais ensuite rejoindre Erwan au Maroc où il surveillait des chantiers. Erwan avait insisté pour que j'accepte ce voyage. Il m'avait promis Essaouira sous le soleil d'octobre. Depuis Venise, depuis l'effacement de Fabrice, l'instabilité m'avait repris.

Laure ne parlait plus de ses malades. Elle avait l'habitude de chevaucher le matin sur les plages. Elle avait trouvé un cheval, des compagnons d'équitation. Ces quelques jours d'octobre, je crus saisir en elle une gravité, une mélancolie. Nous marchâmes beaucoup sur les dunes, Laure voulait visiter quelques enclos paroissiaux, les beaux calvaires aux figures de granit levés dans la pâle lumière écumeuse ; nous roulâmes par l'Arrée le long des sapinaies et des tourbières, l'automne faisait ressortir de grands carrés de feu sur le lac, notre errance était ivre et lumineuse.

Il y avait mille choses que je voulais voir. Laure m'entraîna dans la forêt du Cranou, des heures nous marchâmes dans la rousseur des fougères et des bois ; le corps mouvant, incertain, de la forêt nous entourait, une rêverie d'eaux vertes le long de la route, de houx et de bêtes fantomales, des blocs, des tertres, des ruines de chapelle dans la texture des bois, des autels où vénérer le Calice et l'Épée de pierre. Laure me raccordait lentement à mon Finistère essentiel. Elle sortait de la mer, de sa cavalcade par les dunes, il me semblait que son manteau rouge sentait la sueur et la vague, le crin et la bave du mors, et elle me replongeait dans ma forêt, par les layons et les escarpements moussus, les plantations neuves et les ornières des bauges : avec elle, j'entrais dans cette lumière exquise qui n'en finissait pas de rebondir sur l'écorce annelée des hêtres, de se dissoudre aussi en remous de molécules dorées sous les arches et les cryptes.

Enfant, j'avais visité ces lieux avec un autre initiateur : c'était le territoire de Gaël. C'était là qu'il avait cuit le charbon de bois, c'était là qu'il avait forgé ses nuits de veille stellaire. C'était là qu'il avait rêvé dans la neige, au commencement. Le *Phénix* avait sombré, il était seul dans le grand royaume, les arbres, les oiseaux nocturnes, les chaos de pierres et de boue — et le souvenir lancinant des compagnons engloutis.

Laure me mena partout où je voulais aller. Nous fîmes le tour de la forêt, nous nous égarâmes dans les prairies des lisières, elle était la fée pourpre du retour, de l'immersion dans le domaine. Elle me montra les hauteurs, les vallonnements du bocage, les hectares de bois fauchés par la tempête, nous arrivâmes à Rumengol, chez la Vierge terrienne, dans son décor de retables somptueux, une lumière unie coulait, elle nous enveloppait, nous revenions des rives, des lises et des bois, un même bonheur nous soudait, un même désir élémentaire. Gaël était avec nous. Notre voyage était béni des Patriarches. Il flottait dans les villages que nous traversions une odeur de bois brûlé, de feu intime, de lichen qui craque sur la branche. J'aimais retrouver la morsure du feu, du sel — du désir.

C'était le dernier soir. Le crépuscule arrivait. Toute l'après-midi, nous avions parcouru la presqu'île de Crozon. Récifs, bruyères, landes arides, monticules de sorcières, flaques et esquifs d'ensorcelées. Je voulus revoir le Passage, descendre jusqu'à l'Aulne. La marée était basse. Les prairies, l'amorce de la route marine, la grève noire et le dessus des pierres étaient à nu. On eût dit un palimpseste d'algue et de lichen. Des sédiments de ténèbres. Nous reculâmes. La mort naviguait dans le dédale des rives.

Je sortais de l'automne breton. J'avais vu la forêt, j'avais respiré son humus et ses remugles, j'avais revu l'Aulne cendreuse et mortuaire. Dans l'avion qui m'emportait, je sentais encore l'humidité pourrissante de ces journées automnales, le feu d'oronge et de sorbier de ces journées dorées. Erwan m'attendait à Marrakech. Il avait fui au Maroc. La procédure de divorce était en cours. Je n'en savais pas plus. Le calme était revenu, en ondes souples qui enserraient le corps blotti de Laure, la maison de résine et de sable, les chevauchées dans l'écume, la presqu'île crépusculaire. Laure était belle et grave. Elle courait entre la mer et le pavillon des fous. Je savais désormais ce que j'aimais en elle : cette mélancolie et cette blessure, ce soupçon de gravité qui l'envahissait parfois, flux de désespoir, ce devait être un filigrane de visages et de regrets qui la happait, elle restait entre la fenêtre et le foyer, elle regardait au loin, dans le vague, là où les eaux venaient mourir contre la dune. Laure de l'Aulne et des fous, Laure de l'écume tailladée et cendreuse.

J'aurais pu rester auprès d'elle la totalité du congé de Toussaint, mais le désir de mobilité m'avait saisi. Ces journées avaient été superbes parce qu'elles étaient comptées. Je craignais l'habitude et l'usure. Laure ne connaissait pas les raisons de mon départ. Je lui avais parlé d'un cycle de conférences à Marrakech et à Fez. Dans l'avion, je relisais la lettre d'Erwan :

> Je prendrai quelques jours de repos fin octobre. Je ne rentrerai pas en France. Tu pourrais me rejoindre à Essaouira. Tu verras, c'est superbe. Un Saint-Malo grec échoué au Maroc ! Je t'y attends. Amitiés.
>
> Erwan.

Qu'avait-il à me dire ? J'avais compris qu'il surveillait les travaux de construction d'un barrage dans l'Atlas. Il y avait des mois que je l'avais perdu de vue. Je n'avais plus de nouvelles de Julia. Des amis lointains m'avaient rapporté qu'elle avait repris pour peu de temps son poste d'enseignante. Elle avait vite sombré. Elle partageait sa vie entre la clinique et la maison de sa mère. Je n'avais pas eu la force d'appeler. Je lui avais envoyé un mot auquel elle n'avait pas répondu. Il m'était difficile de me défaire de l'image de notre dernière rencontre, à l'automne de 1990, dans le parc vidé de la clinique. Je me sentais impuissant, secrètement coupable.

J'arrivai à Marrakech en fin d'après-midi. Erwan m'attendait à l'aéroport, rayonnant, bronzé. Il me montra la périphérie de la ville, les murailles ocre, la banlieue poussiéreuse, quelques coupe-gorge aux abords du palais royal, la grand-place colorée, tumultueuse. C'était un monde médiéval, une cohue de regards durs, de corps graciles. Erwan m'avait prévenu :

— Marrakech, c'est moche. Je déteste cette ville. Ce que tu aimeras, c'est Essaouira, le joyau sur l'Atlantique.

Nous dînâmes fort tard. La conversation était étrange, superficielle. Erwan parlait beaucoup de son chantier, des difficultés matérielles qu'il rencontrait. Le restaurant, aux murs habillés de stucs mauresques, accueillait une clientèle aisée, très européanisée. On mangeait sur des banquettes basses, parées de tapis. J'étais désorienté, mal à l'aise. L'Aulne et la forêt me manquaient. Un instant, je regrettai d'être venu. Erwan, dans ses manières, dans son propos, avait tout de l'ingénieur sûr de lui, terriblement dominateur. Plusieurs fois, je le contrai. Il ne sembla pas s'en offusquer. Je l'imaginais casque en tête, sur le front du chantier, dans le vacarme et la poussière de l'Atlas.

Nous prîmes la route dans la nuit. Erwan conduisait vite sur la piste cahoteuse. Dans l'ombre, je devinais des champs de pierres, de longues palissades qui devaient abriter des vergers, des villages endormis, à demi ruinés, des boutiques aux rideaux de tôle, des pompes à essence dressées comme des carcasses rouillées dans la poussière. Tout cela était pauvre, damné, on eût dit des villages oubliés, ravagés par la peste, des décors abandonnés à la lisière du désert, on avait peine à imaginer que des gens pussent vivre là. Nous roulions depuis des heures, l'Atlantique semblait inaccessible, je me recroquevillai dans la froidure de la nuit. La voiture avançait toujours, Erwan écoutait la radio locale, une musique lancinante, il n'y avait plus de route, un déferlement d'ombres et de cahots, les pluies avaient raviné la piste, j'avais de plus en plus de peine à lutter contre le sommeil, la musique, son interminable mélopée, le vent froid, un fracas de ferraille, mon exil, loin de l'Aulne et de Laure, j'étais prisonnier de cette constellation morbide, je rêvais d'eau, de forêt bruissante, d'automne flamboyant — sous les étoiles gelées, dans le lit des oueds.

*

Je découvris comme une bogue de rues profondes, un oursin de constructions blanches et de volets bleus, une ville close, unitaire. L'Atlantique, les îles Purpuraires dormaient au loin, veilleurs mythiques de cette cité des confins. L'aube coulait lentement par le dédale des poternes et des coursives ; il restait d'épais pans de nuit à la racine des douves, au pied des fortifications, le long des échoppes. La ville semblait sortir du songe, fruit d'une longue utopie, d'un rêve de constriction, de construction forcée de l'espace : bogue utopique, ville arrimée aux rocs du rivage, épi de murailles et de tours, de promenoirs et de chemins crénelés, elle se découpait dans le jour naissant à la façon d'un labyrinthe de murs aveugles, de hautes parois sommeilleuses fermées sur la vie recluse d'hypothétiques habitants.

Plus tard, des figurants apparurent, des ombres se mirent à glisser par le lacis des rues, défilé de femmes voilées, de burnous austères. Nous avions déjà fait le tour des remparts. L'océan étirait un échevellement d'écume, de vagues rageuses. Des corps d'îles, de longs récifs déchiquetés barraient l'horizon. Le jour tardait à s'affirmer : il flottait dans le faisceau des nappes lumineuses qui montaient de la mer comme des points de suie, des nœuds de brume. Rien n'advenait, rien n'habitait la ville : circulation peureuse, alentie, aux abois. Des femmes, des manteaux, parfois quelques échappées de couleurs, un incendie d'étoffes à la jonction des ruelles. L'automne, ou l'épidémie, ou la mort de la lumière avaient vidé la ville : on eût dit un agencement de maisons voulu par quelque bâtisseur cartésien, quelque alchimiste de l'utopie insulaire, une volute de cellules, de puits profonds où loger des reclus, des damnés, les captifs de la colonie purpuraire, un microcosme parfait, levé à la rencontre des vagues et des pierres, une arche, une citadelle, une nef enroulée, autonome, conque envoûtée par sa propre rumeur.

Au pied des murailles, dans le creux des douves et des chemins pavés, on n'entendait plus la mer. On était ailleurs, brusquement. Les petits métiers, les ébénistes peuplaient les loges de la muraille. On entrait soudain dans la ville, dans son cœur pierreux, on se fondait au passage des habitants mystérieux aux manteaux fuyants. On devait être sous la pierre, sous la mer, dans le terreau des siècles, des rites, des passages. Ce n'était plus la poussière froide de la nuit, c'était comme un sable volatile qui se dispersait par les interstices des dalles, des vestiges de galions vermoulus, pulvérisés, des bréchets d'oiseaux veilleurs fracassés, brisés sur l'enclume des roches.

La lumière avait surgi, d'un or pâle, incertain. Elle cuivrait les poternes, les façades chaulées. Elle dynamisait la course des errants. Le voile des femmes, la dague d'un regard, le grain rêche des burnous. Le corps de l'enchantement était multiple. Je sortais de l'Aulne, du lit de Laure. J'étais avec Erwan. On avait traversé le tohu-bohu de Marrakech, le désert, le vent de l'Atlas, le chaos des oueds. Ici tout était lisse et dur. Le jeu des ruelles, le secret des portes. Erwan était lumineux. Il avait perdu de son arrogance de la veille. C'était un jour pur. Nous déjeunâmes d'oursins et de crabes. Un marchand ambulant voulut nous vendre de petites tortues. Le jour était salé, le grain de la lumière était salé, nous marchions sur un cadastre d'îles, de congres et de récifs.

Le soir venu, nous étions harassés. Nous n'avions pas dormi la nuit précédente. Nous avions marché tout le jour à l'air du large. La fatigue donnait à Erwan une physionomie songeuse. Les chambres que nous avions louées dans une auberge du pied des murailles d'enceinte ressemblaient à d'immenses puits éclairés de hautes et rares meurtrières. Après dîner, Erwan voulut de nouveau arpenter les remparts. Des feux, des signaux clignotaient sur la mer. Le vent était tombé. Il faisait doux. Erwan se mit à parler du petit port finistérien où il passait ses vacances.

— Je crois que j'ai aimé Essaouira parce que ça me rappelle mon enfance, le large, le bateau, la pêche... Tout ce que j'ai perdu. Avec l'âge, et en quittant Julia. C'est vrai, j'ai rompu, j'ai même engagé une procédure de divorce, mais je continue de vivre avec elle, elle est en moi... On ne tranche pas ainsi dans une vie. Tu le sais bien... Ce n'est pas parce qu'à certains moments je me suis écarté de toi que j'ai rompu avec toi... J'ai horreur des gens qui rompent. Et, si j'ai rompu, ce n'est qu'en apparence et sous la pression des faits...

Il commençait à faire frais. Je proposai à Erwan de rentrer.

— J'avais rêvé, tu le sais bien — tu t'en es suffisamment moqué à l'époque — d'une vie stable. Je ne l'ai pas eue... Depuis deux ans, je ne cesse de fuir... Les enfants, je ne les vois plus. Julia, c'est pareil. J'ai fui à Paris, je me retrouve ici, je vais vendre la maison d'Ouessant... J'ai accepté ce chantier au Maroc pour essayer de renaître... Je t'ai déjà trop parlé de tout cela hier soir et j'ai bien senti que je t'irritais... Je t'ai demandé de venir me rejoindre ici pour que je puisse te parler... Depuis des mois, je me suis souvenu de notre adolescence commune, de nos inimitiés, j'ai mesuré tout le mal que j'avais pu te faire... Oui, je me suis souvenu du printemps, de l'été merveilleux de 1976, quand il faisait si chaud, les coccinelles pleuvaient sur la Bretagne... C'est alors que j'ai commencé à vivre avec Julia... Alors quelque chose s'est cassé entre nous... Tu as changé alors. Je me souviens de ta douleur, de ton silence. Je n'ai rien vu à l'époque.

Aujourd'hui, maintenant que je suis seul, je comprends... Tu n'as sans doute plus rien à voir avec cela... Tu es même très loin de tout cela... Je voulais te le dire. Je n'aurais jamais pu te le dire en Bretagne... Je n'aurais jamais pu te l'écrire... Il me restait cette solution... Ma vie est triste...

La chambre, éclairée d'un maigre lampadaire, était sinistre. Il faisait froid. Nous n'avions rien à boire. J'écoutais, muet, interdit. Erwan semblait décidé à aller jusqu'au bout :

— Je ne pensais pas que tu accepterais de venir... J'ai fait miroiter Essaouira, l'automne, la beauté du lieu... Pour te raconter ces histoires de fantômes... Le destin brisé d'un fantôme... Tu ne pouvais pas deviner à quel point je me souvenais de tout cela... À quel point je suis proche de toi, dans ce passé, ce souvenir... Il n'y aura jamais dans nos vies ce qui ne s'est pas joué alors... On peut le regretter...

Je ne savais que répondre. C'étaient de vieilles histoires, de vieilles fascinations, de vieilles blessures aussi qui ressurgissaient dans le puits de cette chambre sinistre. Erwan avait les traits durs, il paraissait épuisé. La bogue de rues blanches, de murailles marines et de portes fermées recelait ce que désormais j'appellerais la confession d'Essaouira. Erwan avait rouvert les plaies de l'été de la soif.

II

Erwan était le dieu de la bande que nous formions depuis l'enfance. Il alliait toutes les qualités, il brillait en classe, il exultait sur les pistes du stade. Nous étions quatre ou cinq autour de lui — Gilles, Estelle, Julia et surtout Nohann —, nous ne nous quittions pas, nous préparions nos devoirs à la bibliothèque, tous ensemble. On se répartissait les rôles : Erwan veillait avec Gilles sur les mathématiques et la physique, je m'occupais avec Nohann des matières plus littéraires. On se connaissait tous depuis longtemps. Nos souvenirs remontaient au collège, aux heures d'ennui, aux rêves communs forgés dans la caserne maudite.

Nous étions routiniers et scolaires. Nous réussissions sans effort. La bande entière — Erwan le premier — vivait à la surface des choses. C'étaient le rock, les films mièvres, les lectures sucrées de l'adolescence. Gilles planait : il ne s'occupait que d'équations et de problèmes de physique, de vélo parfois aussi. Nohann semblait plus grave, plus inquiète. Ses parents habitaient au lycée un appartement de fonction qu'elle détestait. Elle n'aspirait qu'à se réfugier dans la maison de ses grands-parents, dans la montagne d'Arrée. Nohann s'habillait toujours en violet ou en noir, ses cheveux bruns roulaient dans les longs plis de sa cape épiscopale ou de son mantelet de deuil. C'était une fille brillante, un peu sauvage, à l'intelligence acérée. Son frère aîné, racontait-elle, avait tout quitté pour suivre un cirque. Des fins d'après-midi, après les cours, dans sa petite chambre du lycée, nous évoquions les longs itinéraires, la quête folle, la misère et le feu de la drogue.

Je me taisais. J'aimais les observer. Erwan paraissait de plain-pied avec la vie, nulle fêlure, nulle fracture apparente. Julia était discrète et banale. Nohann instillait à ce groupe la part de révolte, d'insoumission qui lui manquait. Elle cultivait l'extrêmisme : radicale, autoritaire, irritée par les miasmes et les compromissions du système politique. Erwan refusait souvent de débattre avec Nohann : une vieille rivalité les opposait, elle devait cacher une humiliation scolaire, une vexation débile mais elle prenait la forme du clivage idéologique. Erwan croyait à la vie, au succès, à l'intégration sociale rapide, tandis que Nohann ne parlait que de réclusion dans les landes de l'Arrée, de phalanstère primitif, elle lisait Marx et Hegel, je me sentais plus proche de Nietzsche.

En première, nous eûmes un choc, nous fîmes la rencontre d'un éveilleur : Paul Grenier, notre professeur de lettres, nous initia à la littérature. Ce fut une rencontre définitive, une adhésion sans appel. L'homme était d'apparence banale et timide, peu disert, il nous fuyait, détestait le contact, gauche, la parole embarrassée. Nous eûmes du mal au début à nous faire à ce personnage secret, difficile, qui nous résistait. Il parlait sans notes appuyé au rebord de la fenêtre. Il ne nous regardait pas. Nous dûmes subir Montaigne et Hugo. Grenier nous ennuyait. Entre nous, nous pestions contre ce prof sinistre, tellement mélancolique, qui semblait être là à contrecœur. Puis il y eut Baudelaire, l'envoûtement des gouffres et des ciels clarteux, les extases sensorielles de Flaubert, Proust et son Albertine kaléidoscopique, il y eut Rimbaud, le bateau ivre et la Saison calcinée, la Bretagne songeuse de Gracq et les *Amers* de Saint-John Perse. Et Gide et Kafka.

La parole de Paul Grenier s'accordait pleinement au mystère des textes dont la genèse et le secret étaient toujours approchés avec une rigueur, un respect extrêmes. On se taisait au cours de Paul Grenier : on naviguait du côté d'Argol, dans le vertige des brumes, on roulait dans les bras ardents des enchanteresses baudelairiennes, on buvait l'or rimbaldien, on découvrait la valeur fondamentale de la réminiscence, on brûlait de transgression gidienne. Le cours fini, l'homme s'effaçait. Nous étions assommés de mots, de songes, d'appels. Nous nous mîmes à lire. Avec Nohann surtout. Baudelaire, Flaubert, Proust, Rimbaud, Gracq, Gide. Erwan semblait se méfier du corps brûlant des textes. En terminale, nous continuâmes. Le cours, optionnel, ne réunissait que notre bande. Nous revînmes sur ce qui avait été ouvert, nous approfondîmes, et il y eut de nouveaux émerveillements : Breton, la fission surréaliste, Bataille et Reverdy. De longs silences ponctuaient le cours. Paul Grenier paraissait absorbé par un malaise, une interrogation taraudante. Et il rêvait tout haut la mort claustrale de Reverdy à Solesmes.

Le vendredi qui précéda les vacances de Pâques de 1976, Paul Grenier nous emmena en excursion. Il avait conçu le voyage pour les quelques élèves de terminale que nous étions et nos successeurs de première. Nous devions visiter quelques hauts lieux de l'art religieux finistérien — Saint-Thégonnec, Saint-Herbot, Commana, Pleyben — et déjeuner dans le parc du château de Trévarez. Il faisait beau. Nohann et Erwan étaient là. Loin de nous le bac, le rythme des cours, l'angoisse de l'examen à venir. Ce furent de longues stations au pied des retables, dans la pénombre moisie des nefs, balades à travers les petits cimetières au gravier blanc, kilomètres par les landes embrumées. Paul Grenier nous expliquait l'art et les paysages comme il nous lisait les textes : avec lui, nous entrions dans la radiance des ors, l'éclat du baroque naïf, avec lui nous goûtions le modelé des arêtes schisteuses, le dessin érodé des ergots pierreux, l'incurvation des tourbières. Paul Grenier lisait le paysage — ce paysage trop vide, trop seul, qui m'avait toujours effrayé —, l'enchantement n'était plus verbal, mais palpable, tissé de balaiements de lumière, d'irisations sur les landes et les eaux.

Je ne quittais pas Nohann. Nous nous étions installés côte à côte dans le car, non loin de Gilles et d'Estelle. J'écoutais Nohann parler de ses paysages électifs, cette campagne de bruyères et de rocs où elle m'invitait à passer quelques jours de vacances. Gilles se proposait d'être des nôtres. On avait oublié Erwan.

À Trévarez, dans le grand parc broussailleux, nous nous dispersâmes. Il avait plu quelques jours avant : les allées étaient boueuses, les camélias et les rhododendrons dégouttaient, il montait des massifs une odeur merveilleuse de terreau noir mouillé. Un moment, je crus apercevoir dans une allée qui s'écartait du château Erwan et Julia, main dans la main. C'était la première fois que je les voyais s'isoler ainsi. Avec Nohann et Gilles, je rejoignis Paul Grenier auprès de la grande bâtisse de pierres rouges. Le château, qui avait été bombardé pendant la guerre parce qu'il servait de résidence et de lieu de débauche aux officiers allemands, n'avait jamais été restauré : on ne pouvait l'approcher, la toiture crevée exhibait des moignons d'acier et de poutrelles.

Nous nous installâmes autour de Paul Grenier au pignon du château sur un promontoire semi-circulaire qui surplombait l'à-pic, les champs et, plus bas, la vallée de l'Aulne. Grenier racontait les orgies allemandes, le sac du château après la guerre, le pillage de la lingerie et de la bibliothèque. Il paraissait détendu, affable, comme il l'était rarement. L'Arrée, le château pourpre, les landes, l'art sacré, c'était son territoire.

D'autres élèves nous entouraient. Nohann parla beaucoup. Elle disait des légendes de la mort, des histoires d'intersigne et de naufrage, le passage de l'Ankou. Paul Grenier buvait une bière belge crémeuse à lentes gorgées. Plusieurs choses m'obsédaient : la pierre moussue des chapelles, les gisants et les grands saints dorés, l'exaltation de la promenade et surtout la disparition d'Erwan et de Julia, ensemble sous les buissons du parc.

Soudain des cris nous alertèrent : un élève était tombé dans le bassin de la grande fontaine qui s'étendait sous notre belvédère. Nous nous précipitâmes : c'était Erwan. Il s'était battu avec une fille sur le bord du bassin et il avait glissé. Je le vis arriver, ruisselant ; il se déshabilla sur les marches, ses vêtements formaient une masse spongieuse. Paul Grenier paraissait irrité. Erwan était imperturbable, torse nu, dieu solaire sorti des eaux vertes du bassin, hirsute, trempé, lumineux. Dieu de ce château éventré, de ces orgies de feuilles et de terre, de ce jardin qui sentait l'humus noir et la sève. Il resta longtemps, immobile, fier de lui, à sécher sur les marches. Julia avait disparu. Je ne pouvais détourner mon regard de ce dieu nu. Soudain il détacha un bracelet de tissu qu'il portait toujours au poignet droit. Je n'avais jamais su la provenance ni la symbolique de cet objet. Souvenir d'aventure, de passade, de lien secret et fort peut-être. Je m'approchai d'Erwan : je détestais parler avec lui en public. Nohann et Grenier conversaient toujours. Discrètement, je fouillai parmi les vêtements. On ne me voyait pas. Je répondis longuement, avec volubilité, à une question de Grenier. Pendant ce temps, je tâtais les vêtements : la chemise, le chandail, les chaussettes, gorgés d'eau. Brusquement je reconnus le bracelet et l'enfouis dans ma poche.

Le retour vers M. fut superbe. Il pleuvait et l'averse se déployait en faisceaux de gouttes lumineuses. D'autres fermes, d'autres moulins nous attendaient. Erwan s'était rhabillé. Il s'était trouvé des vêtements de rechange. Il n'avait plus la magie du dieu solaire des marches de Trévarez.

Au sortir du car, je ne voulus pas le voir partir avec Julia. C'étaient les vacances. Gilles et moi acceptâmes l'invitation de Nohann dans son moulin des landes.

III

La maison de Nohann jouxtait l'étang du moulin : un bruit de chute permanente, une odeur de bief moussu imprégnaient les murs. C'était la maison de l'eau, de la lande, des humeurs spongieuses, des brumes. Avec Gilles, nous y passâmes quelques jours d'un printemps froid. Derniers jours d'automne, de pourriture avant la terrible fournaise de l'été 76. L'intérieur de la demeure était simple, douillet : des lambris, des bois clairs, de vieilles tables de toilette au marbre fracturé, des pots de porcelaine et des vasques, des rideaux de coton à grands ramages. Nohann se montrait très fière du mobilier ancestral qui garnissait la maison : commodes ventrues, lits clos à clous, bancs lustrés, vaisseliers et horloges. Il y avait trop de meubles, on eût dit, par certains côtés, un bric-à-brac, un amoncellement de brocanteur. Ce qui nous émouvait par-dessus tout, c'était le jeu des fenêtres et des miroirs qui ouvraient autant d'échancrures et de fausses baies sur l'étang, sur les palissades de roseaux des bords. Des femmes du village, de vieilles tantes de Nohann avaient péri noyées. Nohann adorait ces histoires de cadavres flottants, de dépouilles molles livrées à l'inquiétude du flot. Certains corps avaient fini broyés sous les pales du bief.

J'écoutais Nohann. Gilles se taisait : il accédait à ce mystère, à ce vertige de la lande et des eaux. Mon amitié pour lui était simple, confiante, sans ambiguïté. Nous partagions la même chambre à côté de celle de Nohann : de la mansarde, on embrassait un paysage d'échines rabotées, d'arêtes arides, de chicots rocailleux et d'herbes rares. C'était un balcon sur l'étang, sur la lande. M'intriguait un chemin sinueux qui partait à l'assaut des collines. Nohann m'avait rapporté des histoires qui me rappelaient celles de Jude : vagabonds maléfiques, rencontres à la brune, éclats de rire et jaillissement du sortilège, entre chien et loup. Avec Nohann, avec Gilles, je contemplais le paysage, de la fenêtre de notre chambre. J'eusse aimé entendre Paul Grenier déchiffrer ce territoire. L'enchantement du vendredi des vacances était intact. Je cachais dans ma poche le bracelet d'Erwan. Il m'arrivait de le humer : j'y retrouvais l'eau de toilette d'Erwan, mais surtout un soupçon de sueur et un fumet insistant de vase, de bassin croupi.

Ces quelques jours, nous eûmes d'interminables conversations qui nous menaient jusqu'à l'aube. Nous avions la maison pour nous. Soit on allumait un feu dans la cheminée de la grande salle dallée qui donnait sur l'étang, soit on s'allongeait sur les gros édredons du lit de Nohann. Nous refaisions le monde. Tandis que Gilles s'égarait dans des considérations philosophico-scientifiques, Nohann rêvait un monde nouveau, des systèmes, des cellules. Son gauchisme radical contrastait avec son imaginaire de mages, de passeurs du sortilège. On en revenait toujours aux mêmes histoires d'étangs, de moulin broyeur d'ombres. Nohann affirmait avec ferveur son ancrage finistérien.

Des bougies tremblotaient autour de nous. Les chats miaulaient aux fenêtres. Les eaux s'écrasaient à gros bouillon dans le bief. Du grenier au parquet de lattes disjointes, on regardait la roue immobile, les moirures du flux. Le bief de pierres gluantes figurait un cercueil qu'éventrait le flot blanc.

Je dormais peu. Je dormais mal. L'esprit de la lande avait ruiné mon sommeil, champignon vorace, d'ombres liquides et de pollen noir. Les mots de Nohann me hantaient. J'eus des hallucinations. Des suaires crevés, des corps d'ondines sacrifiées, des sabbats de chats, de salamandres et de crapauds investirent mes rêves. J'étais en sueur. Les cauchemars me terrassaient. L'aube coulait dans la chambre, Nohann et Gilles dormaient, la brume, la pluie plombaient l'espace : je voulais partir, je voulais retrouver Erwan.

Nohann détestait Julia. Elle avait eu des mots définitifs :

— Tu les as vus l'autre jour, c'était grotesque. Elle essaie de se placer.

Elle avait poursuivi :

— À quelques mois du bac, c'est dangereux.

Erwan va faiblir. Pourtant, ça me paraît évident, il est mordu...

J'avais orienté la conversation vers autre chose.

Le printemps s'installait. Bruissement d'oiseaux, premières senteurs d'herbes vertes. Gilles s'en allait marcher dans la vallée. Je restais avec Nohann dans la chambre ou au grenier. Cette année-là, je ne ressentis pas l'appel du printemps. On parlait des heures entières. Surgissaient les mêmes enchantements noirs, l'étang, le moulin et la lande. On passait en revue les figures de la bande, l'hystérie d'Estelle, la platitude de Julia. On imaginait la vie de Paul Grenier lorsqu'il n'était plus au lycée. Il nous avait laissé entendre qu'il possédait une immense bibliothèque, qu'il avait enfermé les livres les plus précieux, les plus maudits dans une tourelle qui dominait la campagne. Sade, Lautréamont, Bataille. Et nous revenions à Baudelaire, Rimbaud, Gracq et Nietzsche. Ils seraient les *porteurs d'eau* de l'été de la soif.

Il y avait de l'autre côté de l'étang, au fond d'une prairie boisée, une grande nef cistercienne. C'était l'unique vestige d'un ensemble important. Vêtue de sa cape noire, Nohann aimait y méditer. On était loin des angoisses religieuses. Nous confessions un agnosticisme cinglant. L'humidité, les coulures de salpêtre et de mousse sur les murailles, la lumière végétale nous enchantaient. On marchait sur des tombes, des dalles schisteuses, des coffres de l'Arrée qui résonnaient. Il manquait dans ce décor désaffecté les bougies et les chats de Nohann. Des boiseries écaillées, mangées de lichen et de grisaille, des autels démembrés meublaient le chœur. Nous sortions du bief volubile, des eaux vives : il fallait s'acclimater à cette impression de torpeur sacrée, de déclin. Des saint-Sébastien pâmés, des dragons, des anges batailleurs, des évêques mitrés aux crosses constellées de toiles d'araignée veillaient dans les niches, les anfractuosités du transept. Nohann rayonnait dans la froidure, la mousse fossilisée. Elle était la reine, l'envoyée maléfique. Je la suivais. J'entendais encore se déverser les eaux du bief. Il semblait qu'elles roulaient sur le pavage, qu'elles emplissaient les tombes...

Des archéologues qui fouillaient le site de l'abbaye avaient démoli le dallage du chœur. Dans la poussière, l'argile, les sédiments de filets arachnéens, les crânes, les ossements affleuraient. Reste des moines, des prieurs, des nobles. Nous regardions, fascinés, la mort dans son lacis d'ongles, de racines minérales. On sortait des landes, du bief, de la mansarde aux chats, du déversoir d'ombres. J'étreignais Nohann. Nous n'échangions pas un mot. Il n'y avait pas d'amour, seulement un désir, comme une jubilation à l'orée des crânes.

IV

La chaleur est tombée d'un coup. Je ne me souviens pas de signes, d'annonce. On est entré d'un coup dans sa tenaille. Au sortir des vacances de Pâques, elle nous a pris, précoce, inexplicable. On va voir roussir, se craqueler les pelouses du lycée sur lesquelles nous nous étendons entre les cours. La campagne que l'on devine au loin est bleue ou grise, comme brouillée sous l'effet de l'étuve. L'indolence et la paresse nous gagnent. On aimerait ne rien faire, mais il y a le bac, sa sentence finale.

La dernière heure de l'après-midi est plus pénible que les autres. Le lycée, de construction récente, laisse passer la chaleur, et ce ne sont pas les courants d'air que l'on essaie de provoquer qui renouvellent l'atmosphère. Tout se perd dans une brume tenace. J'écoute à peine. Le dernier cours est généralement consacré aux langues ou à l'histoire. Erwan s'installe auprès de moi, il revient du parc où il s'est allongé auprès de Julia, il sent la poussière, l'herbe sèche. La voix du prof, son discours monodique nous dérangent. Erwan prend des notes avec une rigueur et une attention qui ne faiblissent pas. De soir en soir, je le vois revenir du parc énervé, étourdi ; Nohann me l'a confirmé : la pente est dangereuse. Et il est incontestable que depuis la rentrée de Pâques il recherche plus la compagnie de Julia que la mienne ou celle de Nohann ou de Gilles. Le week-end, il fait du bateau, il bronze, il revient, le lundi, délié, magnifique. J'écris, je prends des notes auprès de ce corps qui a défié l'élément, le soleil, le désir. Je me recroqueville. Je me tasse. Je tais ma blessure en m'engouffrant dans le sillage noir de Nohann.

Les maths, la physique me sont devenues insupportables. Le soir, j'essaie de réviser, comme un automate. Je ne crois pas à la valeur de ce que je fais. Gilles me rejoint parfois dans la chambre où je travaille. Je lui avoue mes hantises, je lui parle de mon obsession de l'usure, du taraud de la mort. Je lui dis que nous sommes promis à la pourriture, que nous sommes des charognes en puissance. Il rit. Je ne comprends pas ce qui m'arrive, cette mélancolie lourde, cet abattement dans la fournaise d'un printemps unique.

Je me terre dans ma chambre. Je fuis mes parents. Je me tais. Enfant, j'aurais eu le désir de partir au village, de rejoindre Gaël et Jude. Cette envie, je ne l'ai plus. La dernière heure de cours me laisse hagard. Il arrive encore qu'Erwan et moi échangions quelques mots. L'incompréhension croît.

— Tu joues un rôle, me souffle-t-il un soir, pendant la leçon d'histoire.

— Quel rôle ?

— Un rôle, celui du romantique, du poète. C'est depuis que tu as tapé dans l'œil de Grenier.

— Très bien, tu as raison. Et toi, tu n'as pas l'impression d'en jouer un aussi ?

— Je ne joue pas, je suis amoureux, c'est tout. C'est pour ça que mes résultats baissent, mais la mention, je l'aurai malgré tout.

Le prof continue de parler, nous aussi, indifférents à ce qu'il raconte, comme surpris de l'amitié, de l'entente qui renaissent.

— Que fais-tu cet été ? ai-je demandé, inconscient.

— Je pense partir avec Julia. Difficile, ses parents ne veulent pas, mais on y arrivera... Et toi ?

— Je vais écrire... Un livre...

Mon audace et mon rire agacent Erwan.

— Un livre ? reprend-il.

— Oui, un livre dont tu serais le héros...

Il semble de plus en plus agacé. Il dit :

— Je te l'interdis.

Comme tous les soirs, j'ai marché avec Nohann sur l'esplanade. Erwan et Julia, noués, nous ont dépassés.

La nuit ne vient pas. Il y a longtemps que j'ai cessé de travailler, ma chambre sous le toit est brûlante, elle sent les végétaux chauffés, la poussière, la ville recuite. De la mansarde, je vois l'étagement des maisons, des rues, le labyrinthe des venelles, les masses de tilleuls, de marronniers. Je rêve de désert au bout de ces pierres et de ces coupoles exubérantes. M. est un cloaque, j'y étouffe de nouveau, j'aspire à la solitude ascétique et visionnaire, maudissant tous les amants du monde.

Des étoiles, aiguës, biseautées, tremblent. Enfin la nuit est tombée, posant ses linges opaques sur la poussière, les jardins brumeux, craquelés. La terre fendillée résonne, c'est une croûte creusée de cryptes, de tombes. À la télévision, dans les conversations, partout, on ne parle plus que de sécheresse, d'un tarissement lent, inexorable, les sources se rétractent dans la profondeur de la terre, corolles, geysers enfouis, perdus, la cuisson solaire reprendra à l'aube, la trêve lustrale est courte, concentrée dans le feu des étoiles, l'étau de la soif.

V

À la Pentecôte, nous nous retrouvâmes tous à l'île aux Chiens, en face de Kérantec, pour la durée du week-end. Il fallut convaincre les parents de la nécessité absolue de cet entracte. Après, le travail, les révisions s'intensifieraient, jusqu'au bac. Le samedi fut brûlant. La mer était comme une plaque d'écume fumante. On sortait de l'entaille boisée du fjord pour arriver à Kérantec, dans la lumière mate de la petite station balnéaire qui surplombe l'évasement de deux baies. Nous attendîmes que l'eau se retirât pour gagner l'île aux Chiens. Elle surgissait dans la brume fuligineuse comme un corps étiré, stylisé, épuré dans l'intense réverbération des flots. Nous étions brûlés de sel et de soleil. Erwan et Julia étaient déjà dans l'île. D'autres élèves devaient nous y rejoindre.

Quand la route apparut, dans son incurvation noueuse, encore lissée d'algues, de longs laminaires mordorés et de flaques, Gilles, Nohann et moi, nous nous avançâmes. L'orangeade, trop sucrée, m'avait irrité la bouche. Je me sentais las et nauséeux. Nohann avait renoncé à sa longue cape : elle était en short blanc, en polo, elle acquiesçait déjà à la mer, au soleil, à la fête. Gilles avait toujours cette allure d'adolescent bafouilleur et maladroit qui nous touchait. Il était venu à vélo. C'était une étrange cérémonie que cette avancée sur la chaussée marine, faite de blocs descellés, de pavés polis par la vague, cette route hasardeuse qui dessinait comme une épine dorsale de squale, une passerelle des abysses. J'allais vers la fête, comme à regret. Ce serait, je le pressentais, la fête du corps, du désir, l'acceptation de la chaleur, de cette ébullition morbide qui soulevait le cœur. Nohann ne m'appartenait plus. Elle riait aux éclats des pitreries de Gilles, elle cédait à l'amusement facile. Nous descendions dans la mer, dans l'empreinte qu'avaient façonnée les flots au reflux, conque longiligne, bief saturé de varech, d'algues putréfiées. Autour de nous, la baie déployait la courbure de ses rivages, immobilisant les eaux dans une sorte de lagune bleue aux lignes diluées dans la chaleur. On ne voyait plus les barques, les chaluts, le butoir des digues, les clochers des villages perchés sur les hauteurs, les flèches hautaines de la cathédrale de Saint-Pol-de-Léon et du Kreisker, c'était comme une ivresse nébuleuse qui confondait les récifs et les eaux, les pinacles granitiques et les amers, illimitant l'espace, soudain vibratile, liquide, traversé de dagues lumineuses, de torches bouillonnantes.

J'arrivai à l'île aux Chiens, rompu, hagard. La chaleur commençait à baisser, elle relâchait son étreinte, un vent léger venait du large qui rendait au paysage la précision de ses traits, une lumière rouge s'était répandue au même moment, adoucissant les lignes, les pierres, les chaumières ventrues, posées comme des sphinges, des tumuli emplis de trésors et de merveilles. Un chemin flanqué de talus prolongeait la route marine, il montait vers le centre et le sommet de l'île, jusqu'à la chapelle qui dominait la constellation des ajoncs, des bruyères, des champs cloisonnés, des clos pelés par la sécheresse. Il régnait sur l'île une chaleur suffocante, augmentée par l'étau de la mer, la réfraction continue du jour. Il faudrait trouver quelque reposoir, quelque pièce fermée et fraîche sous les rochers, les landes.

Nous marchâmes longtemps encore. Gilles nous devançait à vélo. Estelle et quelques filles de la classe étaient venues à notre rencontre. La maison d'Erwan se présentait à la façon d'un bâtiment bas, construit dans un repli de terrain, sous un chaos de pierres, à l'abri des vents. Le jardin descendait vers la mer, c'était un fouillis de plantes, de tamaris, de feuilles grasses et vernissées, de grappes odorantes. Erwan était lumineux, tout de blanc vêtu. Des amis à lui, que je ne connaissais pas, se pressaient dans la grande salle du rez-de-chaussée : ils remuaient des verres, de la vaisselle, ils riaient bruyamment. Julia semblait absente. Je mesurai à cet instant la ténuité du lien qui m'unissait à Erwan, le fil de quelques conversations scolaires, de quelques pactes chuchotés n'était rien en comparaison de ces amitiés solides, éprouvées au feu du vent, de l'élément, les parties de pêche, les heures de navigation, de plongée. On nous tendit un verre : ce devait être du punch. Je retrouvai l'insupportable couleur de l'orangeade de l'embarcadère, mais sous la pulpe couvait une ardeur, une violence décapante. Julia descendit des mansardes, elle portait une longue robe gaufrée, à impressions colorées. Les invités se répandaient dans le jardin. Deux, trois garçons ne quittaient pas Erwan, ce devait être des amis de l'île, ils avaient repéré ensemble les abysses, les anfractuosités, les trous de congres, les réserves d'ormeaux. J'épiai leurs conversations : il n'était question que de remarques futiles, de blagues lourdes, sans intérêt. Je m'échappai avec Nohann. La plage jouxtait le fond du jardin, on y accédait par un petit escalier de moellons ; le chaos de pierres, la maison, les longues épines rocheuses qui jaillissaient des fondations du jardin formaient une même constellation minérale dans les failles de laquelle la végétation se tordait, réseau de lianes, de lierres faméliques. Les vagues venaient mourir à la naissance du mur. Nohann se déchaussa, marcha vers la mer. Le short bâillait, je la trouvai gourde, empâtée. Je crus un instant qu'elle allait se baigner habillée.

— Viens ! me cria-t-elle.

Je préférai rester sur le bord. Dans la maison, ils avaient mis de la musique, un vacarme de percussions, de gongs. Le peu d'alcool que j'avais absorbé avait suffi à me saouler. Je marchai sur le muret, surplombant les eaux rougies, la lagune striée de lents courants moirés : on devinait mieux à présent les villages, le dégradé des maisons aux toitures de pagode, une lumière fine semblait attaquer la pierre poreuse soudain, les vagues, les récifs s'affaissaient, c'étaient de grandes tortues dormantes, des carapaces rosies, des arches basculées, les monolithes de la genèse. Là-bas, les flèches de la cathédrale se dressaient dans le soleil déclinant, fières, trop droites, aristocrates au mantelet de deuil. Les lieux me parlaient plus que la fête. Plus que Nohann. Je remontai toutefois avec elle. L'équivoque était totale. On nous regardait. Il semblait que nous avions accompli l'acte qu'il fallait commettre. Une subite exubérance me prit. C'était le punch, c'était la marée du soir, les flèches veuves de la cathédrale, les ports échoués. On me servit encore. J'acceptai. Je découvris une sensation nouvelle qui investissait mon esprit et mes sens, une électricité voluptueuse qui atténuait la distance qui, depuis le début, me séparait des autres : artificiellement, dans la griserie du jardin, je cessais d'être un étranger.

On mangea. Il y avait des plats de toute sorte, des salades abondantes, exotiques, féerie de couleurs, de formes, mélange de succulences, de saveurs. Il y eut des viandes froides, des salades encore, des gâteaux. La chaleur s'était enfoncée dans la mer. On habitait un univers purifié. Les adolescents avaient faim, ils mangeaient avec appétit, goulûment, dans le tumulte de la musique, du rock, des décharges sonores qui parcouraient les feuillages, ce devait être les chiens de l'île, loups mécaniques, carnassiers, avides de nourriture, de désir, de sensation immédiate. Puis on se mit à danser. C'était l'heure, les plats étaient vides. D'autres arrivèrent. Des langoustines fraîchement pêchées. Erwan ne quittait plus Julia. Ils dansèrent beaucoup, frénétiquement, rocks endiablés, en une houle furieuse qui les faisait virevolter, tanguer, parmi les invités, les buissons. Je dansai aussi. Avec Julia, avec Estelle, avec Nohann. On apporta des costumes : des uniformes, de vieilles robes lamées, des parures miteuses. Certains s'habillèrent. Erwan passa sur sa tenue blanche un frac sombre, démodé. Ses amis avaient trouvé le chemin de la cave, ils rapportèrent des bouteilles de champagne, de mousseux. Je me mis à l'écart. La nervosité retombée, la douleur m'étreignait de nouveau. La morsure du vide, une angoisse fine, déliée, je vis comme un pan d'ombre qui déferlait sur la mer, emportant tous les fanaux, tous les lampions des récifs, des squelettes costumés s'agitaient devant moi, Erwan s'était dénudé, il dansait seul, torse nu, sous le regard ébahi des filles, et c'était aussi un ange mortel : ce poitrail superbe était habité par le ver de la mort. Je m'assis sous une tonnelle. Gilles vint me rejoindre : il avait deviné mon malaise.

— C'est une belle fête, dit-il.
— Je ne trouve pas.
— Tu n'es pas bien. Essaie d'oublier. Ça va passer.

Il m'emmena marcher sur la plage. C'était, dans le jardin, le temps des slows dansés au son des musiques sirupeuses. Nous nous installâmes face au large.

— J'ai horreur de ces ambiances, lui dis-je. On ne peut parler à personne. Les gens sont faux.
— Oublie ça, ça n'a aucune importance, calme-toi.
— Dès que la route est libérée, dès que la mer baisse, je m'en vais...
— Tu aurais tort. Erwan t'en voudrait...
— Je m'en fous d'Erwan...

À cet instant, Nohann nous a rejoints. Elle me cherchait, le visage dur, fermé, l'air en colère. Ce n'était plus la Nohann de l'abbaye, du printemps froid, des complicités des bords de lande.

— On vous cherche, a-t-elle lancé, d'un air autoritaire.

— J'y vais, répondit Gilles, me laissant seul avec elle.

— J'en ai assez de tes crises, a-t-elle lancé alors, j'en ai assez. Si c'est pour faire cette tête, il ne fallait pas venir. J'en ai assez de tes renoncements. De tes exigences. Tu te crois libre. Tu ne fais que fermer sur toi la porte de ton cachot...

Et elle s'en alla.

Je me retrouvai seul. Blessé, échoué sur l'ossature de l'île, renvoyé à l'angoisse, à son épine. C'était une nuit claire, semée d'étoiles, la constellation des chiens s'était approprié l'île, les échancrures, les amers, les pinacles, les flèches noires des cathédrales. Il me faudrait attendre que les eaux lèvent leur entrave pour m'avancer sur la route. J'avais dans la poitrine une douleur insoutenable, j'étais exclu, déchiré. Je marchai pour m'éloigner de la maison, du jardin. Plus de musique. Ils devaient être couchés, fauchés par l'ivresse, l'étreinte collective. Je me repérais approximativement. La douleur était plus forte que la tentation du sommeil. Une énergie semblait liée à l'angoisse, une énergie qui me ferait aller, marcher tout l'été de la soif. Des paroles non dites, des images de corps noués me revenaient qu'il fallait écraser sous un tumulte de pas.

Je savais que la route se greffait sur la face septentrionale de l'île. Le rivage était assailli de ronces et d'ajoncs ; le chemin côtier, tracé à flanc d'abîme, s'enfonçait parfois, tronqué, entamé par l'arrondi des criques. Des reptations, des coulées, des bruissements dans la lande. L'île apparut bientôt comme une prison que je voulais fuir. Je courus. Mon cœur cognait. J'étais poussiéreux, écorché. Je n'aurais jamais dû quitter l'univers clos de ma chambre, de la classe. Le *statu quo* mensonger de ma complicité avec Nohann, avec Erwan. Tout cela s'était brisé cette nuit sur l'île, il restait, des conversations et des pactes, des débris, des éclats que remuait l'ourlet blanc de la vague ; j'avais vu la mort miner la fête, introduire son dard dans le carnaval ludique des rires ; des squelettes continuaient de danser sous mes paupières, je ne me défaisais pas de cette vision. J'eus le désir fou de rentrer à pied. Il y avait peut-être vingt kilomètres à parcourir. Je serais déjà loin lorsqu'ils se réveilleraient, le corps lourd, noueux. Je voyais la mer libérer la route, le petit café du port. Je ne dormis pas une minute. La douleur était ce feu concentré qui allumait toutes mes cellules, qui aiguisait tous mes nerfs. Et l'aube lui répondait, elle arrivait au ras des eaux, découpant les pinacles des églises ; les flèches de Saint-Pol surgirent telles des dagues funéraires, noires, aiguës, dans le jour qui naissait. L'eau de la lagune se tendit en un miroir. Rescapé de l'errance et de la nuit, je m'avançai. La route était à moi. Elle m'offrait son pavé gras, encore encombré de chevelures, d'épissures de cordages. Des bateaux flottaient, silhouettes tassées, concentrées. La route était cet entracte miraculeux avant la chaleur qui ne tarderait pas à reprendre. Je marchai, d'un pas ivre, intense. C'était comme une réappropriation du monde au sortir de la nuit. La nuit des fantômes noués, de ceux qui m'avaient exclu. L'aube très rouge — comme le crépuscule sacrificiel — coulait toujours, incendiant des flottilles de nuages immobiles. Depuis mes promenades avec Jude et Gaël, je n'avais pas connu pareille proximité avec le monde.

Je m'arrêtai au café de la cale, là même où la veille j'avais attendu en compagnie de Nohann et de Gilles. Des marins buvaient au comptoir. Ils me dévisagèrent. J'avais les yeux gonflés, les traits tirés, j'étais sans bagage. Je pris un café. Mes papilles brûlées par l'ivresse le trouvèrent sans goût. La baie, la lagune calme, l'île aux Chiens, tout s'allumait. Il était temps de partir. Je remontai jusqu'au cœur du village. À l'église, je fis halte. C'était une messe silencieuse, célébrée en ornements rouges. Une messe de pénitentes noires avec un gros ciboire d'or. Je repartis. Je n'avais jamais aimé longer la rivière de M., comme je l'ai dit. Et pourtant je marchai au pied de ses bois, de ses escarpements, de ses murailles de conifères, de ses châteaux. La rivière se tordait entre d'énormes montagnes de vase qui puait. Lit septentrional que visitait rarement le soleil. Ou alors, par effractions latérales, biaisées, dans les saignées des flancs. Je n'avais plus d'identité. J'étais un corps douloureux, nerveux encore, les images repassaient à une vitesse fulgurante, les costumes, le bal, la pantomime d'un dieu solaire : j'étais un météore noir jailli des douves de l'île, je haïssais le cachot moral de Nohann, dérisoire, incapable d'abriter le territoire de mes élans et de mes pulsions, à grandes enjambées, au rythme de pas fous que vivifiait l'énergie du deuil, j'avançais, la route marine, les flèches tutélaires, les bois verts, les donjons, je serais bientôt à M., libéré, pari tenu, victorieux et meurtri.

J'arrivai. Par bonheur, mes parents étaient absents. Je voulus réécouter un des slows de la nuit, chavirer, nef rouge, pénitentes silencieuses, un gigantesque ciboire d'or — d'autres images.

VI

Je reviens à l'été de la soif. Il y a un an tout juste, par de semblables journées de février ensoleillé, je commençais le récit de l'agonie de Gaël. J'ouvrais, ce faisant, la première des boîtes gigognes de la mémoire. Savais-je alors ce que pouvait contenir le récit de cette mort ? Une phrase de Bachelard m'a hanté tout l'hiver : « La mort est le premier navigateur. » Il me semble que les boîtes, les coffrets de la mémoire s'ouvrent selon un ordonnancement que je n'avais pas prévu. Je me laisse aller au fil de mots qui s'imposent à moi — Aulne, passage, mort, soif, brisure, mémoire — et dessinent autant de méandres et de territoires, des mots qui seraient autant d'aveux ou de portes, les sas libérateurs, les valves nocturnes des boîtes gigognes : d'ordinaire, ces coffrets ovoïdes sont lisses, propres, peinturlurés ; les miens, terreux, craquelés, grondent d'une profondeur de racines et d'ombres, d'eau limoneuse. Ils contiennent un fouillis de rhizomes inextricables, noués en un lacis serré, le secret d'une poétique de la mort qui est le ressort de toute écriture.

Ce roman est né d'une prairie mystique contemplée à Gand, d'une litanie de noms de morts, de l'enfouissement d'un veilleur dans la terre de mars. Qui accède aux boîtes, qui devine la combinaison de leur enchâssement, découvre le maillage secret des liens qui traversent et tissent une existence. Ce roman, pour qu'il puisse courir à son terme, exige des rites, des messes nécrophiles qui me raccordent à la part songeuse, mortelle, aux méandres du passage, à l'étoffe des ombres. Ces jours de février — mois magique —, j'ai marché dans Oxford, j'ai écouté les voix pures des vêpres dans les stalles boisées de la nef d'un collège, le *Requiem* de Mozart à Londres, les noms des morts glissaient sur la Tamise illuminée, réseau de cris, d'imprécations lumineuses. Hier, avant de me remettre à écrire, j'ai voulu revoir la tombe de Gaël.

Souvent, le réveil en pleine nuit, au milieu d'un rêve brusquement interrompu — rêve dont la charge cauchemardesque crève la chape du sommeil — vous laisse sur une rive incertaine, à la croisée de plusieurs routes, et vous hantez, comme par enchantement, un autre rêve, sa coque plutôt, vestige d'une féerie ou d'un cauchemar vécu il y a bien longtemps, et que la contiguïté du rêve foudroyé illumine soudain, révélant ainsi la cohésion, la solidarité souterraine du *palais des songes* que chacun abrite. La mémoire se donne à lire comme une succession de rêves, poreux, transparents, qui sont autant de chapelles d'un gigantesque sanctuaire enfoui. Tels sont aussi les mots, les rites que j'évoquais tout à l'heure, têtes de chapitre, entrée de rubrique, *introït* avant l'écriture, bouées ballottées, échouées au gré du flot. Il arrive qu'ils se stabilisent et qu'une lumière — celle de février, vitale, lumière de la sève et de la source — éclaire l'architecture de leur palais songeur. On marche alors dans le goulet mystérieux des coffrets cryptiques, des boîtes gigognes, défiant souvent l'indécision de cloisons fluctuantes — Oxford et Mozart, la Tamise et Gand ne sont plus que des souvenirs d'un autre temps, des *noms de code* désormais inappropriés —, on s'enlise, on s'enfonce, il faut accepter l'égarement, le naufrage peut-être, la révélation du *dieu intérieur*, le secret de l'*Aulne statuaire* sont à ce prix.

*

Erwan l'assurait : depuis longtemps, j'avais « tapé dans l'œil » de Paul Grenier. L'expression, hideuse, m'irritait. Paul Grenier, comme je l'ai dit, était pour nous un merveilleux éveilleur. C'était le gardien de la Bibliothèque. En terminale, il devait bien voir que je me desséchais à étudier les mathématiques. Il ne me fit aucune remarque. Il semblait attendre que le geste vînt de moi. En mai, je lui confiai à la fin d'un cours le dossier de candidature en hypokhâgne pour qu'il y mît les appréciations rituelles. La semaine suivante, il me le rendit solennellement, devant tout le monde, en disant :

— Tenez-vous à l'entrée du lycée, samedi prochain vers deux heures. Je voudrais vous donner la liste des œuvres à lire pour l'hypokhâgne...

Erwan en conçut une sorte de rage jalouse. Nohann rayonnait :

— Il t'a reconnu. C'est le signe. Tu verras la tourelle et les livres...

Le samedi, j'étais au rendez-vous, fébrile, légèrement mal à l'aise. À midi, une fois encore, j'avais vu Erwan partir avec Julia. « Je ne fais aucune révision ce week-end, m'avait-il dit, je serai tout le temps avec Julia, *sur la mer*. » Le « sur la mer » m'obsédait. Ce serait un dimanche cuisant. Devant le lycée, déjà, l'asphalte fondait. Paul Grenier arriva au volant de sa voiture de sport, dans un nuage de poussière. Je montai auprès de lui. Il conduisait de manière très détendue, le fauteuil incliné loin du volant. Nous prîmes la direction des monts d'Arrée. Comme le vendredi qui avait précédé les vacances de Pâques.

— Alors, vous avez choisi l'hypokhâgne... Cela ne m'a pas surpris...

Je lui racontai l'espèce d'enfer intellectuel dans lequel je me débattais, la fascination croissante de la littérature.

— C'est votre voie. Je le savais depuis l'année dernière. Je ne vous aurais jamais influencé... On y vient de son plein gré... L'hypokhâgne n'est tolérable qu'à condition que vous vous mettiez à écrire...

La lande s'étendait devant nous, roussie, recuite. Au loin, à la ceinture des étangs, les tourbières fumaient, comme en feu. Nous traversâmes une zone de sapinaies récemment brûlées : le feu avait couru sur la route, il y avait laissé des langues, une calligraphie de suie ; des sapins, il restait une colonie de hampes et de moignons calcinés.

— C'est extraordinaire, dit Paul Grenier, le paysage brûle. Je n'ai encore jamais vu ça en Bretagne. Les tourbières, les sapins, les landes... Je connais les incendies du Sud, la garrigue qui flambe. J'adore l'odeur de la suie, de la résine brûlée...

Il conduisait avec allégresse. On avait baissé les vitres. L'habitacle était empli de senteurs d'épines brûlées, d'aubier et de résine en feu. Le soleil tombait sur les espaces dévastés, les sillons de suie, de terres noires, les alignements de troncs ployés fuyaient jusqu'aux premières arêtes schisteuses. C'était comme un territoire lunaire, endeuillé, une féerie de sapins fauchés, de lichens et de bruyères consumés. Les lacs au fond réfractaient le brasier solaire, le buisson des rayons torrides qui cuivrait l'eau, le paysage minéral, strié d'estafilades noires, de longues blessures de cendre, semblait attendre le séisme ou la rédemption, à moins que ce ne fût, plus tragiquement, le vent qui, le soir, réveillerait les derniers foyers tapis sous les feutrages de mousses, lançant ses hordes de flammes dansantes à l'assaut des sapinaies intactes, droites encore, impénétrables. On ne savait quel paysage adviendrait au sortir de ces myriades d'incendies qui, en quelques minutes, redessinaient un espace que des siècles de pluie et de vent marin avaient établi. Je sentais Paul Grenier grisé, fasciné.

La route quittait les zones découvertes de la montagne pour sinuer dans le bocage. Quelques fermes abandonnées, vouées aux ruines, la jalonnaient.

— C'est ici chez moi, dit-il, comme nous nous enfoncions sous une voûte de végétation emmêlée. J'ai acheté cette bâtisse pour sa tourelle... J'ai fait mon « retour à la terre »...

La maison se composait d'un corps de bâtiment étroit, percé de hautes fenêtres. La tour jaillissait à gauche, tout près de la porte d'entrée et dominait un ensemble de constructions basses qui n'étaient pas encore restaurées. Il régnait à l'intérieur une fraîcheur claustrale, les dalles étaient froides, presque humides ; des bouquets séchés, des porcelaines anciennes, une collection de belles cafetières émaillées, des lampes à pétrole agrémentaient l'endroit. Je devinai qu'une femme partageait l'intimité de Grenier.

Nous montâmes par un colimaçon étroit à la bibliothèque. Les rayonnages, les armoires, les parquets, le pupitre, tout était en bois blond, très légèrement verni. Deux fenêtres donnaient sur un val vert, ombragé, encombré de lentisques et de saules.

— La rivière coule vers Huelgoat, elle se perd dans le chaos...

Je contemplais la vallée, les murs habillés de livres, mon regard bondissait du ruban d'eau enseveli sous les foins aux couvertures blanches de la N.R.F. Grenier avait ouvert l'une des fenêtres : il n'y avait pas un bruit, pas même un chant d'oiseau dans cette nature épaisse et comme arrêtée ; une odeur d'herbe séchée, de graminées chavirantes planait dans le donjon.

— Je vous le disais, l'hypokhâgne n'est tolérable qu'à condition que vous écriviez vous-même. J'ai moi-même écrit... À l'origine, je ne voulais pas enseigner... Je l'ai fait contre mon gré... Je voulais écrire, être cinéaste... Pilote de course... Tout sauf prof...

Alors il en vint aux livres qu'*il fallait lire*. Fascinations rares et poétiques. Les textes de braise de Mandiargues, le *Livre de mon bord* de Reverdy, *Argol* et le *Beau ténébreux*, Bataille, Céline, des éditions rares, numérotées, légèrement jaunies qu'il maniait avec une extrême délicatesse. Je m'étais assis sur le bord d'une des fenêtres, et je l'écoutais parler de Flaubert, sa grande fascination, de Rimbaud aussi, dont il connaissait l'œuvre par cœur. De Breton, on passait à Tzara, à Péret, à Michaux, je notais des titres, j'engrangeais des noms, ces noms aimés, admirés, saisis et connus *de l'intérieur*, et dans le val vert, saturé de lumière lourde, odorante, c'étaient comme des icônes, des précipités magiques, des aérolithes ou des cristaux déposés là par on ne sait quel miracle, Grenier lisait quelques mots de Gracq, Argol, la Chapelle des Abîmes, j'entendais la rivière d'Argol et la rivière de Cassis, mêlées, ruisseler sous le tremblement des saules, dans l'étuve. Grenier haïssait les Classiques. Archange sabreur, envoyé de Maldoror. Je découvrais, tel un néophyte, les caractères sanglants des titres de la N.R.F. sur le velouté des couvertures, le *Mort* de Bataille dans son écrin en forme de cercueil, l'*Histoire de l'Œil* dans son habit rose tendre. J'entendais des noms encore : Char, *Âge cassant*, *Prose pour l'Étrangère*, *Mort à crédit*, *Sous la lame*. Combustibles ailés, projectiles enflammés qui électrisaient mon cerveau. Il me semblait, au même moment, que la rivière coulait, plus tendue, plus sonore, eau immatérielle, limpide, elle coulait par les feuillages gras, lourds de sucs et d'insectes collés, et je ne savais si c'était elle ou les noms qui attisaient en moi cette soif, redoutable, acérée, comme une vrille dans les viscères, cette soif hercynienne qui remontait des sapinaies calcinées, des balafres de suie sur la pierre.

Grenier devait célébrer des rites dans sa tourelle. Il parlait de Poe, du *Domaine d'Arnheim*, de Bachelard et d'Ambrose Bierce : *La Rivière du hibou*. On basculait d'un coup dans l'automne, le val enténébré, l'eau sombre, rouissante. Grenier se leva et conclut :

— Allons boire !

Il ferma soigneusement la bibliothèque et la maison. Il avait ses habitudes. Il m'entraîna à quelques kilomètres de là dans un petit village, un hameau plus exactement. Une superbe église se dressait au pied des collines boisées. Nous y entrâmes : c'était la même fraîcheur, le même fumet de pierres moisies que dans la maison. Des gisants de granit, une clôture de bois polychrome fermaient le chœur. Grenier me précédait, touchant à chaque fois les gisants, les autels, les nappes empesées par la moisissure. Il était le grand prêtre du sépulcre, du donjon, des noms magnifiques et sanglants, des écrins scandaleux, des écrivains maudits, damnés ou suicidés. Une aura de sacrifice, de gloire sulfureuse l'enveloppait. Il était celui qui faisait vibrer les noms de Harrar et d'Argol, de Maldoror et de Cassis, d'Arnheim et d'Ecuador dans une église perdue des confins de l'Arrée.

Au sortir de la nef, il me fit entrer dans un petit café attenant. Entre l'église et le bistrot encavé, la chaleur n'avait pas eu le temps de nous mordre. La patronne, une marginale à l'apparence de bohémienne, tutoyait Grenier. Il fut question des incendies, d'un ouvrier agricole qu'on disait pyromane. Je bus pour la première fois de la bière belge. Grenier récitait *Larme*, évoquait l'horreur et l'ennui de ses années d'étude, un voyage raté en Afrique, d'autres voyages, l'Italie, ses contrées adorées du Sud, le village de Breton dont j'entendis pour la première fois le nom : Saint-Cirq-Lapopie. J'écoutais, muet, saoulé par la chaleur, la bière, les noms, l'appel d'une vie nouvelle. Depuis les ardeurs mystiques du début de l'adolescence je n'avais pas connu pareil élan. C'était comme une confirmation, la désignation d'un autre avenir. Les noms du donjon constituaient le corps même de la croyance.

La chaleur s'arrêtait à la fenêtre barrée d'épaisses toiles d'araignée. Le café sentait la pisse et la vieille crasse. Dehors, la placette vide, écrasée de soleil, l'église noire aux gargouilles ciselées par l'insolence de la lumière. J'avais face à moi un conteur, un voyageur, un maudit, un errant de l'Arrée, comment dire. On avait bu plusieurs bières.

— Je ne suis qu'un amateur, disait-il. Tes premiers textes, je les lirai... Mais ce n'est pas de moi que viendra le *brevet de qualification*... Il ne peut venir que d'un écrivain... J'avais écrit à Céline... Il n'a pas eu le temps de me répondre... Mort deux jours après...

L'incendie courait sur l'échine de l'Arrée. De gros nuages anthracite plombaient le village et le vallon.

VII

Je suis dans mon lit, dans la chambre mansardée, au village. Le soleil, tout le jour, a chauffé les ardoises. Il vole dans la pièce une poussière de vieux grimoires, de vieux portraits écaillés, de mouches, de lainages et de lavande. Je suis chez Gaël. Aussitôt les résultats du bac publiés, j'ai décidé de partir. Nohann donnait une fête à laquelle je ne souhaitais pas assister. Reverrai-je le moulin des landes ? Je l'imagine, près de l'étang, dans la tenaille de l'incendie. Nous nous sommes téléphoné, le temps de commenter les résultats, l'avenir, dès septembre, des uns et des autres. Nohann préparera HEC à Brest. Je retrouverai Gilles et Erwan à Rennes. Je sais que mes parents m'ont loué une chambre, non loin du lycée, chez une vieille dame, au-dessus d'un jardin. Tout cela n'a guère d'importance. Je revois des moments magiques du printemps, Erwan lumineux dans le grand parc détrempé, l'après-midi avec Grenier dans la montagne en feu. J'ai tu le secret de la tourelle, des bières, des noms magnétiques, de la confidence. Erwan, qui me harcelait de questions, ne sait rien.

Le soir, avant de me coucher, je vais marcher dans la campagne. J'aime me perdre du côté des bois de Morlan, auprès d'une ancienne fosse d'extraction aujourd'hui plantée de conifères, la route descend par les fermes, poudreuse, ponctuée de flaques de bouse séchée ; de là, on embrasse la perspective de la rade, l'éparpillement des feux du crépuscule, comme une arche disloquée, une flottille de braise qui n'en finit pas de rougeoyer en strates, en essaim de lames. L'Abbaye où ma grand-mère me faisait entendre les chants des moines a disparu, happée par un pan d'ombre qui dévale des bois. Le village est minuscule, il s'étale en cercles concentriques autour du clocher, serré entre la rivière marine et les premières avancées de la forêt. Ensuite, on aperçoit les escarpements de la *montagne*, les landes rases. Ce sont les royaumes du sortilège. Gaël m'a parlé d'une maison de garde qu'il habitait lorsqu'il était charbonnier, pendant la guerre : la maison des Roches Noires. Je rêve de m'y faire conduire. On devra partir avant l'aube, a-t-il prévenu, passer par Rumengol, longer la rivière, dépasser ses sources, avant d'atteindre la lisière et les premières hêtraies.

Je reste de longs moments à regarder le paysage. Une brume pigmentée de rose en brouille les contours, les vallonnements, les fractures ; la route poudreuse coudoie les champs, les clos à vaches. La sensation du soir est merveilleuse, lente, pleine de milliers de souffles, de frémissements retenus, la terre se craquelle, le minuscule gué du Trest franchit un ruisseau à sec, la poussière qui recouvre les feuilles, les dentelures des fougères, est l'équivalent de cette brume qui repose sur les eaux, lourde, tenace. La mer, la forêt, le ruban sinueux des eaux mêlées, le village brisé par l'incursion du flot, le pont étroit, au ras des vagues, An Od, de l'autre côté, la campagne poussiéreuse, crépitante de mouches, de lucanes hagards, je me baigne dans mon territoire, je me couche parfois sur les plaques schisteuses qui parsèment le chemin pour capter la rumeur de la terre qui m'a vu naître une nuit d'orage sur les flots, j'entends ma vérité, ma singularité, ma différence. Oubliés Nohann, Erwan, l'île aux Chiens, les aléas du désir. J'écoute la terre, son silence, la forêt qui se défait en ramures liquides. Je réentends les noms magnétiques de la tourelle, les noms aux jambages sanglants. L'Aulne caresse les fondations de l'Abbaye, écarte les bois de Morlan, se perd dans la rade. Des voix dérivent sur la mer. Galions de moines fous. Traverser la rivière, saisir les voix, dépasser la forêt, capter le secret des Roches Noires. Je n'ai eu de vie que tissée par ces états, ces éclats. La nuit tombe. Je ne retrouverai pas le gué. Des étoiles s'allument, je m'invente un opéra légendaire, de moines et de pirates, de veilleur des Roches Noires, d'alchimiste des forêts. J'aimerais un jour habiter un de ces noms magnifiques qui dorment dans le tabernacle de la tourelle assiégée par les flammes. Un nom de mer et de forêt. Un nom d'Aulne.

Mes grands-parents sont déjà couchés quand je rentre. Ils ne ferment jamais la porte de leur chambre, comme si ma grand-mère voulait continuellement veiller sur moi, inquiète qu'elle est des expéditions crépusculaires d'un adolescent de dix-sept ans. J'aperçois le corps lisse, apaisé, de Gaël. Ma grand-mère me parle, du fond de son sommeil :

— La promenade était bonne ?

Que répondre ? L'extase, l'énergie d'un délire, la contemplation du village et de son théâtre de champs et de bois, je les réserve pour les textes que je vais griffonner, demain, quand je serai seul. Je dois grommeler, maugréer. Je m'enferme.

Il fait lourd dans la chambre. Sur le fronton de l'armoire, une Vierge de plastique rapportée de Lourdes scintille. Je déteste cette sentinelle bleu niais. J'ai posé sur une table les livres que je dois lire pendant l'été. Je n'ai pas revu Grenier depuis le bac. Il s'est enfui dans son Sud, inaccessible. J'attends d'avoir commencé à écrire pour lui faire signe. Erwan doit être *sur la mer*. On s'est quittés à demi brouillés. Il m'a parlé d'un voyage en Irlande avec Julia. Le retour au village, la distance ont désubstantialisé ces êtres, ces histoires. Il me reste d'Erwan quelques images radieuses fixées.

C'est l'heure que je choisis pour sortir du tiroir de la table de nuit la longue lettre que j'ai reçue, quelques jours avant le bac, de Bussan. J'ai écouté le conseil de Grenier, je me suis tourné vers un aîné, un jeune aîné. Je l'ai vu un soir de mai à la télévision, il présentait dans une émission littéraire ses peintures et son dernier roman, *Le Chaos des rêves*. Je me suis reconnu en lui, en ce qu'il disait, je lui ai écrit. Je relis ses mots : « Je reçois votre lettre dans un moment de solitude. Elle m'apporte comme un revif... », « Ainsi se fait la preuve, rarement il est vrai, que la littérature peut être parfois un lieu d'échange, et pas seulement un lieu de malentendus... », « Soyez vous-même, vivez, allez jusqu'au bout de vos lubies, de vos chimères... » En fétichiste scrupuleux, je plaque cette lettre contre moi, avant de la reglisser dans le tiroir. Je retrouve dans la lettre, dans l'attaque des phrases, la voix de Bussan, ses intonations telles qu'elles m'ont marqué. Calligraphie emportée, furieuse. Je devine chez cet homme l'horreur des ornières et des normes. Je m'endors sur ces mots : « vivre, aller jusqu'au bout... » Au bout des voix de l'Aulne, au bout de la soif des Roches Noires.

*

Les draps collaient au corps. La fenêtre restée ouverte, pas un souffle ne venait gonfler le rideau tiré. Le corps avait peine à trouver la position, le creux sous les draps mouillés, où il pourrait se libérer du garrot de la chaleur. Des cauchemars naissaient, liés à l'étuve, à la poussière omniprésente. On y trouvait, pêle-mêle, le nœud des rats, le labyrinthe de granges à chauve-souris, des fosses dont les pans s'éboulaient au premier pas en un cataclysme de pierres, les gisants des patriarches pétrifiés. La rêverie consciente des noms magiques, des mots magnifiques, ne visitait jamais pareilles profondeurs.

Une nuit, il y eut de longs hurlements de sirènes. C'était au tout début du séjour. Grand-mère, craignant l'incendie ou l'orage, s'était levée aussitôt, et elle courait dans la maison. Gaël, impassible, ne bougeait pas : il en avait vu d'autres. On croyait tous avoir entendu comme un crissement terrible de freins. Je me glissai entre la fenêtre et le rideau : pas un souffle, les haies et les bosquets du jardin étaient comme des boules tétanisées. L'air et les odeurs, tout semblait mort. L'avertisseur des pompiers, le faisceau gyrophare nous indiquèrent qu'ils prenaient la direction du pont de Térénez. Le silence retomba. On se recoucha.

Je retrouvai les draps collants, obsédé par l'idée d'un carnage, le souvenir de ce crissement sacrificiel qui avait empli la nuit. Il devait y avoir des victimes, des morts, répandus, broyés, reliques éparses dans le fossé. C'était, dans la rêverie, comme une végétation nouvelle, une floraison sanglante. Je m'imaginais dans la carcasse incendiée, déversant ses victimes. Ils étaient morts passé minuit, dans l'entre-deux d'une nuit chaude, vitesse, cheveux au vent, sur la route tortueuse qui longeait la mer. L'aube arriverait sur les débris, les flaques, les derniers feux se consumant au bord de l'eau. Ils devaient venir de la presqu'île, jeunes gens libres, insouciants, fortunés et rieurs, ils avaient bu, festoyé sur la lande, pris leur dernier bain à minuit, ils rentraient. Ils étaient morts sous l'Abbaye, leur mort, le vacarme de leur mort avaient semé l'épouvante parmi les moines. Un rai de lune fendait le rideau de ma chambre. J'étais en sueur, dressé sur le lit. Il flottait dans l'air une odeur de caoutchouc calciné.

On l'apprit le lendemain. Une jeune fille était morte. C'étaient des adolescents de Brest qui fêtaient leur bac, le début des vacances. Elle n'avait pas dix-huit ans. Les autres étaient mutilés, grièvement touchés. Je ne les connaissais pas. Ils devaient être émouvants, avides, désirables. Ils s'étaient retrouvés prisonniers de l'habitacle en feu. La belle Ophélie avait grillé dans le tombeau fermé. L'extase d'un soir, liesse, bonheur fulgurant, soudé à la mort, à son cimier de flammes. Images envoûtantes, dont j'avais peine à me délivrer, d'une mort météoritique, d'une désintégration dans l'athanor de la cabine, elle s'appelait Viviane, je crois, elle était désormais un tombereau de fleurs, une orgie de bouquets dans le cimetière caniculaire, elle pure, intacte enfin dans sa vêture d'os noirs, elle était une croix, une hideuse croix érigée par ses parents à l'endroit de l'accident — croix qui me narguerait tout l'été de la soif —, elle était surtout, dans mon souvenir, l'instant d'une faille, un vaisseau flamboyant, Ophélie rieuse, tignasse au vent, une aigrette de cendre.

Je prenais la route dès le début de l'après-midi, à l'heure la plus chaude. *Midi à l'heure du soleil*, insistait Gaël : c'était le moment que je choisissais pour monter à l'assaut des collines de Rosnoën. L'après-midi libre, vacante, livrée au magma, au bouillon de l'écriture, me faisait horreur. Je partais à l'heure où les gens s'enferment derrière leurs volets, c'était comme un défi, le départ dans la touffeur zénithale. La campagne semblait plongée dans une torpeur sans fin, comme une bête assommée. Le blé avait mûri très vite, les premières mûres saignaient sur les talus. Une poudre d'or — d'un or mat, friable — recouvrait les champs, les meules, les herbages secs comme des paillassons. La verdure elle-même avait disparu sous la poussière. La chaleur, la sécheresse comme on disait — en donnant à ce mot sa puissance archaïque de cataclysme —, c'était cette extinction des couleurs, des nuances qui épicent un paysage.

Le chemin raboteux, tordu, montait parmi les champs pelés. Le soleil frappait à plomb. Il me coulait dans le dos une sueur abondante, et pour rien au monde, je n'aurais renoncé, je voulais continuer à marcher sous la canicule, pas d'arbres, pas d'ombre, partout l'évidence, sans limite, d'une cuisson implacable. Il me semblait que la ligne de crête qui courait vers le village de Rosnoën, et que j'atteignais au bout d'une demi-heure de pas fébriles, aimantés par l'escarpement et l'enthousiasme, était une sorte d'ossature scintillante, que la proximité du zénith rendait plus éblouissante encore.

Rarement comme en ces moments, j'eus l'impression de marcher sous le soleil. La cuisson attaquait mon corps, il m'arriva de ressentir les premiers symptômes de l'insolation, la nausée, le vertige, une giclée de phosphènes qui roulaient en paillettes sous mes paupières, la route se creusait tel un fleuve d'ombres dures, biseautées — basaltiques. On ne voyait plus rien, le village, la rade, la forêt étaient voilés par un rideau de vapeurs qui montaient de la vallée, une même brume unissait la mer et les bois, et j'avançais, dans la sueur, la poussière, l'écœurement aussi d'un chenal de goudron en fusion. Autant la poussière des meules, de la paille pulvérulente était stimulante et libératrice — c'était la poussière immémoriale, *biblique* qu'avaient foulée tous les vagabonds ailés —, autant l'asphalte lourd, labouré d'ornières, de scarifications molles, absorbait mes pas, matière hideuse, nauséabonde qui collait aux semelles.

J'avançais toujours, fourbu, électrique. L'électricité du zénith, l'énergie fatale d'une marche forcée, avec pour sac à dos le soleil, l'électricité d'une reconnaissance des frontières du feu. Jamais je ne m'arrêtais : je préférais attendre que mon chemin quittât la route de crête pour plonger vers le passage de l'Aulne. Il y avait sur l'asphalte des anneaux, des boyaux de reptiles écrasés : couleuvres molles, éventrées, incrustées dans la route. J'avais la nuque dure, engourdie par la fournaise, j'étais une mécanique de pas voraces, nulle pensée cohérente, organisée, un frisson de gerbes hallucinatoires.

La soif me prenait dès que j'entamais ma descente vers le Passage. Le paysage se fermait soudain : de part et d'autre de la route qui descendait en lacets, plus étroite, ponctuée de cratères rocailleux, se levaient des palissades noires de taillis serrés. Une sourde appréhension me gagnait. On eût dit des colonies de lances dardées. Des frémissements, des craquements étranges traversaient parfois le couvert. Ils prenaient dans l'entaille du chemin descendant une acuité terrible, ils me percutaient, j'imaginais des heaumes de lichen, des bogues de ferraille acérée, les hommes du maquis avides de sévices. La peur me glaçait soudain. La route sinueuse s'apparentait à je ne sais quel dédale maléfique, un coupe-gorge, un canyon labyrinthique, emmêlé d'arbres, du territoire des Enfers.

Je m'arrêtais pour combattre la peur, l'angoisse avait laissé sa panoplie de nerfs noués et d'hallucinations qui battent, j'essayais de me raccrocher au monde, de reprendre le fil d'une idée raisonnable. Des ombres, des trouées lumineuses, comme des écureuils de foudre, palpitaient sous les taillis : c'étaient des *aérations*, des éclairages qui brisaient parfois la compacité du fourré, un chant d'oiseau, aigu, égaré, rendait brusquement à ce lieu sa dimension de domaine habitable. Chaque fois, la peur me prenait, submergeante et d'une égale violence. On aurait dit qu'il fallait impérativement passer par ce défilé sauvage et sa cohorte d'images d'étranglement et de sacrifice pour goûter l'enchantement d'une route qui échappait à la verticalité tueuse du soleil, à cette non-lumière égalisatrice qui investissait tous les cantons du paysage, c'était, au contraire, la magie soudaine, préservée, d'un bruissement de source qui bondit sous l'humus et les feuilles; on était soudain lavé, purifié, la peau picotée par l'ombre, l'humeur secrète des caches, après la peur. Je descendais dans un territoire de rocailles, de feuilles volubiles, de fougères géantes et de grands glaives lumineux qui transperçaient les bois. Entaille paradisiaque où flottait une odeur de résine neuve. Je croyais parfois discerner comme un remuement d'eau, le nerf agile d'un affluent de l'Aulne qui devait couler entre les prairies invisibles et les bois. Quelques saignées dans les taillis laissaient deviner une dénivellation importante, une sorte de cuvette herbeuse où poussaient la jonquille et le cresson. Je rêvais de découvrir ce sillon voluptueux, intime, ces mares, ces moires dans la maille des champs, un bief perdu, des sources qui s'égrenaient en filets d'algues, en faisceaux de gouttes rares — exquises.

C'est alors, au terme de la première phase de cette déambulation sous le soleil, que la soif explosait. Langue épaisse, palais en feu. La route s'élargissait et j'apercevais les flancs sombres du Menez Hom, muraille volcanique, tombeau de géant ou d'idole chthonienne. Des plantations de sapins tapissaient la montagne. L'Aulne, que je ne voyais pas encore, s'étalait à ses pieds. La soif s'amplifiait, la fausse ouverture du paysage, à présent rempli par le verrou noir du mont, la mystérieuse présence des eaux cachées, tout ce terreau d'ombres, de feutrages d'épines, de poussière d'écorce de conifère, ces essences, cet esprit de résine qui planait enflammaient ma bouche; à la sensation, zénithale, de la nuque dure succédait celle de la gorge incendiée. C'était comme le fouissement d'une vrille, la sensation d'un corps

215

métallique. La soif était la récompense de ces milliers de pas sur la route de crête, puis dans l'intimité du bocage noir. J'avais marché des heures sous le soleil pour avoir soif, pour connaître ces peurs, ces hallucinations, ce feu, pour vivre l'épreuve du pérégrin qui parcourt les sentiers du désert, vivre ce défi, partir, marcher au feu, aller jusqu'à l'Aulne. Je voyais le tabernacle muré du Menez Hom. Nul bruissement, nul frémissement, nul jaillissement d'eau. Rien, là en bas, dans les lavoirs et les cressonnières, à la couture des prairies. En fait de rivière, d'eau lustrale, lorsque j'aurais atteint les grèves du Passage et la naissance de la route imaginaire qui s'enfonçait sous les flots, je rencontrerais la mer, le néant des royaumes salins. Il n'y aurait rien à boire. Il me restait à dire et redire le beau nom d'Aulne, sa giclée de sève, de source, de février vital. C'était un apaisement précaire, la grâce d'une clairière, d'une douve vivifiante — un monde qui éclôt.

VIII

Je m'essayais à l'écriture. J'avais compris que pour que les images intérieures se libèrent, il fallait rompre tout contact avec autrui. J'aurais voulu déployer des romans, des trames amples, des fictions délirantes. Je composais en fait des textes courts, ramassés. Il ne m'en reste rien. Je me souviens d'une obsession du désert, de villes fortifiées, une Nubie rouge, inexpugnable. Régnait sur elles un dieu païen, une idole fascinante que j'appelais Barclès. Quincaille hétéroclite, lyrisme débridé : j'écrivais surtout le soir, au retour des promenades, lorsque j'amorçais mes remontées de l'Aulne jusqu'à Rosnoën. Des versets, des images advenaient, façonnés par le rythme des pas.

L'abattement, la soif, le corps taraudé d'un vide érosif, l'espèce d'hébétude qu'avaient suscitée les heures de marche, produisaient une exaltation assez proche de la fièvre, les mots, les images *moussaient*. La redescente vers le village serait longue encore. Des ombres s'allongeaient sur la route : elles la mouillaient d'un film tremblé, j'aimais voir s'évaporer ces flaques à mesure que je me rapprochais d'elles, d'autres images survenaient, la promenade se recomposait dans le souvenir. Le *clou*, l'acmé, c'était indéniablement l'Aulne, les grèves aux bancs de vase surchauffée, la léthargie des eaux, comme épaissies par la chaleur, mais je ne savais pas vraiment ce que je cherchais, ce que je voulais voir. Ce qui m'excitait avant tout, c'était l'envergure de la promenade, plus audacieuse que tous les *tours* que j'avais pu faire avec Gaël ou Jude. On appelait *tours* dans l'idiolecte familial des promenades circonscrites, balisées, établies une fois pour toutes. Elles portaient généralement le nom d'une ferme qu'on traversait. Mon *tour* jusqu'au Passage, c'était la multiplication des tours familiaux qui dépassaient rarement les hauteurs de Rosnoën.

Mon ennemi au cours de ces marches, c'était le soleil. Je crois que je partais à l'assaut du soleil, dans la poudre d'un monde endormi, à l'heure où les autres s'adonnaient à la sieste. Je voulais tester mon corps, ma résistance. Je n'avais pas d'inspiration, pas de sujet, pour écrire. Et je croyais encore à ces supercheries. J'avais une rage, et elle était suffisamment forte pour vitaliser mes pas, et les pas, imaginais-je, seraient assez violents pour ébranler le magma des images confuses. Il n'y avait qu'eux qui fussent susceptibles de mettre en mouvement les vieux rêves fossiles, les images emmêlées, le sédiment des mots. Je sentais grandir la jubilation, l'appel de l'écriture, à mesure que je descendais vers le village. Erwan défiait le soleil, l'élément. Il était sur la mer. Mais son défi n'était que pur agrément, pure compétition. Il ne terrassait jamais la lumière du monde. Il était captif d'une bulle flottante. Il n'avait pas en lui cette rage blessée qui m'avait fait aller tout l'après-midi, cette rage sauvage, entière, qui me prenait aux tripes et qui culminait lorsque je passais tout près de la croix d'argent de la jeune morte. C'étaient à la fois cet écart par rapport à l'ordre du monde et cette proximité avec le monde qui me poussaient à l'écriture.

Gaël et Anne m'attendaient. Il faisait trop chaud pour jardiner. On arroserait au crépuscule, encore que cela fût interdit. Ils s'étaient installés dans la cave, à l'ombre. Ils avaient été de grands marcheurs, eux aussi. Anne, pendant la guerre, marchait jusqu'à son village de Plomodiern. Gaël arpentait la forêt du Cranou, les bois de Morlan. Ils m'accueillaient avec le sourire : j'étais de leur race. Mon retour les animait soudain : Anne se levait pour me servir de grands verres de *panaché*, ce mélange fameux, que j'avais tant attendu, de bière et de limonade. Gaël arrêtait soudain de lire le dictionnaire. Il quittait la Mandchourie, le Fleuve bleu, le rêve perdu de l'Indochine.

— Où es-tu allé ?

Alors qu'Anne s'attendait surtout que je lui dise qui de notre entourage, des figures connues j'avais rencontré — je ne voyais personne en règle générale à cette heure torride, il fallait être insensé pour se promener à cette heure-là, tel était le leitmotiv de la sagesse familiale —, Gaël lui, faisait le relevé précis de mon itinéraire, calculant avec exactitude les distances, m'indiquant d'autres possibilités, d'autres chemins qui me permettraient, par exemple, d'annexer la Montagne du Coq et les bois de Morlan. On eût dit qu'il parcourait en pensée mon itinéraire, il citait les noms des fermes auprès desquelles j'étais passé, il riait soudain, étrangement, sans que je pusse deviner les raisons de cette hilarité subite. L'exploit, le défi le laissaient indifférent. Il aimait simplement me voir passer par ces lieux-là. J'aurais voulu lui parler de ma peur du maquis des ombres. Un jour, il me donna le nom d'un pendu qu'on avait retrouvé dans ces taillis lugubres. Le mutisme retombait. Insensiblement, alors que je lui parlais encore, Gaël s'était remis à lire les noms, les cartes de sa géographie fabuleuse.

IX

J'avais écouté les conseils de Gaël. Dans les taillis qui bordaient la route qui descendait vers l'Aulne, se cachaient les ruines d'un ancien moulin. De même, j'avais exploré le couvert opaque et suffocant des sapinaies de Morlan. Le moulin ruiné surgissait d'un fatras de sorbiers et d'arbustes proliférants, un fouillis de saules et de sureaux, des arbres nains aussi, constellés de baies sauvages. Le bief, éboulé, était à sec. Les bruits de la combe, le ronflement d'une moissonneuse-batteuse qui travaillait sur les hauteurs, confluaient dans le périmètre déserté de la bâtisse. Le grenier de la maison avait encore son parquet et son échelle, c'était un refuge de chauve-souris et d'oiseaux nocturnes, on s'aventurait sur le plancher crevassé entre les filaments de toiles d'araignée et les branches qui avaient investi les lucarnes.

L'endroit était difficilement supportable : je lui préférais, à quelques pas de la maison, sous le dais d'un taillis compact, l'ancien lit du ruisseau. On voyait encore nettement le dessin des berges, rondes, d'une belle terre meuble et noire, des herbes et des mousses garnissaient le fond du lit. Un mince filet d'eau, qui avait défié la sécheresse et le barrage qui détournait le cours, serpentait parmi les mousses. La poussière, les toiles d'araignée, l'atmosphère saturée et recuite du moulin m'écœuraient : ici, au contraire, on entrait comme dans un reposoir de verdure et d'ombre, protégé par la texture serrée des feuilles qui tenait à distance tous les craquements, toutes les rumeurs du val. Je m'installais dans la fourche noueuse d'un saule. Le départ de la rivière avait découvert les capillarités noueuses des racines, le gravier gris, les boucliers pierreux qui affleurent parfois, les dénivellations, les trous. Des cris résonnaient encore, loin de l'enceinte végétale. Il ruisselait le long des troncs une lumière verte et humide qui me régénérait. Lumière de vieille arche arrimée dans la forêt, de conque millénaire, engloutie.

Le feutrage sec, poussiéreux, du sous-bois des sapinaies de Morlan me rappelait la poudre crayeuse, irritante, du grenier du moulin : dans le lit de la rivière disparue, derrière les murs de saules, de fougères, de ronciers, glissait une odeur mouillée de mousses, de terreau, de racines et de feuilles pourries. C'était l'odeur chavirante et exquise d'une cache, d'un repaire magique creusé dans le drapé, dans les lymphes de la terre. On avait peine à imaginer qu'au-dessus, dès qu'on remontait vers Rosnoën, les lames des moissonneuses, les meules, la ferblanterie vorace des machines étincelaient. Ici, il y avait bien longtemps, le terrain s'était affaissé, les eaux avaient roulé plus bas, dans l'étroit du bief, et ce territoire secret s'était ainsi formé avec en son centre cette ornière ouverte, obscène presque, veuve du passage de l'eau.

Le lit béant m'appelait : j'y descendais, des taches, des auréoles de lumière fulgurante mouchetaient les pierres. Des oiseaux pépiaient, loin, dans l'épaisseur des broussailles. J'aspirais à me perdre dans l'intimité de la boue, de la terre noire, odorante. Je descendais encore, dans les flaques qui brillaient, comme au fond d'un caisson ou d'une arche centrale qui me livrerait les clés du monde. C'était une aventure, une liturgie plutôt, quelque chose qui me rappelait l'apprentissage solitaire du plaisir. Un instant, il me semblait que le mouvement des machines qui sillonnaient les champs alentour s'accélérait, des insectes de feu, des nuées d'Apocalypse fendaient l'air. Ils rasaient les bois, le dôme de mon royaume perdu. On devait me chercher. Traque, battue planétaire. La peur m'étreignait de nouveau. Des mots, épars, me revenaient : sève, source, semence. Hagard, je m'effondrais.

Ils m'avaient surpris comme je rêvassais dans la rivière ou les sapinaies, les hélicoptères de patrouille, les Canadair : le Menez Hom, les premiers contreforts de l'Arrée brûlaient. Le ciel s'était obscurci. Des pans d'ombre obturaient l'espace. Tonnerre de pales, fracas assourdissant d'air froissé, de poussière remuée. La terre brûlait. On racontait que les tourbières de l'Arrée étaient toujours en feu. Je sortis de mon arche dans les saules, fasciné par ces vrombissements, ces vols de reconnaissance au-dessus de l'Aulne. Des panaches de fumée montaient du grand mur tabernaculaire. On ne voyait rien de l'incendie. Les nuages de fumée noire, les flammèches parfois, l'odeur des arbres brûlés nous arrivaient par-delà les murailles assombries. On avait la sensation merveilleuse d'habiter un théâtre cerné par les flammes.

Je rentrais. Les voyages incessants des avions avaient scandé ma promenade. Je retrouvais l'exaltation du retour, j'avais hâte d'écrire. Le monde avait enfin un sens, je l'entendais répondre à ma rage. Gaël m'attendait sur le seuil, hébété.

— Ça brûle aussi dans les landes au-dessus du Cranou, disait-il, ça brûle entre le Menez Hom et Plomodiern. Faut espérer que ça va s'arrêter...

Je lui disais le fracas des gros bourdons qui brisaient l'air. Au retour d'une visite rituelle dans ses bois, Morlan s'arrêtait à la maison. Homme sec, racé, une belle élégance noueuse. Il avait une voix sourde, comme blessée. Gaël le saluait toujours avec déférence. Il avait travaillé pour lui.

— Il ne faudrait pas que le feu traverse la rivière et vienne s'attaquer à mes bois...

Morlan paraissait inquiet. Gaël et lui tentaient ensuite d'évaluer le nombre d'hectares ravagés. Tous les arbres du monde pouvaient brûler, je n'en avais que faire. Je souhaitais simplement que l'incendie épargne les sapinaies de Morlan.

— Ces arbres-là, on les a plantés, disait Gaël.

— Avec vous, en 1947... répondait Morlan.

Je les laissais à leur discussion. Gaël n'aurait jamais

ouvert le dictionnaire en présence de Morlan. L'âge venu, le vieux patron de scierie qu'on disait autoritaire et intraitable avait molli, des deuils qu'il avait connus, le plus terrible serait celui des arbres.

Je montais à ma chambre. L'incendie courait dans mes mots. Le feu, son pas de lynx, sa danse saccageuse. Je le voyais lécher les troncs, poser ses balafres noires sur la pierre. La sève, les écorces séchées crépitaient. J'essayais d'écrire à son rythme, d'étreindre comme lui le corps poétique du monde, sa fulguration m'entraînait, il n'était d'écriture que liée à sa rage, à sa force de dévastation. Un flux continu, un arc scintillant d'hallucinations me traversaient. Les murailles de l'Aulne s'effondraient, laminées par les hordes de flammes. Les reliques du géant mythique que contenait le mont roulaient sur les pentes, os de pierre liquide, rubis en fusion. Je rêvais soudain de juguler l'incendie en capturant une bogue de feu dur. Concrétion absolue.

La chiennerie fabuleuse du feu me grisait. J'étais projeté dans un monde magnétique, secoué d'éruptions, où les arbres s'allumaient en torches. Le temps que durait l'éjaculation créatrice, tout s'exacerbait : les avions passaient au ras de la maison, de même on eût dit que la résine bouillonnait dans la chambre. J'allais à la fenêtre : dans le jardin, Gaël cueillait les flammèches et les brindilles calcinées qui pleuvaient. Il avait quitté la cave, renonçant à la lecture des cartes.

La luminosité était encore forte. Il regardait les lointains, les mains en visière, le Cranou surtout, la naissance de la forêt. Le feu dansait en hautes volutes de cendre à l'orée des Roches Noires.

Au dîner, on ne parlait que de feu, des Roches Noires, des lisières menacées, des plantations de 1947.

— Je n'ai jamais vu ça, je n'ai jamais vu ça, répétait Gaël.

Je l'avoue aujourd'hui, les pages les plus inspirées que j'ai pu écrire par la suite, quand on m'a reconnu comme auteur de romans, je les ai données dans le souvenir aigu de ces journées de 1976. Journées de la soif, du feu, de l'immobilité songeuse sous les saules, du défi au soleil et de l'imminence du cataclysme. J'ai écrit pour retrouver cette rage, cette ardeur qui rongeait le monde, ce feu profond qu'on appelle la soif. J'ai écrit parce que j'avais eu, à cette période, la révélation d'une ivresse, celle des flammes qui lacèrent la pierre, l'enchantement d'une grâce aussi, celle du feu, seule façon de refuser la pourriture. Et à l'horizon des lignes que je trace il y a toujours la figure admirée d'un adolescent en partance sur la mer et celle d'un vieillard magnifique, aux aguets, pétrifié aux lisières qui brûlent.

X

Au début du mois d'août, je rejoignis pour quelques jours mes parents dans une station balnéaire du sud Finistère. La plage proche, jonchée de corps qui s'exhibaient au soleil, me faisait horreur. Je m'enfermais dans ma chambre. La rage, la soif étaient retombées. C'était comme une atonie douloureuse qui me frappait. Je lus *Le Roi des Aulnes* d'une traite, je m'échappai du côté de la Prusse orientale parmi les tourbières et les signes. Quand je reposais le livre, j'entendais la rumeur de la foule, derrière la pinède. Ils étaient là, serrés, compacts, les corps des gisants solaires offerts à la lame saccageuse qui les pétrifierait. La nuit venait. Je m'aventurais enfin sous les arbres, je voulais apercevoir la mer, les faisceaux des phares. L'arène s'était vidée. La résine, les écorces chauffées, les longs fourreaux des algues qui avaient remplacé les corps sur le sable, embaumaient. Je naviguais quelque part du côté du tombeau de Tiffauges, je songeais à mon Aulne mythique.

Gaël et Anne m'attendaient aux environs du 15 août. Je passerais en leur compagnie les derniers jours de vacances. J'avais obtenu cette dernière faveur avant l'installation à Rennes. Dès que mes parents m'eurent déposé à la maison, je partis à l'assaut des hauteurs, je courus aussitôt vers Rosnoën. Il faisait encore chaud, mais la lumière n'avait plus la même force. Les incendies avaient été jugulés. On devinait à la lisière de la forêt et sur les pans du Menez Hom des croûtes noircies, des affleurements de roche brûlée, de terre cendreuse. La fin de l'été se laissait saisir à quelques signes, un soleil moins ardent, une lumière tremblée, l'incendie et la rage pétrifiés en ergots de suie. Je crus un instant que mes pas réveilleraient l'ardeur passée. J'étais veuf d'un enchantement en forme de flammes, d'essaims d'Apocalypse, et de pluies de brandons. Bien qu'il n'eût toujours pas plu, la campagne paraissait moins poudreuse, comme si les heures d'ensoleillement implacable l'eussent minéralisée. Une subite vacance me gagnait.

Le 15 août, Anne assistait rituellement à la messe à l'Abbaye. Elle se levait tôt, partait à l'aube, munie d'un bâton torsadé de pèlerin. Si loin que remontait ma mémoire, je l'avais toujours vue accomplir ce rite. La veille, elle me proposa de l'accompagner. J'acceptai, sans que l'acquiescement et la perspective d'entendre la messe chez les moines eussent une réelle portée. Je dormis mal, par peur sans doute de manquer le départ. Il faisait moins chaud, mais les images du paroxysme de l'été revenaient me harceler, la nuit de l'accident, les sapinaies en feu, les heures d'abandon dans le bief perdu, les milliers de pas sous le soleil, les nuits de sueur, toutes ces images revenaient en une houle obsédante, indissociables des mots, des métaphores, du corps absent de la langue que j'avais fouillé.

Des voisins avaient proposé de nous prendre, mais, à soixante-six ans, Anne préférait marcher. L'itinéraire, là aussi, était établi et Anne le suivait scrupuleusement, sans écart, comme s'il se fût agi de répondre à quelque injonction mystérieuse. On passait d'abord par les champs, on empruntait des sentes que les pas réguliers des bêtes avaient modelées ; puis, au lieu de monter jusqu'aux sapinaies de Morlan, on traversait le lit à sec d'un ruisseau et on atteignait enfin la route qui longeait la mer. Une légère rosée scintillait. La rivière marine, encore obscure, s'étalait au bas des grèves. On devinait quelques embarcations, quelques chaloupes endormies.

Je retrouvai bientôt la croix d'argent de la jeune morte.

— Il paraît que les parents voulaient qu'on l'enterre là, dit Anne, mais ce n'était pas possible...

L'eau calme, les lacets de la route, les surplombs boisés, les prairies roussies par la sécheresse et l'air marin, c'était là le théâtre de l'accident. Dans le jour qui naissait — on eût dit des feux, des brèches successives qui crevaient la mer — la croix figurait un irréel Golgotha, un signe incongru et choquant. Je parvenais difficilement à détacher mon regard de la grande croix métallique, tout comme j'avais peine à oublier le crissement des freins dans la nuit et les scènes d'horreur que j'avais rêvées ensuite.

— Oublie ça, elle est au Paradis...

Je me taisais. Comment répondre à une telle évidence que je ne pouvais m'empêcher de juger naïve ? Ma grand-mère était ainsi, simple, entière, superstitieuse. Sa croyance, sa dévotion à la Vierge en particulier, reposaient sur un fond de terreurs païennes. Aux questions que je posais sans cesse, à la façon que j'avais d'évoquer l'accident comme l'ouverture sacrificielle de l'été où aurait pu périr Nohann ou Erwan, elle avait pressenti mon angoisse. Déjà elle riait. Et elle marchait à vives enjambées. Il émanait d'elle une grâce, un entrain aussi qui me réconfortaient. On riait rarement avec Gaël. Anne était pleine de vie, pas de la vie silencieuse, rétractée, de Gaël. Elle avait dû être très belle. Je la suivais pour l'instant sur la route. J'accompagnais ma grand-mère : c'était quelque chose qu'un adolescent de mon âge ne faisait plus. Je n'y pensais pas, tout à la grâce de ces pas communs, du jour qui venait.

La messe à laquelle nous assistâmes eut la légèreté d'un moment jailli des eaux. Nous avions traversé l'Aulne dans la barque d'un vieux passeur bougon que connaissait ma grand-mère ; à l'embarcadère, on avait trouvé d'autres relations du village ; indifférent à ces commérages, j'écoutais le clapot, le bruissement de la rame, la barque traçait un sillage que le jour enflammait. Sur la rive, les bois, les rochers et les plantations de conifères formaient un ensemble compact et ténébreux. Je m'étais presque allongé, sur le banc vermoulu, au ras de l'eau, de la lumière, des grandes flaques d'ombre que projetaient les falaises. Les conversations m'agaçaient : j'aurais voulu goûter ce silence d'ombres macérées, d'eau lente, éternelle. Le cimetière de bateaux de guerre qu'on longeait faisait penser à une flottille oubliée, vouée à la rouille; des tourelles, des canons, des ponts et des mâts semblaient, dans la pénombre de la crique, mêlés aux arbres des berges. On laissa le cimetière marin à bâbord, la barque obliqua vers le piton de l'Abbaye. Des cris d'oiseaux, des plaintes rauques emplissaient l'espace. Le gris terni des carènes guerrières, les noms que j'avais cru déchiffrer, assombrissaient la montée vers l'Abbaye, par l'étroit escalier des pénitents.

Soudain, on dominait l'Aulne lumineuse. Le paysage s'ouvrait jusqu'au village. Grâce d'un monastère aérien qui surplombait la rivière. Et c'était un autre monde aussi, plus de bruit, une vaste nef qui se déroulait jusqu'à un inaccessible autel, des voix murmurées, retenues, une lumière aquatique, et ces ombres étranges qui glissaient dans les nuages d'encens, maigres et hiératiques, rescapées d'un jeûne, d'une veille d'ermites sauvages, certains semblaient très juvéniles, adolescents osseux au masque fier, c'étaient mes doubles, je les imaginais nourris de prière, de parole ardente, d'algue et de nourriture frugale. Ils n'en finissaient pas d'arriver des confins du chœur, à pas très lents, rigides, purs, pieds nus dans des sandales austères, venant vers nous comme à regret, arrachés soudain au feu, au secret de leur réclusion. L'écoute du silence, le rythme de l'Aulne, la scansion des Heures avaient fait d'eux, quel que fût leur âge — certains, très vieux, restèrent enfoncés dans les stalles tout le temps de l'office — des êtres immatériels, diaphanes comme l'encens et les flammes qui cernaient l'autel, leur chair s'était éclaircie, dissipée, ce n'étaient plus que des épures d'os et d'étoffe, ils avaient échappé à la pesanteur, à l'opacité, au désir et aux contingences; émerveillé, je les regardais venir du fond du chœur, dans la solennité des pas, des chants, la violence des images d'Apocalypse que la liturgie de l'Assomption évoquait — la Bête prête à dévorer l'enfant qui va naître dans un tumulte d'étoiles et de diadèmes cosmiques — s'apaisait aussitôt : ce n'était plus la Mère, la Femme que l'on célébrait ici, c'était le silence, le jour venu des eaux, la matière transfigurée, les voix comme en apesanteur.

Lorsque les lourdes portes de chêne de la sacristie se furent refermées, je ressentis un terrible vide. Quelques effluves d'encens flottaient encore. Des nappes de voix me hantaient. Je revoyais des visages, des pas, apaisés, fluides. Les lourdes portes s'étaient refermées sur le secret des moines de l'Aulne. Il fallait redescendre, emprunter l'étroit escalier dans la pierre, retrouver le passeur, les gros navires gris. Anne fredonnait des cantiques. Je regardais l'eau, le bouillon de l'écume, la nostalgie avait pris possession de moi, la grâce d'une messe perchée, le secret de doubles inaccessibles.

Anne ne voulait pas rentrer. C'était pour elle un jour de fête. Il y avait au débarcadère un petit restaurant, une auberge modeste que tenait la femme du passeur. On y fit halte. Ma grand-mère, grisée par la messe, les chants grégoriens et la traversée, commanda du vin blanc, des fruits de mer. Je sentais l'importance pour elle de ce moment, de ce repas en tête à tête. Elle échappait soudain aux obligations du déjeuner à la maison, au silence de Gaël. Elle bavardait sans cesse, coq-à-l'âne étourdissant qui convoquait aussi bien ses souvenirs d'enfance, la figure d'un père violent qu'elle avait craint, que des considérations plus banales sur telle ou telle affaire de famille. On mangeait au bord de l'eau, dans le calme ensorcelant de cet estuaire aux parois de fjord. L'Aulne qui coulait là, sous nos yeux, c'était celle-là même qui baignait les quais au bord desquels Anne avait fait son apprentissage de bonne. Là-bas, en amont, à Châteaulin. Et ma grand-mère d'évoquer la richesse de la maison bourgeoise où elle avait fait ses premières armes, la beauté de la vaisselle, le luxe, les tableaux, la lingerie. Elle était intarissable, un peu comme Jude. Elle rayonnait. Elle redemanda des crabes et des langoustines. À présent, elle racontait la guerre, Cherbourg, la naissance de ma mère. J'étais heureux soudain. Je ne songeais plus à ces maux qui me tenaillaient : angoisse, littérature, écriture. Je vivais au rythme des joies, des souffrances, des attentes de cette femme. Récit d'une vie modeste, rugueuse et comblée. Dans quelques jours, de nouveau, il faudrait partir. Il faisait beau. Les murailles ocre et les verrières de l'Abbaye flambaient, sur l'autre rive.

XI

Septembre arrivait. J'avais reçu une carte d'Erwan me fixant rendez-vous la veille de la rentrée à Rennes. Je songeais parfois à cette chambre que j'habiterais au-dessus d'un jardin, au monde mystérieux de l'hypokhâgne. Le programme des auteurs à étudier était connu : Apollinaire, Mallarmé, Proust. Nohann écrivit aussi pour annoncer qu'elle passerait peut-être me voir. Je l'attendis en vain. Je n'avais plus la force de partir à l'heure la plus chaude. Gaël attendait qu'Anne montât dormir pour boire un cognac. Il m'en offrait un également, pour m'initier ou pour acheter mon silence. La cave était fraîche. Des mouches bourdonnaient. Nous restions l'un et l'autre immobiles. Gaël savourait son breuvage en silence. Je buvais sans plaisir, l'alcool doré n'éveillait en moi aucune sensation particulière, j'avais simplement le sentiment de communier avec Gaël à quelque chose de tacite et de frauduleux, et en l'absence de ma grand-mère.

Aux Mousses, on apprenait à boire dès quatorze ans, avait dit Gaël. Du vin rouge, infâme je suppose, des alcools forts parfois aussi. Dans le silence clarteux que brisaient les bourdonnements d'insectes prisonniers, Gaël parlait parfois de son départ de la Marine, du naufrage du *Phénix*. C'étaient des aveux rares, mesurés, il eût fallu d'autres verres pour que la confidence prît son essor, mais Anne risquait à tout instant de descendre. Et Gaël reprenait son journal, détaillant les avis de décès, les notices nécrologiques, la page de politique intérieure. Dès que nous avions fini nos verres, il se levait pour les rincer. Il ne restait aucune trace de notre rite secret. L'alcool m'accablait, plus que la chaleur : je n'avais plus la force de sortir. Gaël, lui, serait bien parti à l'assaut des sapinaies de Morlan. « Elles n'ont pas brûlé... » se réjouissait-il. Nous ne parlions jamais des choses qui m'occupaient. Le désir, l'écriture, comme les compagnons engloutis, comme le passé de Gaël, ne nourrissaient jamais la conversation. Mon été, pour Gaël, se résumait aux promenades, aux itinéraires repérables que je lui avais avoués. Et il s'étonnait soudain de mon inactivité, comme si j'eusse cessé d'exister à ses yeux quand je ne marchais plus.

L'ivresse, une douleur qui naissait derrière les oreilles, me laissaient inerte, face à ce témoin silencieux dont la seule présence me rassérénait. Le soleil brûlait derrière les rideaux de bois qu'on avait baissés : on se serait cru dans quelque case du lointain Orient. Les mouches passaient et repassaient, se heurtaient aux murs et aux fenêtres. Je fermais les paupières, écoutant cette musique qui se libérait progressivement, voix des moines de l'Aulne, nostalgie d'une grâce aérienne, des incendies qui avaient répondu à ma rage, Gaël semblait ne plus lire, peut-être dormait-il, mais d'une somnolence légère qui permettait de s'échapper un peu du monde, sans le quitter vraiment, une somnolence, sœur de mon ivresse, qui était un assentiment à la mer, à la mémoire, aux choses révolues, plus prégnantes, plus enchanteresses que la platitude des jours, Gaël dérivait, parmi les voix, les chants, les continents erratiques, cette somnolence était la seule manière de vivre après l'ardeur, après les navigations folles, après le rêve et la soif, un adolescent voguait encore à l'horizon de mon désir, inaccessible, je me laissais aller à la somnolence, le monde s'épaississait, assourdi.

*

Le soir, l'eau montait. La mer arrivait, de là-bas, de l'Abbaye, de l'estuaire de l'Aulne, elle tendait sa plaque dure, immobile, pas de vagues, pas de crêtes dans la lumière moins drue. Dès le début de l'après-midi, Gaël avait annoncé l'horaire exact de la marée. Les lunaisons, les dates, les coefficients précis des marées, les périodes de pleines ou de mortes eaux scandaient sa chronologie intérieure. L'horaire annoncé de cette visitation constituait comme un point d'orgue à la journée, à l'été : la mer allait venir, avec elle un peu de vent peut-être, ce serait le moment de sortir, d'échapper à l'abattement, à la torpeur, la mer arrivait, noyant progressivement les méandres de la rivière, le dédale des grèves.

Gaël allait quelquefois s'asseoir auprès de l'église, sur la terrasse circulaire qui domine l'eau. Il devait y retrouver de vieux habitants du village, des anciens de la Marine. Je partais aussi, comme saisi par l'envie de marcher sur ces eaux qui montaient. Dans la rêverie c'étaient des flots de voix et de prières fluviales qui déferlaient jusqu'à investir la forêt. Le vent s'était levé, la poussière volait dans la rue étroite, sur le pont. Le soleil semblait posé dans l'axe même de la rivière. La mer avait rempli le port, elle battait au ras des arches du pont. J'allais jusqu'au cimetière. C'était l'heure aussi où les femmes sortaient, elles venaient à l'appel de la mer et du vent nettoyer ou fleurir les tombes. Je les fuyais : impossible, en leur présence, de visiter le cimetière, de monter jusqu'aux hauteurs d'où l'on perçoit la totalité du village et les collines qui l'entourent. Elles passaient entre les stèles, un broc, des bouquets à la main, mécaniques, avides, charognardes. J'étais convaincu qu'elles me connaissaient depuis l'enfance, qu'elles auraient tôt fait de m'identifier. Il n'y avait pas d'adolescents au cimetière. Pas d'hommes non plus. C'était le royaume des femmes, des pleureuses, des voyageuses mortifères. J'aimais lire les noms, les dates, déchiffrer les inscriptions mangées par la rouille et l'usure, je m'engageais dans les petites chapelles aux grilles battantes dont l'intérieur était paré de plaques et d'autels d'albâtre.

Au bas du cimetière, sous les arbres, étaient amoncelés de vieux cercueils, des croix, des restes de sépulture. Le bois pourri, les poignées encore visibles, tout cela constituait le foyer idéal d'une rêverie macabre, mais il manquait les ossements, les crânes. Dans le soir, dans la chaleur qui refluait, j'aurais voulu humer l'odeur de la mort. La tombe de la jeune morte était bombée comme un berceau de fleurs. Je lui préférais les vieilles sépultures aux enclos descellés, aux pierres fracturées. On quittait le champ de la métaphore pour s'approcher de la vérité, le scandale de la pourriture, de l'os, de la charogne que venaient butiner les femmes à l'approche de la nuit.

Elles me regardaient d'un air haineux comme je les croisais.

— Tu n'as rien à faire là, fous le camp !
— Un copain de la petite morte peut-être...

Je les laissais à leurs conciliabules. Je n'avais aucune notion de l'heure. Il était urgent de rentrer. Je traversais le pont : la mer était lisse comme une coulée de feu. Impatiente, irritée, Anne nous attendait. Gaël n'était toujours pas rentré : il avait dû s'attarder au bistrot avec quelques vieux copains.

— Et toi, d'où viens-tu ?

J'éludais la question. Je n'avais pas de morts à visiter : je me sentais plus coupable qu'au retour de mon bief perdu, plus coupable que si j'avais bu plusieurs gorgées du cognac interdit. On voulait faire de moi un vivant.

— C'est mauvais cette solitude, disait ma grand-mère. Il est temps que tu retrouves tes amis...

Elle devenait autoritaire, agressive. Les moines, les morts, un absent sur la mer... Puisqu'on voulait faire de moi un vivant, je le serais, en apparence, de façon mécanique. Je dînais en silence. Anne s'énervait. L'orage s'abattrait sur Gaël.

XII

— Nous irons jusqu'aux Roches Noires, si tu veux bien...

Depuis longtemps, j'attendais cette promenade.

— Je voudrais revoir la maison de garde, avait continué Gaël, ce qui reste des plantations...

Nous partîmes à l'aube. Des pans de brume coulaient dans la vallée. Une rosée abondante annonçait l'automne. Gaël marchait d'un pas rapide. Il connaissait les chemins creux qui serpentent dans le bocage et permettent d'éviter la route goudronnée. On marchait plus près de la rivière, dans le sillon des prairies, dans une odeur de terreau séché, de feuilles macérées. C'était une série de sentiers secrets qui quadrillaient le territoire, on eût dit parfois d'anciens lits asséchés. La brume piquait. Nous avancions avec allégresse vers quelque point mystérieux. Des passages, des vols, de brusques claquements de plumes, des coulées ébranlaient parfois le silence des talus : ils retentissaient dans le boyau que nous empruntions, on se croyait cernés d'un halo de présences inquiétantes.

Gaël se taisait : il semblait connaître par cœur le

chemin ; lorsque plusieurs options se présentaient, il n'hésitait pas un seul instant, choisissant parfois un sentier à peine dessiné, entravé de broussailles et de fougères jaunes. Le ciel devait s'éclaircir, on devinait, au hasard d'une trouée dans la palissade des saules qui bordaient la garenne, de larges bandes de lumière rouge, mais il était difficile de dire où l'on était précisément : je visitais rarement la vallée qui menait à la forêt.

Des toiles d'araignées, des filaments d'un suc liquoreux pendaient aux buissons. La terre était crevassée, fendue d'un lacis de failles sèches. Lorsque le chemin se rapprochait de la rivière, nous découvrions un filet d'eau rare qui se tordait au milieu des pierres et des algues mortes. Gaël se repérait par rapport au soleil, aux méandres de la rivière aussi : quelques accidents de terrain, les clairières jaunies que constituaient les champs moissonnés étaient autant d'amers pour notre remontée. De même, il connaissait les noms des fermes qui se cachaient dans l'intimité du val. J'avais peine à croire à l'existence de ces fermes. Elles ne devaient plus être exploitées. C'était un ensemble de ruines, d'anciens repaires de maquisards pendant la guerre, et les noms mêmes que prononçait à chaque fois Gaël — Nelhoren, Rondrez, Ti Men — surgissaient dans la fraîcheur du chemin couvert comme des présences archaïques, des noms de foudre hérités de quelque langue hercynienne, des noms de gîtes miséreux tapis entre les bauges et les ruisseaux à loups. Gaël, que je croyais indifférent aux gens, me citait aussi les noms des familles qui avaient habité ces fermes, le nœud des migrations, des échanges, des alliances. Qu'il y eût encore des hommes établis là, près de la rivière, paraissait inconcevable, à moins qu'il ne s'agît d'une confrérie d'êtres rustres, de sauvages enracinés, incapables de la moindre concession au progrès, de vieillards édentés buvant dans la nuit des granges poussiéreuses.

Bientôt le paysage s'ouvrit. La vallée s'élargissait. La forêt se dessinait, compacte, moutonneuse, elle naissait des bruyères et des ajoncs qui, à l'extrémité des champs cultivés, marquaient la frontière, la souche irréductible du manteau forestier que ni les houes ni les lames n'avaient pu entamer.

— Voici la lisière, dit Gaël.

Le mot seul m'enchantait. Mot de feuilles bruissantes, de poternes, de troncs mouchetés, de muraille frontalière, vivace. Nous passâmes la lisière comme une suture ardente, nous quittions la vallée tortueuse et opaque pour nous aventurer dans le sous-bois de hêtres, aéré, lumineux. Nous étions entrés comme par effraction, il n'y avait pas à cet endroit de route repérable, c'était un accès par les rocailles et les genêts, les écorces blondissaient au soleil, il y avait une pluralité de voies, les Roches Noires étaient au bout de ce foisonnement de routes, de zigzags secrets, ponctués de flavescences de biches et de chevreuils : Gaël regardait le soleil qui montait au-dessus de la vallée, un clocher, là-haut, surplombait les prairies, la brume se dissipait. Les rocailles surgissaient des bois comme des ongles de grès, les fondations d'un campement immémorial.

Les feuilles et les fougères ployées que nous foulions émettaient un bruissement sec, un craquement de brindilles dissimulées sous le feutrage. Peut-être y avait-il encore des fosses, des pièges, des ornières ou des trous de soldats camouflés sous les broussailles. La forêt, desséchée par la fournaise estivale, était comme un gigantesque herbier d'espèces fossiles, tout crissait, la lumière rebondissait sur les mousses racornies, les ombelles froissées. Nul ruisseau ne serpentait dans les rigoles qui délimitent parfois les parcelles forestières. Gaël avançait toujours, sans hésiter, sûr de lui, il reconnaissait un cadastre qu'il avait parcouru des milliers de fois, il désignait dans des clairières, sur des tertres, l'endroit où se dressaient les fours à charbon. À mesure que l'on s'enfonçait sous le couvert, l'ombre se faisait plus épaisse. De même, la topographie se vallonnait, multipliant les cirques, les replis, les dénivellations sous les surplombs de pierre.

On atteignait la maison de garde principale, qui se présentait à la façon d'un chalet à larges pans de bois au-dessus d'une prairie plantée d'ormes. Le garde était une vieille relation de Gaël. Ils avaient travaillé ensemble dans la forêt après la guerre. Nous fîmes donc halte, le temps de boire, dans une longue salle boisée dont les murs étaient parés de massacres. Gaël expliqua que je voulais voir les Roches Noires.

— C'est là-bas qu'autrefois on mettait les gardes novices, dit l'homme. À la lisière, près des landes, loin de tout. Il faudrait t'y mettre. C'est le seul apprentissage...

Au sortir de la maison du garde, nous fîmes quelques pas sur la grand-route qui traversait la forêt, les seuls de la journée, mais très vite, nous descendîmes par un chemin étroit qui se dévidait sous les chênes, nous longeâmes la voie ferrée, des zones de coupe récente. Certains arbres étaient marqués de signes, de traits de couleur. Nous visitions les périmètres futurs d'exploitation. Était-ce l'éloignement croissant de la maison du garde, les lieux semblaient gagner en sauvagerie, le jour se plombait sous le couvert plus opaque, plus serré : des mousses noires, des cuirasses de lichen gris proliféraient sur les écorces, le terrain multipliait les déclivités et le sentier que nous empruntions se déroulait comme une ligne précaire tracée au-dessus du vide. Gaël ne parlait plus. Je remâchais les paroles du garde, l'isolement promis aux Roches Noires. Les heures de veille à la lisière des bois, quand les pluies flagellent la lande.

Le vent s'était levé, une rumeur de gorges profondes s'enflait sous les frondaisons. La forêt était si grande, si lointaine qu'elle en devenait désolante. Gaël avait tout visité, tout exploré. Lorsque le soleil disparaissait, j'avais l'impression de traverser des caches, des sanctuaires enfouis qu'inondait une lumière de crypte. Je retrouvai ce qui était l'essence de la forêt, les remugles, le fumet des écorces moisies et des champignons spongieux, la vieille terre charbonneuse. Gaël, au même moment, suivait je ne sais quel fil mémoriel, heureux de réhabiter ces lieux où il avait vécu, heureux de se savoir encore capable de marcher des heures en forêt. Les bois nous enveloppaient sous le jour qui virait à la grisaille.

— Il va peut-être pleuvoir, dit Gaël. C'est l'orage...

Le couvert s'éclaircissait : de nouveau, on atteignait la lisière. Un chemin de terre séparait les bois des premiers arpents de lande. Face à nous s'étendaient des milliers de troncs calcinés, des guipures de cendre et de suie constellaient la route sur laquelle avait couru le feu. La route de crête semblait pavée de rocailles basaltiques, de plaques noirâtres : d'un côté la forêt moutonnait, épaisse, roussie déjà ; de l'autre, les hiéroglyphes de mort surgissaient parmi les pierres et les épaves d'arbres. Interdit, Gaël contemplait le désastre. Le spectacle que nous avions suivi de la maison, au paroxysme de l'été, trouvait enfin sa réalité, son espace de déréliction. Il était fascinant de voir comment le feu s'était arrêté à la frontière que traçait la route, préservant les jeunes frênes de la lisière. C'étaient les sapins, les mousses, les lichens, les fougères et les pierres qui avaient brûlé et leur cryptogramme de deuil jalonnait désormais le chemin qui nous mènerait aux Roches Noires. Le nom lui-même était un sortilège et un appel, à moins que, de façon immémoriale, le lieu n'eût ainsi été nommé parce que le feu revenait périodiquement, surgissant des pierres, des lichens, des lisières.

La route dominait les vallées, la totalité du territoire qui dévalait vers la mer. Des nuages fuligineux arrivaient du large.

— L'orage, l'orage de mer, murmura Gaël... Les bois vont sucer l'orage...

Des grondements résonnaient au lointain. Sous la lumière qui s'éteignait, les ornières sombres, la lande et les sapinaies dévastées prenaient un aspect plus terrifiant encore. Les premières gouttes tombaient, premières gouttes d'une pluie salvatrice qu'on avait attendue tout l'été. La maison des Roches Noires était située un peu à l'écart du chemin, dans une clairière à la rotondité parfaite. C'était l'exacte réplique de celle que nous avions visitée le matin. L'orage tambourinait sur la mer. La maison forestière était balayée d'éclairs et d'ocellures de cendre.

Nous pûmes y trouver refuge. Le garde en avait confié la clé à Gaël. L'intérieur était nu, modeste, comme la nef vide d'une chapelle chaulée. Nous poussâmes les volets : on eût dit que la nuit tombait. De longs filaments de suie voilaient l'espace. La maison des Roches Noires que j'avais rêvée tout l'été était désolante, une coque vide aux confins des bois.

— Attendons que l'orage passe...

Le vent fouettait les parements de la demeure : des rafales violentes qui se succédèrent en tourbillons et préludaient au déluge. Nous étions prisonniers pour plusieurs heures. Gaël ne parut pas contrarié, comme s'il eût été au fond ravi de retrouver sa résidence forestière. Les éclairs illuminaient la pièce blanche.

— Tu vas aller à Rennes, dit-il en se servant un verre. Je ne connais pas cette ville. Je n'ai jamais aimé les villes. Les ports seulement, ceux d'Orient... Je n'ai été bien que sous la mer, ici après, ou dans les bois de Morlan... Tu vas perdre beaucoup en allant en ville... On n'est plus le même... Je ne sais pas pourquoi... C'est drôle... Ici, la nuit, c'était superbe. Surtout l'hiver, quand le vent soufflait... Les hivers de neige...

Dans le bateau, il faisait moite et on était tassés, serrés les uns contre les autres... Ici, j'étais seul, ou avec un homme pour me relayer... Il y avait encore un garde aux Roches Noires à cette époque... Il habitait seul. Tu vois l'escalier, il monte au grenier, qui servait de chambre... Je serais bien resté tout le temps... C'était pas possible, j'étais marié... C'est un beau pays ici... Ne l'oublie pas... Méfie-toi de la ville...

Il faisait nuit dans la salle. Seuls les éclairs fendaient l'obscurité. Les cavités, les fosses, les abysses de la forêt résonnaient, rumeur de vent, d'éclairs, de mousses abreuvées, de feuilles ennoyées. La terre cuirassée par les mois de sécheresse n'arrivait plus à boire les flots que répandait le déluge : les cataractes s'étalaient, la maison s'apparentait à quelque pagode lacustre. J'avais laissé Gaël seul à la table, comme un orant muet. C'était un guetteur païen, un veilleur de la forêt et des Roches Noires. Son tabernacle, c'était cette carène blanche et vide battue par l'averse, sa prière, cette longue méditation de pas qui nous avait menés depuis le matin jusqu'à cette révélation silencieuse. Dans la famille, les femmes avaient l'âme religieuse, ainsi Anne m'avait conduit jusqu'aux voix de l'Aulne. Gaël vibrait à d'autres forces, fils d'un dieu ombreux, taciturne, tellurique.

— Viens boire un verre...

Il m'arrachait à ma rêverie. Les gouttières débordaient. Les balafres de suie avaient disparu sous l'inondation. Je le rejoignis à table.

— Autrefois, juste à côté, il y avait une chapelle... Elle a été détruite... C'est la seule chapelle des marins de la région... Chaque fois qu'on revenait d'une campagne, on venait y mettre le nom du bateau à bord duquel on était embarqué... *L'Armorique, le Cyclone*... Ici, c'est le seul lieu d'où on puisse voir toute la rade...

L'orage battait encore. Plusieurs heures de marche nous séparaient de la maison. Il faudrait traverser la forêt, les ornières boueuses, les odeurs ravivées. J'entendais encore les paroles de Gaël : « C'est un beau pays ici... Méfie-toi de la ville... » L'orage, la mer plombée, la forêt tempétueuse et la lande cendreuse et liquéfiée encerclaient la maison des bois. Gaël semblait ne plus vouloir partir.

— Attendons... C'est pas encore fini... Ça peut revenir...

La distance, la marche du retour m'effrayaient un peu. Et je m'étais fait à la pénombre moisie de la pièce. Gaël n'était pas encore décidé à partir. Je sortis : dans le soir qui étincelait, au-dessus des flaques et des feuilles arrachées, la maison figurait un belvédère lumineux.

La brisure

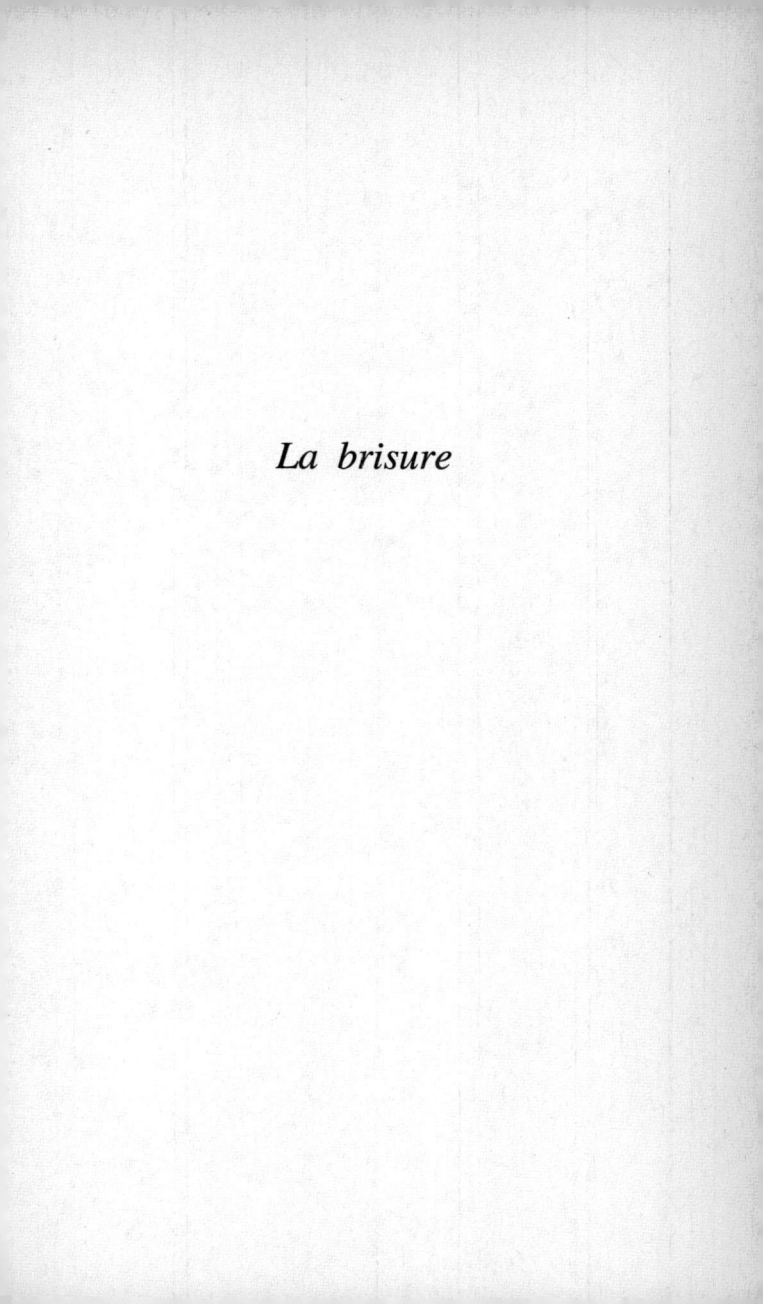

I

La chambre est triste, encombrée de vieux mobilier — un lit d'angle, un coffre volumineux, une machine à coudre Singer, une petite table recouverte d'une toile cirée —, il y a aussi des aquarelles délavées, des paysages marins, des chiens, peints par le mari de la propriétaire, Mme Roger. Sans la perspective du jardin moutonnant de buissons rouges et de saules pleureurs fanés, on étoufferait. L'appartement est minuscule et l'on doit traverser le couloir, passer devant la cuisine où se tient la vieille dame pour atteindre ce qui sera ma chambre. Les pièces sentent l'encaustique, la lavande. De gros bouquets de fleurs séchées et de plumes de paon garnissent l'entrée. Mme Roger est une femme au visage rond, poupin, au front marqué de rides. Elle porte d'épaisses lunettes. Elle se montre chaleureuse, accueillante, peut-être parce que mes parents sont là. Elle est revenue de la campagne tout spécialement pour m'accueillir.

— J'ai un étang à la campagne, se plaît-elle à répéter. Le salon, qui jouxte ma chambre, est un musée saturé de porcelaines, de poupées, de portraits de famille et de coussins fleuris. Des plantes vertes très grasses bordent la fenêtre. Nous prenons le thé. Mme Roger raconte sa vie, la mort de son mari, les mauvaises affaires qu'elle a faites en vendant sa maison à un acheteur impécunieux.

— Je m'occuperai de vous, rassurez-vous...

Devine-t-elle mon angoisse, celle de ma mère? Je me retrouve là, à contrecœur. J'ai vu la ville à la hâte, la place centrale avec la mairie et le théâtre qui semblent prêts à s'imbriquer l'un dans l'autre, de vieilles rues bordées de maisons à pans de bois, un grand jardin aux pelouses pelées qu'on appelle le Thabor.

— Vous aussi vous êtes littéraire... Comme Virginie qui était là avant vous, elle vient d'être reçue à Normale sup... C'est un bon lycée... Mais il faut beaucoup travailler...

Au passage, Mme Roger note le numéro de téléphone de mes parents, au cas où il m'arriverait quelque chose. Les biscuits qui accompagnent le thé sont rances. J'étouffe. Nous faisons quelques pas jusqu'au lycée : c'est une bâtisse nouvelle, grise, hideuse, qui surgit au milieu d'une esplanade poussiéreuse et vide. Les internes arrivent avec leurs énormes valises. L'environnement du lycée est un quartier qu'il convient d'appeler « résidentiel », avec des maisons cossues, des jardinets. On ne peut être que malheureux dans un décor comme celui-là. La rentrée imminente, les découvertes qu'elle génère, les lieux nouveaux ne me donnent aucune griserie. Je me sens las et vide.

Nous revenons vers ce qui sera ma nouvelle maison.

Je prends congé de mes parents au bas de l'immeuble. Je dois être pâle puisque ma mère s'inquiète, me demande s'il est bien prévu que je retrouve mes amis pour dîner. Mme Roger a proposé de m'offrir à dîner si je devais rester seul ce soir...

— Ne te couche pas tard, bonne rentrée...

Je m'engouffre aussitôt dans la chambre pour ne pas voir la voiture partir. Mme Roger est au téléphone. Je veux prendre possession de ma chambre, disposer les quelques livres et les dictionnaires que j'ai apportés, les vêtements. Je glisse dans le tiroir de la table qui servira de bureau la lettre printanière de Bussan, mes textes de l'été, une carte de Grenier qui représente l'abbaye de Fontfroide, une bâtisse ocre cerclée de sapins austères. Il me souhaite bonne rentrée. « Vous savez ce que je pense de l'hypokhâgne, écrit-il, bon vent malgré tout... » Je m'installe à mon bureau, le cadre est sinistre, pauvre, c'est une chambre de location qui contraste avec l'opulence du reste de l'appartement, d'autres sont venus là souffrir avant moi. Depuis que mes parents sont partis, aucun fil ne me rattache à la vie. Je ressens une sorte d'hébétude, je voudrais me pelotonner sur moi-même, m'enfoncer dans une rêverie où tout s'évanouirait, sauf l'été, la soif, les voix des moines, le feu et l'orage des Roches Noires.

On a frappé à la porte. Mme Roger m'annonce une visite : c'est Gilles. Je ne l'ai pas vu depuis juillet. Il semble tout réjoui :

— Je suis tout à côté, Erwan est un peu plus loin, sur le boulevard... On le voit tout à l'heure...

Il a déjà tout visité, le lycée, l'internat, le secteur des classes préparatoires. Il a déjà fait des rencontres, deux garçons venant de Saint-Brieuc qu'on doit retrouver le soir même au RU. Gilles observe, allume le petit téléviseur que m'ont offert mes parents, s'allonge sur le lit.

— C'est plus grand que chez moi... Et tu as le jardin...

Il doit habiter une cellule. Mais il est heureux, confiant

— Et Nohann ?

— Elle doit faire sa rentrée comme nous. Je n'en sais pas plus.

— Vous ne vous êtes pas vus cet été ? J'aurais parié que vous vous verriez...

— Pourquoi ? Je ne suis même pas allé à sa fête...

— C'est vrai... C'était bien pourtant. Ce soir-là, elle a flirté avec...

Je ne veux pas entendre la suite.

— Sortons...

— Il est trop tard pour descendre en ville...

— J'ai vu un parc tout à l'heure, à côté du lycée, on pourrait y aller...

On s'est assis au bord d'un bassin, au fond du parc quadrillé, ratissé, impeccable. Pas la moindre folie. Ce doit être une ville d'ordre, de garnison.

— Alors tu as écrit ?
— Oui, un peu...
— J'aimerais lire ce que tu as fait...
— Quand tu voudras... Et Erwan ?
— Je l'ai vu tout à l'heure. Il est avec Julia qui est venu le conduire... Elle part vers six heures..

— Ils ont passé l'été ensemble ?
— Oui, je crois...
Gilles doit sentir mon malaise. Il propose de marcher, d'aller boire un verre. Il est déterminé à travailler. Je lui avoue ma peur. Il se souvient de mes confidences d'avant l'été :
— Ah... parce que ça n'est pas passé... Ne t'en fais pas, tu vas rencontrer des gens... Et si on ne peut pas compter sur Erwan, je suis là...

Nous marchons jusqu'au restaurant universitaire. Le campus a été construit à la lisière de la ville, les champs s'étendent derrière le lycée. On se croirait brusquement à la campagne. Le RU se présente à la façon d'un immense cube de verre qui surplombe les pelouses. De rares étudiants y sont attablés. Gilles et moi sommes les premiers. Nous prenons place près d'une baie vitrée, à une longue table vide. Je ne mange pas. La nourriture est immonde, grasse, malodorante.

Une silhouette blanche, un pas décidé, une façon de traverser la pelouse, je l'ai reconnu aussitôt. Mon cœur bat. Je voudrais dissimuler mon émotion. Le temps qu'il arrive, prenne son plateau, j'échange des banalités avec Gilles. Il entre dans la salle. Il ne nous a pas vus. Il semble chercher des têtes connues. Gilles se lève et lui fait signe. Erwan est là, devant moi. Les jours de mer, les heures au soleil ont blondi ses cheveux. De même je lui trouve les traits émaciés et durcis. Il a fait du surf, il a navigué. C'est l'essentiel de sa conversation. Il ne parle que de vague, de mer, des côtes d'Irlande auxquelles il a abordé, Gilles a navigué aussi, ils sont heureux de confronter leurs expériences. Erwan m'ignore ostensiblement. Bientôt arrivent les garçons que Gilles a rencontrés dans l'après-midi. Scientifiques lourds et obtus. Aucun charme. On en vient à commenter le problème de mathématique du bac. Tous rient. Je regarde autour de moi, dans la grande salle de verre où la lumière se brise en strates dorées. Des étudiants étrangers dînent seuls. Je suis surpris de la facilité avec laquelle tous s'adaptent à cette nouvelle vie.

À un moment, on évoque les incendies de l'été. Pour la première fois, Erwan me regarde. Je leur parle des tourbières en feu, des sapinaies détruites. Ils m'écoutent. Ils se taisent. Puis leur conversation reprend. Ils ont l'intention d'aller visiter les dortoirs des scientifiques. Ce n'est pas pour moi. Je suis absent. D'ailleurs, ils ne doivent pas me voir, je suis comme le verre, comme l'air, comme les objets morts qui les entourent, une vague présence, un corps insignifiant, le souvenir d'une voix qui, à un moment, a parlé de feu et de forêt brûlée.

Dehors ils marchent devant moi. Erwan ralentit, me dit quelques mots, s'enquiert de l'hypokhâgne. Je me montre sûr, arrogant, comme pour manifester que la vie aussi me traverse. Impossible de lui dire qu'il a hanté tout mon été, que, dans le soir qui vient, à la veille d'une vie nouvelle, sa beauté me semble plus irradiante encore, nous marchons tous les deux côte à côte et cela même est irréel, après le passage d'un été, nous marchons en silence, moi ombreux, calciné par la soif, lui surfant à l'infini de la vague — du soleil qui décroît.

II

Une salle comme un tombeau de verre, la perspective d'une esplanade grise d'où émergent quelques arbres poussiéreux, des tables écorchées, constellées de graffiti, de citations tronquées, lettres grecques, incrustations de cyrillique, et la distance obsédante de la vitre, le monde est derrière, les rousseurs de l'automne qui arrive, dans la poussière s'ébrouent parfois quelques corps d'adolescents, nerveux, en sueur, vie trépidante, les corps nerveux des énergies accumulées de l'été, mais il faut oublier cet environnement, plonger dans la déréliction du cours, cénacle de nonnes, de chanoinesses austères, névrotiques, férues de latin et de grec, filles superficielles, toutes elles écrivent, en silence, sous la dictée des maîtres, il y a peu de garçons, un seul, très étrange, qui retienne vraiment l'attention, peau blanche, cheveux bruns très longs, nom noble, tous nous écrivons, nous prenons des notes, impossible d'échapper à l'universelle dictée, à la cadence des voix qui martèlent, imposent un savoir balisé, calibré... On a l'impression de passer sous un rouleau compresseur, l'hypokhâgne n'est pas un cénacle, c'est un goulag plutôt, une colonie de malades, de peureux, de craintifs et de faibles. La lumière coule, froide, c'est un long couteau qui a traversé l'esplanade poussiéreuse, elle vient ciseler les masques des auditeurs attentifs, d'une attention égale, quel que soit le cours, quel que soit le désastre, on vient d'assister au massacre d'un texte de Lawrence plein de violence, de désir, de présence cosmique, on entre dans l'aridité d'un cours de philosophie sur la conscience, le prof est un vieux séminariste amer, iguane verdâtre, secoué de tics, de convulsions qui trahissent son malaise, son incapacité à enseigner. Tout le monde obéit, se plie, j'observe parfois Ludovic de Nel, c'est le seul à manifester sa réprobation, son impatience, il se cabre, contre les profs, pose des questions.

J'attendais beaucoup du cours de littérature : passe le même rouleau compresseur, Apollinaire bouillie d'équations, de rythmes, de mise en pièces structuralistes. Surgissent parfois quelques échappées, quelques embellies, l'androgyne platonicien, le sortilège des nuits rhénanes, l'errance londonienne du mal-aimé, j'écoute, mais le vertige n'est jamais celui que j'attendais, on se perd dans des comptes, des calibrages, des mesures et des scansions, rien jamais sur ce qui fait le mystère, le frisson de l'éclosion du texte. Les poèmes sont des antiquités, des concrétions mortes. Que l'on parle de l'inconscient, de l'Athènes de Périclès, d'Apollinaire ou de Lawrence, c'est le même métier d'entomologiste et d'archéologue, on ne cesse d'exhumer des pantins, des marionnettes empesées sentant la naphtaline, et tout est prétexte à discourir, à disserter, selon des normes strictes, établies, indiscutables. Il me semble que les profs ont beau jeu devant cette piétaille d'analphabètes et d'anorexiques, de pleutres et de désaxés, à midi certains déjeunent d'un biscuit ou d'une pomme, restent dans l'enceinte sinistre ou se réfugient à la bibliothèque, ils veulent tous être archivistes, archéologues, philologues ou gardiens de momies, je sens que je me rabougris à leur contact, d'ailleurs on ne se parle pas, on s'épie, on ne se connaît pas encore, tout juste la provenance, les mentions, les premières notes ne sont pas encore tombées, on les attend, elles vont révéler la physionomie véritable de la classe.

Le soir, je vais marcher, sitôt les cours finis. Erwan et Gilles ne sont pas chez eux : des interrogations orales les retiennent. Je les retrouverai au dîner. Je ne veux pas rentrer, m'enfermer dans ma chambre. Je marche vers la ville, en traversant le Thabor, ce grand parc aux allées jonchées de feuilles. Un treillis de ruelles pavées prolonge les jardins. Seul, je repère la ville. À cette heure mes camarades doivent être sérieusement installés à leur bureau. Je marche. Je rêve. Je m'attarde au soleil devant les grandes serres du parc. Je me sens en exil.

Je ne suis jamais si seul que lorsque je franchis le seuil de l'appartement avant d'aller dîner. Mme Roger regarde la télévision. Nous échangeons quelques mots. La petite chambre m'oppresse. Heureusement le Thabor m'a revigoré après le désert des cours. Il n'y a rien à sauver, rien à retenir de cette litanie lugubre. Les chouettes peureuses, fascinées par les beaux discours universitaires. L'énigmatique visage de Ludovic de Nel. Il faudrait commencer à rédiger les premières dissertations. Un soir, j'écris à Bussan pour lui dire l'ennui, la déception. La réponse tarde. Il a dû m'oublier.

Un vendredi d'octobre, nous nous retrouvons avec Erwan et Gilles dans un café du centre, après *Barry Lyndon*. La tristesse d'Erwan est patente : il dépérit, loin de Julia. Le hâle a disparu, les traits sont plus marqués. Nous évoquons notre tristesse et pour la première fois depuis longtemps nous sommes en accord. En accord dès qu'il s'agit de regretter le lycée, les amitiés passées, Nohann et Julia, les cours de Grenier. Nous détestons Rennes. Gilles, lui, résiste bien à sa nouvelle vie. Nous rentrons à pied par les rues désertes. Soudain je reconnais la silhouette de Ludovic de Nel qui s'engouffre sous un porche avec un garçon. Erwan semble décidé à ne pas me quitter. Nous raccompagnons Gilles jusqu'à chez lui, Erwan continue de marcher avec moi. Je l'invite à prendre une menthe. Nous nous déchaussons pour ne pas éveiller l'attention de Mme Roger. Erwan est enfin là, chez moi. Aimerais-je le garder pour la nuit ? Je lui parle de Ludovic, de son air énigmatique, de son jeu pendant le cours.

— Je l'ai vu, il était avec un garçon, coupe brusquement Erwan, c'est contre nature...

Erwan redevient vite catégorique. Je ne relève pas, heureux de l'accord retrouvé, de sa présence dans l'horrible chambre.

— Je souffre, je voudrais me marier avec Julia... L'été prochain...

Je le regarde, couché sur le lit, il a pris ses aises, tout en parlant, il joue avec une fine chaussette bleue. Je lui raconte l'errance de l'été. Il veut entendre mes textes. Je les lis, avec fougue — à un moment, je dois baisser la voix, il nous semble que Mme Roger s'agite dans l'appartement —, se reconnaît-il dans les évocations de dieu solaire, d'adolescent marin ? Peu importe. Je continue. Il est le premier à entendre les pages de la soif. Les voix des moines, le feu, Gaël, le secret des Roches Noires. Il dit que c'est superbe. Quand on se quitte, les premiers chants d'oiseaux éclatent dans le jardin.

*

Parfois Ludovic de Nel m'attend à la fin des cours. Nous marchons jusqu'à ce que nos chemins divergent : il habite un studio derrière des arbres, à quelques pas du lycée. Une fille s'est jointe à nous : George. Frisée, ténébreuse, une intelligence acérée. Elle a un frère écrivain. Tous les trois, nous étouffons. George évoque sa famille, son père. Ludovic, lui, nous raconte son enfance dans les marais de Brière. Symboliquement, nos chemins divergent, s'arrêtent à ce seuil de silence que Ludovic de Nel défend jalousement, je continue de marcher avec George, nous imaginons la vie secrète de Ludovic, ses rencontres en dehors du lycée, j'ai raconté à George la scène nocturne du porche, elle rit.

George me donne rendez-vous dans un café auprès du Thabor. Elle travaille peu, elle aussi. Solide culture classique, helléniste surdouée, elle peut vivre sur ses réserves. Des heures, elle parle de son père, du paradis de la maison d'enfance brisé par la rupture de ses parents, de ce père volage, aventurier. Elle a commencé à écrire. On soupçonne Ludovic de Nel d'avoir aussi commencé à écrire, mais on n'en sait pas plus. L'an dernier, George était élève dans un collège catholique : elle resterait des heures à évoquer ce monde clos, le sceau des rituels, l'interdit et les complicités secrètes. On se dit qu'on est de la même souche, de la même constellation. Je la regarde partir : elle porte toujours un kabig bleu, fille des côtes, des traversées hauturières.

Un mercredi midi, comme nous quittons le lycée, Ludovic de Nel me propose de passer l'après-midi avec lui. Il doit aller aux *Nourritures terrestres*, cette librairie étrange, véritable capharnaüm de livres précieux, où il veut acheter Michaux et Char. Le Thabor est lumineux, rempli de sorbiers qui saignent. Ludovic porte un grand manteau sombre que je ne lui connais pas.

— Surtout, on ne parle pas des cours, a-t-il prévenu. Ils sont tous nuls. Quel ennui !

Je sens que George le fascine. La mer, cette enfance passée dans le compagnonnage de l'embrun, les livres, l'attirance pour Homère.

— Au *concours blanc*, nous serons les premiers, nous allons rafler toutes les places... On pourrait fêter Noël ensemble...

Aux *Nourritures terrestres*, je laisse Ludovic acheter ses Michaux. Les étagères surchargées me rappellent le donjon circulaire de Grenier. Des portraits d'écrivains sont disposés parmi les livres, Proust, Saint-John Perse, Valéry, Montherlant, de plus jeunes aussi, des « talents naissants » comme dit la libraire à la voix suraiguë, et parmi ceux-ci Bussan. Je lâche innocemment que nous nous sommes écrit.

— Il est beau, dit Ludovic.

— C'est quelqu'un qui va compter, corrige la libraire avec le sourire, un grand écrivain.

Dans un recoin de la librairie qui se creuse à la façon d'un tabernacle sulfureux, j'ai trouvé *Le Mort* de Bataille dans l'édition que m'avait montrée Grenier. Il y a là les œuvres complètes de Bataille et de Sade, les Mandiargues dont Grenier m'a parlé.

— Allons nous promener, propose Ludovic.

Il connaît la ville.

— La maison de mes parents est plus proche de Nantes que de Rennes. Mais c'est à Rennes que nous venions tout le temps. La famille de ma mère est rennaise. Je vais te montrer les vieux quartiers... J'ai des oncles, des tantes qui habitent là mais je les vois rarement...

Je le suis par les passages, de vieux couloirs au parquet défoncé qui ouvrent sur des cours, des galeries à colombages. Nous découvrons des enceintes pavées, l'herbe pousse dans les interstices des pierres, et les pièces de ce labyrinthe donnent les unes sur les autres ; les surplombent des façades ocre, salies, percées de hautes fenêtres à petit bois, ce doit être des appartements vieillots, garnis de natures mortes craquelées, de bouquets poussiéreux.

— Les Coëtlogon, les De la Bourdonnaye habitent là, c'est ma famille... Dans un de ces appartements, il y a une collection de portraits extraordinaires, des prélats, des conseillers du parlement en hermine... Je te les ferai voir un jour...

Ludovic pousse une porte : nous entrons dans une église. Il y règne une odeur de cierges qui se consument lentement, de dalles moisies et de vieilles fourrures. La lumière d'automne glisse sur les vitraux, incendie de part en part les ramages et les pourpres, mais ne perce pas la chape des senteurs noires qui stagnent sur le pavé. Des femmes massées dans une chapelle vénèrent une Vierge qui sauva la ville. Les murs sont recouverts d'ex-voto que Ludovic caresse au passage.

— Par là, dit-il en désignant une issue qui semble ouvrir sur un cloître, on accède à la cathédrale...

Nous retrouvons la lumière. Nous avons quitté le buisson des odeurs mortes, l'odeur de la sainteté, l'odeur des plantes noires, des rhizomes souterrains, l'odeur de Dieu. Ludovic, dans son long manteau sombre, me précède et il pèse sur le monde une loi nouvelle, comme un ordre sacré. Un ordre qui possède ses vignettes et ses armoiries, ses fenêtres opaques levées sur des lieux interdits, ses noms rares de lignage archaïque. Je devine au même moment à quel point Ludovic est de cet ordre et de combien il le dépasse, il me dépasse. J'ai toujours aimé chez les êtres ces forces, ces mondes auxquels ils sont reliés, la vague, le soleil, le corps du défi lumineux chez Erwan, le lignage, les vitraux, les senteurs, la mort chez Ludovic.

Une douce rumeur d'orgue emplit la cathédrale. Des tentures pourpres habillent les stucs. Ludovic pousse les portes, prend la direction du déambulatoire. Il coule sur les marbres une lumière épaisse, dégouttant des crosses et des glands rouges. Au centre du chœur, sur un lit de pourpre, un corps est étendu. Chasuble rouge, pallium blanc, le visage creusé, cireux. Il flotte, encerclé de flambeaux et de torchères qui fument. Un prélat, le cardinal? Il sommeille dans l'extase des flammes, promis à la crypte. De rares visiteurs passent. Ludovic s'incline, fait un signe de croix. Je le regarde retrouver les gestes du lignage. Le gisant m'obsède, moulage de cire, figure hallucinatoire? Autour de nous il y a la ville, ses cercles concentriques et, appelés, dessinés par nos pas, les cours, les coudes secrets, les galeries des anciens et le sanctuaire en feu du patriarche mort.

Sur le chemin du retour, nous nous arrêtons pour boire des bières, selon le souhait de Ludovic. On appellerait bien George mais il est impossible de la joindre. Les noms gothiques, nocturnes, des bières n'ont pas de secret pour Ludovic. J'ai quelque surprise, quelque dégoût peut-être à voir cet adolescent filiforme et raffiné boire des bières. Mais je fais comme lui.

— J'ai beaucoup vécu seul... Mes parents sont séparés et ne s'occupaient pas de nous... À treize ans, j'ai commencé à vivre. À sortir, à boire, à fumer... Si tu crois que je vais me laisser infantiliser par l'hypokhâgne... C'est mon histoire... Tu me diras la tienne un jour...

À la Toussaint, je rejoignis Nohann. Nous nous étions écrit, elle semblait connaître le même ennui à Brest, la ville du béton et des mouettes. Aux quelques confidences que je lui fis, je compris qu'elle voyait en George une rivale. George et Ludovic appartenaient à une aristocratie que je n'avais jamais fréquentée jusqu'alors. George et Nohann étaient aussi extravagantes l'une que l'autre, toutes deux filles de l'excès, de l'écart. Nohann avait appris à conduire pendant l'été, elle proposa une promenade au bord de la mer. J'étais d'humeur sombre. Je lui racontai l'exil rennais, le vide des cours, mon intérêt croissant pour Ludovic.

— Erwan t'a déçu?
— Je ne le vois plus...
— Tu as raison, il est décevant.

— Je crois qu'au lycée ça marche mal pour lui. Il est un peu dépassé...

Il avait surtout dû affronter des matheux terribles, intuitifs. Il dépérissait. Nous aurions pu aller le voir à Kérantec. Nohann ne paraissait pas décidée à rencontrer Julia. Nous choisîmes l'autre rive de la baie. Le jour ruisselait sur les labours, jaune, vacillant.

— Allons marcher sur le chemin côtier, dit Nohann.

De là, on dominait la baie : les landes rases qui déclinaient dans le chaos des roches, les maisonnettes aux volets bleus enfouies sous les arbres et les broussailles, les grèves, les moirures du courant. Le vent se levait. Nous nous aventurâmes sur le chemin qui courait sur la corniche de la falaise. Des bateaux rentraient au port. La baie était semée d'amers, d'affleurements rocailleux et d'îles. Un gros château trapu dont les murailles se confondaient avec les roches naturelles en gardait l'entrée. C'était la porte des effractions, des remontées sanguinaires, des intrusions de pillards hurlants. De toute éternité, ils avaient franchi le mascaret noir, défié le courant avant de se glisser dans le lit étroit du fjord, sous les murs de sapins. Le jour baissait. Des taches de lumière dorée ponctuaient le flot, elles avaient l'éclat des fougères, des pierres jaunies. Bientôt le mouvement de la mer, très ample jusque-là, prit une subite violence, des pans de vagues se dressèrent, ourlés d'écume scintillante, avant de se pulvériser contre les flottilles d'éperons granitiques qui prolongeaient les plages. L'eau grondait sous le chemin, dans les trouées et les caches. À chaque assaut, elle apportait sa provende d'écume et de galets roulants.

Une fois encore, dans ce crépuscule qui se divisait en une multitude de feux sur les rivages et sur la mer, je m'en remettais à Nohann. À sa grâce de fée marine, de passagère du chemin sinueux. Depuis l'ardeur de la soif, depuis que s'était éteinte en moi la volonté de vivre, je savais que je ne pourrais que *survivre*, que j'étais l'égaré qui ne s'en tirerait qu'à coups de stupéfiants et d'expédients. Souvent Nohann m'avait brutalisé, irritée sans doute des lenteurs de mon désir. Y croyait-elle encore ? Cernait-elle le territoire et les motivations de cet étrange sentiment que je lui portais, de cette force qui m'attirait vers elle ? Dans la fluidité de ce soir, de ces feux qui ruisselaient partout, sur les plages, sur les assises du château du Taureau à l'entrée de la baie, sur les ondulations nerveuses de la mer, sur les paquets d'écume qui nous assaillaient, Nohann resplendissait comme si elle eût déjà traversé la mort. Elle avançait d'un pas rapide, parfois le chemin disparaissait dans le lit d'un éboulement et il fallait marcher sur la grève en évitant l'assaut des vagues. J'étais venu là pour parler avec Nohann. Je ne l'avais pas vue depuis l'été, et ici toute conversation était impossible, le vent, le tohu-bohu des lames couvraient le moindre des mots que nous échangions : mon ivresse et ma fatigue étaient mille fois plus fortes que si j'avais bu des dizaines de bières belges, et avec elles, leurs noms gothiques et ombreux.

Se détournant, les mains en porte-voix, Nohann cria :

— Et si on allait jusqu'au tumulus ?

Je connaissais le monument, de réputation. Il s'agissait d'une grande nécropole terreuse arrimée au flanc de la baie, un sanctuaire foré de tombes primitives. Il était là, couché sur la lande dans sa ceinture de fougères déliquescentes, aussi affaissé que le mot qui le désignait. À cet endroit, le rivage se compliquait, plus taillé, entamé de criques dentelées, de défenses rocheuses contre lesquelles se fracassaient les vagues. Des tonnes de pierres, de lames et de galets sonores, des étraves de châteaux effondrés roulaient sur le sable. La lumière avait rougi, concentrée sur l'arrondi des lignes ; il suffirait de descendre une dernière fois dans l'anfractuosité étroite d'une grève que traversait un ruisseau encombré de filets d'algues avant d'atteindre le tertre sur lequel s'arrondissait le ventre de mort. Le vent donnait à plein. La cape noire de Nohann était à l'horizontale. L'herbe avait roussi, brûlée par l'iode et le vent. Aux abords du tumulus, le chemin était comme pelé. Nous nous abritâmes à l'entrée de l'une des galeries. Le vent, toujours, nous faisait face, et sous son erre, ce grand territoire de vagues et d'éboulements, de nefs perdues et de roches dantesques, de galops noirs et de chevaux des mers. C'était le grand territoire, des voiles qu'on attend et des aubes qui saignent, des chaos marins à figure humaine, des naufrageurs et des îles aux douves de cadavres, des massacres et des philtres.

— Je te veux, murmura Nohann.

Son désir devançait le mien. Je cédai. Je me livrai tout entier à la furie de la mer, du vent, dans l'arche du tumulus, le corps déchiré de l'ondine se débattait sous le mien, grisé par l'ivresse du monde, la proximité du chaos et du tumulte ; ce lent désir, la lente convoitise des corps avaient enfin atteint leur point de tangence, un monde criblé d'îles et d'ergots caverneux, de balises et d'intersignes, au seuil de l'hiver terrible, j'avais étreint la mort, j'étais entré en elle.

III

J'abordais la rentrée avec une sourde appréhension. Novembre, celui que Gaël appelait le *mois noir*, ce long tunnel qui nous mènerait jusqu'à l'illumination de Noël. Dans le train, je retrouvai Erwan et Gilles, quelques amis à eux. Les compartiments étaient bondés, centaines d'étudiants chargés, harnachés de leurs anoraks neufs. On baissa les vitres : l'air vif, qui avait secoué les frondaisons mouillées, apaisa ma souffrance. Entre Saint-Brieuc et Lamballe, en pleine campagne, et sans qu'on nous donnât la moindre explication, le train s'immobilisa de longues minutes. Gilles s'amusait à imaginer qu'il y avait un cadavre sur la voie. Déjà mes camarades avaient ouvert leurs cours, leurs cahiers d'exercices et commentaient des problèmes. Un garçon rougeaud, au physique de paysan matois — on dut l'amputer quelques années plus tard d'une jambe que dévorait la gangrène — les avait rejoints, il lisait les problèmes et les résolvait aussitôt, sans le secours de théorèmes qu'au besoin il réinventait. Erwan et Gilles étaient médusés. À Rennes, ce groupe s'engouffra dans un taxi, me laissant seul sur la place de la gare. Il y avait foule. Les voitures, les bus étaient pris d'assaut. Un instant, je pensai attendre Ludovic de Nel. Le train de Nantes, me dit-on, était déjà arrivé. Je ne voulais pas rentrer. La foule me faisait horreur. Par bonheur, je rencontrai sur l'avenue de la gare une étudiante d'hypokhâgne qui habitait la même maison que Gilles. Nous fîmes route ensemble. La ville me parut sinistre, fendue par la tranchée minérale de la rivière, magma d'ombres dures, de portants fermés. La fille m'assommait en me parlant de dissertation et de version latine. Je me sentais un mort vivant. J'aurais voulu m'arrêter dans un des bistrots du vieux centre, m'enivrer de bières jusqu'à l'extinction, tout en sachant que continuerait de brûler ce noyau de conscience, de déchirement, de douleur : je n'en eus pas l'audace. Il n'y avait en moi qu'une idée qui fût claire : ne pas rentrer chez Mme Roger, ne pas retrouver seul ma cellule. Je fis croire à ma compagne de route que j'avais oublié mes clés, tout simplement pour qu'elle me permette de me réfugier chez Gilles. J'étayai mon stratagème d'éléments supplémentaires en disant qu'à cette heure ma propriétaire était couchée et que je n'oserais jamais la réveiller. Ainsi je pus pénétrer dans la chambre de Gilles. Il était déjà reparti, sans doute avec ses camarades scientifiques.

D'être là, dans cette chambre qu'habitait un ami, calma ma souffrance. Je m'étendis sur le lit, j'étais incapable de penser ou de lire. Des camarades de Gilles qui passaient dans la rue, voyant la mansarde éclairée, l'appelèrent. Bêtement j'éteignis. Leurs cris redoublèrent, ils se mirent à bombarder la toiture de graviers et de cailloux. Cela dura plusieurs minutes. Ils l'appelaient de son surnom : Bob. Décontenancés par cette stratégie du silence, ils s'en allèrent. Le premier cours était à huit heures. Je n'avais rien à faire dans cette chambre où l'on aurait pu me découvrir quand les étudiants avaient crié.

Quand il rentra, tard dans la nuit — je somnolais —, Gilles parut furieux de me voir là. « Il fallait aller sonner chez ta propriétaire, il y a des boxes libres au dortoir du lycée... » Il était hors de question que je reste là. La méprise était totale. Je n'osai pas lui avouer ma souffrance. Gilles avait les traits contractés par la colère. Je ne voulais rien d'autre qu'une présence, une chambre qui ne fût pas la mienne. Je n'avais pas su le dire. Il n'avait pas su lire ma douleur. Hagard, je descendis le boulevard jusqu'à chez Mme Roger, je devinais des ombres embusquées derrière chaque arbre.

De là date le souvenir de mon naufrage. De ces pas ensommeillés sur le boulevard couvert de feuilles pourries, de cet épisode insignifiant, de cette méprise qui se solde par un rejet cinglant. Au moment de la soif, quand mes pas fous me jetaient à l'assaut des collines, des murs du soleil, une énergie m'animait encore qui me poussait hors de moi, rage, soif des brandons cosmiques. Maintenant je vais sombrer, des gestes de la vie, de la socialité, ne faire que le minimum pour continuer à jouer, à vivre sous la poudre d'un leurre, sans éveiller l'attention des autres. Erwan et Gilles ne verront jamais rien. Nos frères de souffrance sont rares, rares à être revenus du labyrinthe, rares à posséder cette lucidité devant laquelle on ne joue pas longtemps : Ludovic de Nel, George, Bussan. Le jour, je vais en cours, je me drape dans la noirceur de l'étudiant romantique — un sortilège de novembre —, les bibelots, le Styx, le givre et les tombeaux de Mallarmé me saisissent ; l'herbe mortuaire, l'aphasie, le fantôme du fils, l'évanescence de l'objet, la disparition élocutoire m'apparaissent comme tout sauf comme les pièces archéologiques d'un cours, longtemps ces mots rescapés me hantent, lisses, froids, ongles d'onyx, serres de la mort.

À midi, je ne déjeune pas, j'esquive le rendez-vous avec Gilles, Erwan, leurs amis, je préfère rentrer seul, me coucher, attendre. Un certain nombre de rites, de paroles forcées me relient à la vie : se laver, échanger quelques mots avec Mme Roger, attendre chaque après-midi George au carrefour du parc, aller en cours, boire de temps en temps un café avec Ludovic, écrire les dissertations. On produit tous des pages et des pages, inutiles, monceaux de scories, le naufrage est la posture obligée de l'hypokhâgne, vitres épaisses, salies, de la classe que ne perce plus le jour, verres hideux des besicles, vitres des bibliothèques, gel, vie pétrifiée de l'écrit. Termites, insectes noirs, grands butineurs d'archives et de grimoires morts, déchiffreurs malhabiles des palimpsestes, minables profanateurs du tombeau vide de Mallarmé, je les regarde s'agiter, gourds, myopes, incapables de lever les yeux vers ces vitres obscurcies qui leur refusent le jour, la grisaille de novembre a bousculé la topographie du lycée, effacé la grande esplanade, le béton suinte, gris. On rentre le matin, il fait nuit. À dix-sept heures, la nuit tombe. Et la nuit ne nous quitte pas, est-ce l'effet de l'angoisse, du mois noir ou du caisson dont je suis prisonnier ? La littérature serait-elle cet apprentissage de la cendre, des signes, du deuil ? L'aphasie, l'anémie nous guettent. C'est le syndrome du caisson, du savoir plombé, de la parole creuse, spectrale à force de se nourrir d'elle-même. Creuse, spectrale et ogresse, car elle exige chaque jour, chaque semaine, que nous lui apportions une nouvelle provision de mots, de phrases, je crois que les intuitions ou les constructions intellectuelles importent peu, ce qu'il lui faut, ce sont des mots, issus de notre tâtonnement, de notre labyrinthe, des mots d'esbroufe qui ne reposent sur rien, ou alors des mots empruntés, volés, car il faut mourir, advenir pour lire, et peu sont capables de cette ascèse, de cette plongée.

*

Novembre est ce sortilège de jais, d'averses déchaînées, de branches fracassées et de soulèvements tempétueux. Le rivage m'obsède, avec sa broderie de lames noires, prêtes à cisailler la terre, les corps. Du caisson de l'hypokhâgne, d'où l'on ne perçoit rien, à ma chambre, je marche sur le boulevard parmi des monceaux de feuilles qui tourbillonnent, je traverse le jardin de l'immeuble, dont les rameaux suintants me giflent. Mme Roger a fermé les volets, allumé les lampes, comme si elle craignait que le déchaînement n'entre dans l'appartement. Urbaine, coupée des énergies essentielles, Mme Roger. Quiète parmi ses coussins, ses châles et ses plumes de paon. Je me précipite dans ma chambre pour échapper à la conversation. J'ouvre la fenêtre : j'aime voir bouger les grosses masses des arbustes, feuillages liquides, tactiles soudain. Je reste plaqué contre la vitre, hypnotisé par les frondaisons mouvantes, les arbres qui crient. J'attends un visiteur. Il n'y a guère que Gilles qui vienne, hirsute, le caban trempé. L'incident nocturne est oublié, comme s'il appartenait au registre de l'interdit ou du scandale. On échange quelques mots, en restant toujours à la surface, en n'allant jamais jusqu'à l'aveu. Puis il me quitte pour aller travailler.

Il fut une période où je savais de quelle soif je souffrais. Maintenant je reste immobile, prostré, malade de la mort. Dès que reflue le discours, le délire sur les textes, l'hébétude me reprend, je descends dans le nœud de l'angoisse. La chienne est là, tapie, elle brille de tous ses feux, elle me ronge. J'ai froid, l'averse me transperce, mais je ne suis mû par aucune énergie, à l'inverse pétrifié par le feu froid de l'hydre. Bête mobile, liquide et transparente, avec sa traîne de rocailles et d'embruns lunaires, sa flottille d'esquifs rompus, de cadavres béants. Il me semble alors qu'une sorte de gelée recouvre mes yeux — vitres opaques, murailles gélatineuses du caisson —, j'ai peine à distinguer les objets qui m'entourent, la table, le lit, l'armoire avec les livres, les portraits, les arbres du jardin et les lampadaires, tout vibre, se confond, un même rythme secoue l'ensemble et me donne vie, un même engrenage vide, comme une roue broyeuse.

La visite de Gilles, proche pourtant, relève d'un autre ordre. La parole s'est nouée, il y a peu de choses désormais qui me rattachent à ce qu'il convient de nommer la réalité, et je n'ai qu'une peur, que Mme Roger frappe, m'appelle, parce que je suis allé si loin dans cet état que je ne contrôle plus, que je ne pourrais pas lui répondre. À cet instant tout est marqué d'inanité : les activités du jour — manger, boire, aller au lycée, parler —, les opérations de l'esprit aussi, dont la plus alchimique, écrire, je suis brisé, captif de cette extase vide qui fait que le monde s'accélère soudain et défile à une vitesse et une distance telles que je ne puis plus le saisir, ne captant qu'une rumeur indistincte, comme un fracas de vagues qui mineraient la pointe des terres, un tumulte d'océan souterrain et de tombes marines. Je voudrais sortir, je ne le peux plus. Ma gorge s'est nouée, un goulot de tendons à vif, la mort est là, son territoire a eu raison de mon corps, il se confond avec mon être, terrain imbibé, de toute éternité lié à l'attaque et au siège des eaux, envahi, englouti. Novembre et la mort sont ce sortilège qui déchire, décape, on aimerait partir, mourir dans un grand recouvrement d'écume, mais la mort décuple cette conscience de l'érosion de la vie, on rêverait d'une torpeur, d'une jouissance qui conduit au sommeil, d'une nuitée ou d'une extinction des sens, novembre fait veiller, dans l'outrance des éléments déchaînés, comme veillent les hommes des confins, comme là-bas, dans son village, à la lisière des vagues, doit veiller Gaël.

Une nuit, dans cet état, je regarde *Le Septième Sceau* de Bergman. Je regarde, envoûté, proche de l'extase, tant les images que je vois se dérouler, malgré la mauvaise qualité de la réception, accomplissent ce que j'hallucine. Il y a des îles, je crois, des bûcherons et des troncs sectionnés sur la cendre ou le sable, des capes, de longs plis de capes ténébreuses, des faux, des aubiers nus qui coulent et je me souviens de ce détail, un ou plusieurs écureuils qui bondissent sur les arbres fauchés. Suis-je encore capable de comprendre ce que je vois, d'assembler les éléments de ce qui n'est qu'une fiction ou une fable, les images se brouillent, elles ont cette acuité et cette confusion, arcs scintillants des faux, mouvance des capes, des forêts, des *pas perdus*. Demain je parlerai du film avec Ludovic, avec George, avec les seuls passagers du caisson avec lesquels il soit possible d'évoquer ces images d'outre-nuit, sans doute auront-ils vu tout autre chose que ce sceau éclaté, ces pas de mort dans les clairières, ce territoire fracturé. Dans le jardin, la rumeur de la mer s'est tue, le vent ne secoue plus les feuillages. J'ai laissé le programme aller jusqu'à la fin : les bonshommes volants de Folon qui marquent l'extinction des programmes ont disparu. Impossible de s'endormir. C'est samedi matin, déjà. Premières heures. Tout à l'heure, je vais rentrer à M. Peut-être irai-je voir Grenier. Je suis rompu et terriblement vivant, traversé d'une force vide, d'une force qui fracture les sceaux. Le sommeil est devenu cette chose aléatoire, convoitée, qui fond à la contemplation des étoiles. Le bouillon de l'hallucination s'est calmé. De cette traversée, il faudrait sauver des mots, des éclats, je revois Erwan, Gilles, Ludovic, le tumulus de la jouissance.

Je n'ai jamais revu *Le Septième Sceau*. Un moment, dans la perspective de ces pages, j'ai pensé le regarder de nouveau, le regarder vraiment, pour inscrire dans le roman des images qui seraient conformes à ce qu'elles sont dans le film. J'ai renoncé. Tout comme il y a des breuvages merveilleux, liés au souvenir de certaines ivresses, qu'on ne voudrait plus boire, il me semblait que ce film avait été l'emblème et le condensateur des angoisses de cette époque et, qu'à ce titre, il ne pouvait avoir d'existence et de résonance que mémorielle. Et encore, mémoriel est ici un terme inapproprié. La mémoire est, par nature, inapte à coaguler pareilles énergies, surtout lorsqu'elles sont dévastatrices. Sceau de novembre et de la mort, quand le monde et l'âge plient sous l'assaut des furies essentielles. Ces choses ne pouvaient être dites. Le lendemain matin, quand, malgré l'insomnie, un visage se fut recomposé, avec George et Ludovic qui ne pouvaient qu'avoir vu ce film, j'en étais sûr, on ne sut en dire plus. On avait vu, point final. Il faisait gris sur le caisson, l'esplanade était jonchée de branchages, le froid venait. Une ironie mordante nous animait.

— Je vais écrire sur *Le Septième Sceau*, proclamait Ludovic devant des gens qui ne pouvaient savoir de quoi il parlait.

Écrivit-il ? Il était pâle ce matin-là, d'une beauté hallucinée. George paraissait irritée de notre complicité qui s'affichait.

— Tu as fait acte d'allégeance, me souffla-t-elle pendant le cours.

— Non, répondis-je, je reprends pied, c'est autre chose...

Ce samedi-là, je mis près de quatre heures pour rejoindre M. Des chutes d'arbres et des glissements de terrain entravaient la circulation ferroviaire.

IV

Officiellement nous nous rencontrons pour faire des révisions d'histoire. La Révolution française, l'Athènes de Périclès. Ludovic est allé retirer à la bibliothèque municipale des ouvrages que nous envient nos camarades. Depuis des jours, ils les cherchent, certaines de nos chanoinesses ont appris par des indiscrétions que Ludovic détenait les ouvrages. C'est la vie minable de l'hypokhâgne. Ludovic a peint en blanc les murs de son petit studio, ses reproductions de Schiele et de Nicolas de Staël ne rendent que mieux. Il s'est composé un univers simple et luxueux, avec des tapis d'Orient que lui a offerts sa grand-mère et qu'il foule toujours déchaussé, des étagères de bois blond sur lesquelles il a disposé de face ses Michaux — *Ecuador, Un barbare en Asie, Connaissance par les gouffres* —, quelques portraits aussi de ses écrivains favoris, Mallarmé, Bataille, Genet, Proust. Sa mère vient de lui faire cadeau d'un bonsaï qu'il a placé sur sa table de travail.

Ludovic de Nel est un garçon très racé, d'une élégance froide, avec ses cheveux bruns mi-longs, son teint très blanc, ses yeux d'un bleu transparent. Je suis surprise de la vitesse à laquelle il retient ce qu'il lit. Sur des fiches de bristol, il a consigné quelques mots importants, il a dépouillé pour nous les ouvrages de la bibliothèque. Avec le temps, nos spécificités s'affichent : George a une réelle passion pour les lettres anciennes, Ludovic est philosophe et historien, des trois je serais le plus littéraire. Ludovic se verrait bien agrégé d'histoire. Plusieurs fois, il a ébloui le prof par l'acuité de ses remarques.

— On ne va pas passer l'après-midi à travailler. Je te fais un topo en quelques minutes. Ça suffira. Après, on ira débaucher George...

J'aime chez lui ce détachement, cette haine du travail. Il vit allongé, entre ses coussins et ses livres, il passe des heures à écouter *La Flûte enchantée*, alangui, immobile. Dans un angle de la pièce, près de l'étroite fenêtre qui donne sur les arbres dénudés, il a installé sur un chevalet une gravure qui représente le château familial.

— C'est tout près des marais de Brière, pas loin de Guérande... Les marais viennent mourir dans les douves du château. C'est une possession de la branche paternelle, depuis quatre ou cinq siècles. Il y a une cour intérieure avec une herse, une chapelle au centre de la cour, une grande bibliothèque, des greniers merveilleux... J'y ai vécu une partie de mon enfance, autrement j'allais chez ma mère dans son appartement de Nantes... Je suis venu à Rennes pour prendre mes distances d'avec tout ça... Ma mère, si libérale qu'elle soit, surveillait mes fréquentations... Ici je suis libre...

Il se lève, marche dans la lumière blanche que dispense la fenêtre, prépare un thé.

— C'est étrange, je ne sais rien sur toi et j'ai l'impression de bien te connaître... — il est là, de dos, affairé à disposer les tasses. — J'en sais un peu plus sur George. Elle m'a confié un secret...

La conversation retombe. Ludovic s'est allongé sur ses coussins, il fume en profil perdu, dans la lumière crue du givre.

— Je ne connais pas ton Finistère... Tu devrais me présenter tes amis scientifiques. J'ai l'impression qu'ils me fuient... J'aime bien le tout brun avec lequel tu vas quelquefois au RU...

C'est Gilles. J'évoque quelques souvenirs, je livre quelques précisions, sans plus. Ludovic insiste : je lui raconte alors ces deux vieilles amitiés, les distances prises progressivement par Erwan.

Il joue à présent avec les lampes, il allume d'énormes bulbes multicolores posés à même le sol — quelque chose comme le poisson tropical du grenier d'An Od —, un faisceau diapré éclabousse sa chemise blanche, les Schiele aux membres convulsés nous entourent, le bonsaï, le château des marais, les dessins de la mescaline.

— Tu t'attendais à rencontrer des gens aussi conventionnels ? De bons élèves craintifs, des profs qui sont d'anciens bons élèves... Depuis septembre, on ne fait rien et on les surpasse... Ils doivent nous en vouloir... On ne peut pas faiblir au *concours blanc*...

Il s'agit dans l'idiolecte de la classe des compositions qui doivent clore le trimestre. Ludovic parle en aristocrate sûr de sa singularité et, au même instant, il révèle une étonnante fragilité.

— Si on allait maintenant débaucher George, on pourrait lui donner rendez-vous près du Thabor.

Il veut nous entraîner dans son repaire, le bistrot des bières. Il se chausse, enfile son grand manteau sombre.

— Il faudra que je te fasse entendre un petit requiem pour orgue que j'ai composé...

Je propose que nous prenions le bus. Ludovic veut marcher dans le froid sur les pavés sonores. C'est un jour plombé, le gris du caisson a envahi la ville. Des ombres peureuses s'engouffrent dans les maisons. Le Thabor est un châssis de hampes nues, de charmilles austères.

— Vite, mon petit café brun, dit Ludovic.

Comment a-t-il connu cet endroit ? Avec quels compagnons ? George nous attend à la porte, emmitouflée, l'air exténué. Nous lui avouons que nous avons passé l'après-midi à bavarder.

— Et les bouquins d'histoire ?

— Ils sont en fiches, dit Ludovic en jubilant. Les voici, c'est pour nous, exclusivement pour nous.

George se détend. Les rapports d'une triade sont toujours difficiles. Elle veut savoir ce que nous nous sommes dit. Ludovic commande des bières, ces bières d'abbaye qu'il aime tant. Il voudrait que George nous accompagne. Elle prétexte la fatigue, le travail qui lui reste à faire, une possible visite de sa mère.

— Toi, dit-il en pointant le doigt sur moi, tu ne te dérobes pas...

George avale goulûment son chocolat chaud. Il y a

dans son comportement, dans sa crispation, comme un mystère. Elle veut partir. Ludovic tente de la retenir, en vain.

Elle s'est esquivée. Ludovic se carre dans la banquette de vieille moleskine, tout est laid ici, loin du raffinement de son studio, on passe toujours les mêmes musiques, les *tubes* de l'été, vieux rocks de l'île aux Chiens, les chansons de Julia et d'Erwan. La bière m'assomme, mais elle calme la douleur, tout comme la présence de Ludovic disperse le souvenir des nuits d'hallucination, la peur de la mort. Confusément je devine que Ludovic est allé plus loin que moi sur cette pente. Il connaît la souffrance, l'exclusion. Une vieille peur me ligote, je suis à la fois fasciné et intimidé par qui est allé plus loin que moi. Je l'ai vu tenir plusieurs rôles toute l'après-midi : l'esthète oriental, le fils de famille, l'audacieux qui supporte mal la pusillanimité d'autrui, à présent le buveur aguerri. Il parle de la crème, du velours, de l'étoffe hivernale des bières, breuvage des vieilles Flandres, chopes des tavernes rustiques, des gîtes de l'Ardenne. Il parle de la tombe de Rimbaud qu'il est allé voir l'été dernier, de la Meuse, de la Semoy, du massif hercynien, des chalets dans la montagne. Il paraît heureux, détendu, moins féminin soudain, métamorphosé par le fluide des bières et la posture du buveur.

Au retour, il veut passer par le Thabor bien que les grilles soient fermées. Nous escaladons un mur. Le gravier, le vernis des buis luisent dans la nuit de givre. La volière est vide. Il est très tard. Ludovic voudrait de nouveau m'entraîner chez lui.

— Tu es mal actuellement... Ne reste pas seul... Tu peux compter sur moi...

Dans mon ivresse, dans ma peur, je me rattache à Nohann, à Erwan. Le pacte de l'amitié, trahie pourtant, l'amour dans le tumulus. Je dois lui parler de Nohann, d'Erwan. Il ne désarme pas. Il est rayonnant. Il prend congé :

— Tu viens quand tu veux...

V

Le silence m'avait réveillé, le couteau de la lumière aussi, nue, tranchante. Des voitures tentaient de démarrer péniblement. Je voulus allumer. Il n'y avait plus d'électricité. La neige était tombée en abondance, un reflet blême traversait la vitre. Je courus à la fenêtre : les saules, les alignements de troènes, les buissons et les buis, tout avait disparu. C'était le premier jour des épreuves du *concours blanc* ! La chambre était gelée et la blancheur du jardin l'éclairait. Je me lavai à l'eau froide, heureux de faire couler sur mes joues cette eau qui était passée par les canalisations glacées. Surprise aussi par la paralysie de la ville, Mme Roger s'était levée et elle trottinait dans l'appartement, en robe de chambre, une bougie à la main.

Je descendis. On ne discernait plus le tracé de l'allée. Il neigeait encore. De longues et souples balafres venaient mourir sur le boulevard désert. Quelques ombres au pas lourd s'acheminaient comme moi vers le lycée. Dans la nuit, la neige avait l'éclat du poignard ou du suaire, elle scintillait faiblement, constellée de graphes, d'écorces, de mirages noirs. Avant d'aller écrire ma dissertation, j'aurais voulu me brûler à sa pâleur.

   Au lycée, dans la salle d'épreuve, tous s'affairaient, le proviseur, les profs, les agents. Des lampions éclairaient le couloir. Sur les tables, ils avaient installé des bougies. Elles miroitaient, colonie de flammes oblongues sur les écritoires, et le reflet de leur bivouac allait se perdre sur le champ immobile de l'esplanade. La froidure, le suif, le vide moisi de la grande salle, le givre bleuté et le suaire intact des jardins tissaient l'univers poétique de la nef où l'on allait écrire. Le sujet tomba, laconique : « Pourquoi, selon vous, expliquer un poème et comment ? » Ludovic, qui était placé quelques tables devant moi, m'adressa un signe d'encouragement. Je commençai aussitôt à rédiger, magnétisé par le cœur noir de la flamme qui se tordait au moindre de mes gestes, cette vrille orangée qui jetait son ombre sur les lignes que je traçais, enthousiaste, comme enivré, excité par le réveil, l'éblouissement de la neige, la liturgie des coupelles de feu sur les tables. J'écrivais, insoucieux du plan, de la problématique, de l'ordonnancement des idées. C'était un poème que je voulais forger, avec la matière même de la neige, ses courbes, ses volutes sur l'esplanade, le feu diffracté en centaines de poinçons d'or, le corps glabre de Ludovic. Neige des grandes plaines intérieures, des continents vierges, des rivages noyés de grésil, des bêtes traquées dans les forêts giboyeuses. Au bout de trois heures, j'avais fini. Je relus rapidement la copie et remontai la salle pour la remettre au surveillant. J'étais libre. J'aurais pu attendre George et Ludovic au bar de l'Hippodrome, en face du lycée. Je préférai rentrer.

Mme Roger m'offrit un bol de chocolat et des tartines beurrées. Nous étions tous les deux dans la cuisine. La neige tombait en lignes régulières.

— Ah, il y a quelque chose pour vous, se souvint la vieille femme.

Je croyais à un mot de Nohann. Je sursautai, reconnaissant immédiatement la forme de l'enveloppe, l'encre verte. Une lettre de Bussan ! Il n'y avait rien eu depuis l'été, rien depuis des mois. Et la lettre arrivait dans la neige, la ville arrêtée, le matin des signes noirs sur le suaire, des flambeaux allumés sur les pupitres du caisson. Je déchirai l'enveloppe. Il y avait plusieurs feuillets, tassés, compacts. Bussan ne m'avait pas oublié. Il me plaignait, horreur de l'hypokhâgne, de ce monde clos, faux. Il préparait un roman et s'était remis à peindre. « Vous aussi, n'oubliez pas votre création, continuez à écrire, disait-il. Échappez-vous un jour. Venez me voir au printemps, Paris n'est pas loin, quelques heures seulement, je vous attends. » Et il poursuivait : « Surtout ne perdez pas courage, vivez, bandez, créez. Ne vous desséchez pas auprès de ces ratés, de cette engeance blafarde et mortifère qui établit son règne à grand renfort de pédantisme. Songez à l'or de vos filons secrets. Et que Noël soit pour vous un entracte hyperlucide. Saoulez-vous de mots, d'alcool pur. Dans la nuit de Noël, regardez Sirius, Bételgeuse, le charroi cosmique. Le gouffre ponctué de fleurs est un baume. Je vous attends. J'ai foi en vous. »

Une électricité prodigieuse m'embrasait. Je remis ma canadienne, glissai les feuillets de Bussan dans la poche, et abandonnai Mme Roger à son chocolat et ses tartines. Je courais de joie dans la neige. Le matin avait commencé par l'extase du réveil et des flammes, puis étaient venus les mots verts de Bussan, la lettre du désir somptueux, de la force, de la fête cosmique. Dans les arbres gainés de givre roulaient des diadèmes. Je ne savais où aller. Courir jusqu'au parc proche, jusqu'au Thabor à travers la ville enneigée, le miracle de ces monceaux, de ces alluvions blanches que le soleil dispersait en poudre m'enivrait, j'avais un corps nouveau, un corps de vagues lisses, lumineuses, qui s'étoilait par-delà les forêts et les grèves, les abris pétrifiés, le tumulus des morts. Tout me revenait soudain, ma naissance, l'Aulne et Gaël, le secret des Roches Noires, la cendre sous la neige, la soif, mon territoire et ses citadelles océanes, la rage blessée, l'adolescent mythique et le Graal, je marchais à grands pas dans les rues et je ne reconnaissais rien, l'itinéraire ordinaire, la chambre de Gilles, le boulevard d'Erwan, la neige était partout, invincible, omnipotente. La ville ne resurgirait jamais. Elle ne pourrait pas renaître, le suaire, les stalactites, l'éblouissante fadeur des jardins, les cristaux qui pigmentaient les murs ne pouvaient pas disparaître, entés qu'ils étaient sur un cercle de grâce, un noyau de sacre.

Des mots lumineux roulaient sur mes paupières. Les mots de la neige, Noël, Sirius, Bételgeuse, les mots du sacre et du charroi, oriflammes déployées sur les rues. Je rejoignis Ludovic et George qui paraissaient ne pas comprendre les motifs de mon excitation. Il y avait quelque provocation à lire la lettre aux abords du caisson, ce que je fis, trop heureux de lâcher ces torpilles, de massacrer « l'engeance blafarde et mortifère » qui sortait épuisée du devoir. La lettre de Bussan enflamma Ludovic. « C'est superbe, c'est superbe... » répétait-il. « Il faut absolument que tu ailles le voir au printemps... » À l'épicerie voisine, il acheta du champagne. C'était pour nous trois. Nous le bûmes dans le studio de Ludovic. On fêtait la neige, Noël, la création, notre triade.

VI

Lasse de son exil à Brest, Julia arriva un soir de janvier 1977. Je devais ce soir-là dîner avec Erwan. J'eus la surprise, en allant le chercher, de le voir en compagnie de Julia. Elle paraissait molle, déprimée. Elle parla de Nohann qui s'ennuyait. Elle dut me trouver indifférent et, très vite, les sujets communs se tarirent. Il y avait ce soir-là un concert d'orgue à l'abbaye Saint-Melaine, concert que m'avait recommandé Ludovic. À tout hasard, j'évoquai cette possibilité, sans qu'elle suscitât l'enthousiasme. Je fis le fanfaron, je parlai de Ludovic, de son château de Brière, de George et de nos excellentes places au concours blanc. Erwan était maussade, pas rasé, tristement habillé. Je compris qu'il peinait, ses résultats n'étaient pas bons. Le dîner fut une catastrophe, chaque souvenir, chaque situation du passé que nous évoquions tournait court. J'avais goûté à autre chose avec Ludovic et George, ces relations paraissaient usées, protocolaires. J'étais le seul à parler, Erwan se murait dans un silence qui n'augurait rien de bon. Il était trop tard pour aller au concert. Je m'étais fait piéger. Nous rentrâmes comme des automates.

— Viens prendre quelque chose chez moi, proposa Erwan.

Ses invitations étaient rares. Il passait l'essentiel de son temps au travail. Julia s'était nouée à lui, ils marchaient de ce pas gourd qui était le leur. Ils s'allongèrent sur le lit, face à moi. Erwan avait servi une liqueur de cerises que préparait sa grand-mère. Ils se mirent à rêver tout haut, à leur mariage, à leur maison future. J'ironisai en disant que ce monde me rappelait celui des *Choses* de Perec. Ils connaissaient le livre, nous en avions lu des extraits avec Grenier.

— Pas du tout, rétorqua Erwan, ce sera le vrai bonheur, la vie qu'on mène là ne peut plus durer, on ne sera bien qu'ensemble...

Je me taisais. Julia, féline, s'était blottie contre Erwan, comme pour marquer son territoire, peut-être dormait-elle, on ne l'entendait pas. J'avais le premier joué le registre de l'ironie, Erwan, à son tour, en usa :

— Où en sont tes relations avec Ludovic ?

La question me déplut. Je fis savoir que je n'avais pas de comptes à rendre, que Ludovic était un garçon exceptionnel que j'aimais beaucoup. Erwan ne démordrait pas :

— Mais il n'est pas un peu malsain ?

Julia s'était redressée, souriante, requinquée par l'ironie d'Erwan. On continuait de siroter la liqueur de cerises.

— Il te fait peur ? lâchai-je.

— Oh, reprit-il, il n'a pas à me faire peur. C'est pas mon monde. Moi, je ne suis bien qu'avec Julia — il la serrait au même moment contre lui. — Mais toi, tu es peut-être sur une mauvaise pente. Julia me dit que Nohann s'inquiète...

— Nohann n'a rien à voir là-dedans !

— Ce sont vos affaires, vos histoires. On ne s'en mêlera pas. Nous, on est heureux... Tu n'arrives pas à vivre cela avec Nohann...

— Ce n'est pas mon souhait... Je vis ce que je veux.

Au même instant me vint à l'esprit une formule que nous employions avec George et Ludovic pour caractériser la littérature, « notre épouse mystique », et stupidement je la prononçai.

Erwan éclata de rire. La passe difficile qu'il connaissait, son malaise pendant le dîner, une jalousie bien nébuleuse, la séparation d'avec Julia, que fallait-il incriminer ? Il paraissait décidé à m'humilier jusqu'au bout, et en présence de Julia.

— On ne vit pas avec une épouse mystique... À moins que tu ne veuilles finir comme Pascal !

La rage montait. J'explosai. Je dis que leur bonheur me paraissait normal, banal, conformiste, je citai ce mot de Céline, « l'infini à la portée des caniches ». Il riait, toutes dents dehors, elle aussi, mais de façon plus subtile, presque séduite par mon discours. Alors, je lui dis cette chose terrible, qu'il avait pâli, qu'il pâlirait encore, qu'il m'avait fasciné, vraiment, lorsqu'il était lointain, arrogant, surhumain. Je crus qu'il allait me jeter dehors. Non, il préféra se couler contre Julia, l'enlacer, ils s'étreignaient, prêts à faire l'amour. Je sortis en claquant la porte.

Une rage terrible m'habitait. Le boulevard était

vide. Je courus jusqu'à chez Ludovic. Il n'y avait personne. Je passai par le jardin, frappai aux volets. Il me semblait entendre de la musique, des chuchotements. L'herbe gelée crissait sous mes pas. Des étudiants qui rentraient me hélèrent. J'eus honte, je ne voulais pas rentrer dans ma chambre, la rage d'avoir été humilié et exclu me portait, j'allai jusqu'à l'abbaye, les portes étaient closes, le concert était depuis longtemps terminé. J'avais à la bouche le goût âcre des cerises, le venin d'Erwan. Ludovic était peut-être dans son café favori auprès du Thabor. Je regardai par la fenêtre : il y avait à sa place habituelle un groupe d'étudiants raffinés, il était là, de dos, je reconnus sa chemise claire, sa façon de fumer... Je fis demi-tour. Je descendis jusqu'à la rivière : de gros bouillons marneux s'agitaient dans l'enclave profonde des quais. Je restai plusieurs minutes, hypnotisé par l'énorme masse d'air froid qui remontait du bief, le bruit de l'eau, l'égout monstrueux, les murailles suintantes. Je n'arrivais pas à me calmer. Un clochard m'apostropha. Je pris peur. Je ne savais plus où aller. Vers une heure, à la fermeture du café, Ludovic sortirait, à moins qu'il n'eût prévu de poursuivre la soirée chez des amis. Je décidai alors de remonter seul vers le lycée, par les rues désertes qui longent le Thabor. Il faisait glacial. Des ombres s'engouffraient sous les porches, derrière les réverbères. J'avais beau penser à Ludovic, à Bussan, à la création, aux étoiles, rien n'arrêterait ma souffrance.

*

Il y eut une soirée pour le carnaval. Ludovic m'avait invité chez des amis, dans un grand appartement près de la cathédrale. George portait le smoking de son père. Peu de littéraires participaient à cette soirée, des juristes plutôt, des étudiants d'histoire et de sciences économiques. Le décor était fastueux, lustres de cristal, grands miroirs biseautés, de belles cheminées de marbre, des lambris, des vitrines, des trumeaux. Une fontaine coulait au milieu de l'appartement. De nombreux invités s'étaient déguisés, le XVIIIe, les robes d'apparat et les tenues à galons faisaient fureur, il y avait des visages poudrés, des flambeaux gigantesques, comme dans *Barry Lyndon*. Ludovic ne s'était pas costumé, il portait un simple blazer à boutons dorés. Je restai un long moment dans l'embrasure d'une fenêtre à regarder les toits encore marqués de coulures de neige, les grosses tours sombres de la cathédrale, le dédale des passages et des cours. Ludovic m'avait rejoint :

— On partira avant que ça ne dérape. La dernière fois, l'envie leur a pris de marcher sur les toits. On a dû en conduire un à l'hôpital...

George était très belle dans son smoking ajusté, elle avait les cheveux tirés, un maquillage très soutenu. Des filles l'entouraient. Il nous sembla qu'elle avait rencontré là une ancienne connaissance, les autres s'étant jointes au groupe. Une bande bruyante arriva bientôt, menée par un cardinal excentrique monté sur des patins à roulettes. Ils étaient tous masqués, des masques blancs, bombés, au front proéminent. Plusieurs reconnurent Ludovic. C'étaient des amis musiciens — il fut question du requiem qu'il avait composé —, des relations de Nantes. Les groupes s'attardaient devant les buffets. Je me sentais bien dans l'embrasure de ma fenêtre, caché par le rideau, je pouvais observer sans avoir à me mêler aux groupes. George m'avait oublié, elle avait trop à faire, elle fumait, riait aux éclats avec ses amies. J'attendais de la même façon que Ludovic m'oubliât pour partir ; or, tout en allant de groupe en groupe saluer quelques connaissances toujours très élégantes, très raffinées, il ne me perdait pas du regard.

Le cardinal et quelques-unes de ses suivantes voulurent se baigner dans la fontaine. Il fallut les en dissuader. Ludovic buvait très peu, restait très maître de lui.

— Tu le connais, me demandait un étudiant qui paraissait aussi perdu que moi dans cette assemblée.

— Un peu, c'est un ami de classe.

— Tu fais hypokhâgne avec lui ? C'est toi qui écris ?

— Oui...

— Il m'a souvent parlé de toi...

Je crus percevoir une sorte d'agacement. Ludovic arrivait :

— Le « cardinal » et sa bande ont une idée folle. Ils veulent aller au Thabor libérer les oiseaux de la volière !

— Génial, répliqua mon interlocuteur, qui s'esquiva.

— J'ai envie de rentrer, dit Ludovic.

— Je te suis, répliquai-je.

Il ne quitta pas l'appartement sans avoir remercié les hôtes. Il mentait avec beaucoup de grâce.

— On a du travail, encore des devoirs à rendre... Bonne fin de soirée...

Nous sortîmes. La cage d'escalier de l'hôtel était somptueuse, toute de pierre blanche avec sa rampe de cuivre en hélice.

— Que veux-tu faire ? demanda Ludovic.

— Ce que tu veux...

J'aurais aimé entendre le requiem. Difficile à cette heure, les églises étaient fermées.

— Je le jouerai quand tu viendras à Guérande... Il y a à la collégiale Saint-Aubin un vieil organiste aveugle qui me prête son orgue...

La nuit était joyeuse. Les étudiants avaient investi les rues. Nos pas nous menaient par le labyrinthe des rues pavées, sans que nous eussions d'effort à faire, une euphorie bourdonnante nous gagnait.

— Ce que tu peux être secret pour quelqu'un qui écrit, s'agaçait Ludovic.

— Le secret et l'écriture vont de pair...

— Tu dois avoir raison... Tu as écrit à Bussan ?

— Je dois le rappeler. J'irai le voir avant Pâques.

Nous remontions la rue de Fougères. Quelques centaines de mètres plus haut, à une intersection où j'aurais dû tourner à droite pour rentrer chez moi, je continuai. Il n'y avait plus de bars après, il n'y avait que le studio de Ludovic. Il ne s'étonna pas que je fusse encore avec lui. Pour la première fois depuis la neige, mon itinéraire dans la ville avait une cohérence. Une fraction de seconde, je revis ma course folle la nuit où j'avais quitté la chambre d'Erwan, la nuit où j'avais failli me jeter dans la rivière. On passait sous les fenêtres de Gilles. Perçait encore la lumière d'une veilleuse. Cette nuit avait la même force que la neige, elle me délivrait de mes jalons, de mes repères obligés. Le ciel fourmillait d'étoiles. Là-bas, le lycée semblait échoué comme une masse informe, avec en son cœur le caisson, le tabernacle des myopes. Nous ne parlions plus. Un immense silence était tombé entre nous, un silence de vertige et d'étoile, comme lorsque sous les gestes, les pas ordinaires se découvrent les brisées fatidiques. Dans le miroitement des étoiles, dans le froid caverneux des jardins, il était écrit que cette nuit de février 1977 nos pas d'arpenteurs nous mèneraient là. Toute la soirée, dans le faste du salon, je l'avais pressenti, j'avais de toutes mes forces désiré ce moment que je voyais venir à moi. Il y avait un silence colossal, comme un cercle de pierres mortes que nos pas ne raviveraient jamais.

— Veux-tu boire quelque chose, demanda Ludovic. Je vais prendre un Cointreau.

Il mit de la musique, déroutante, comme un vacarme de rue avec des passages de sirènes. Les gros bulbes multicolores étaient allumés sur les tapis d'Orient. Je n'avais aucune peur, aucune sauvagerie. Il était là, devant moi, magnifique, rayonnant de cette beauté noire, damnée, que Franz approcherait un peu.

Très lentement, au rythme de la musique, il se déshabilla, il avait le torse nettement marqué, un ventre plat de nageur, des poils très bruns, un long sexe dur. Il dansa seul, puis il m'appela, je laissai mes vêtements, le rejoignis, il était là, fluide, intense, dardé, il disait d'une voix inaudible qu'il m'aimait, qu'on allait jouir, il répéta le mot, plusieurs fois pour aiguiser le désir, il était calme, maître de lui, un moine zen ou un ange, qui me dominait — « Viens à moi, disait-il, sans te perdre » — dans l'attraction miséricordieuse de la nuit.

VII

Je rentrais seul. C'était février encore. Une silhouette se détacha, un long camail de deuil, je reconnus Nohann. Que venait-elle faire là ? Elle avait quitté Brest clandestinement, ses cours, pour me retrouver. En un instant je vis revenir l'abbaye de l'Arrée, la baie lumineuse d'octobre, l'étang, le tumulus, les flottilles d'îles. Je l'embrassai, elle sentait le vent, le large. Nous fîmes quelques pas dans le parc, j'étais décontenancé, mal à l'aise. Des jardiniers labouraient les pelouses. Ils préparaient le parc pour le printemps. Nohann promenait sur les choses un regard d'une insondable tristesse, elle était avare de mots et les quelques paroles qu'elle distillait trahissaient son état désabusé. Quand elle était apparue sur le trottoir, à quelques pas de la maison de Gilles, j'avais cru que les murailles de la ville s'écroulaient, les longs plis de la cape, la silhouette fine déferlaient, une vérité liée à nos complicités d'études, aux confidences que j'avais pu lui faire sur Erwan, au désir, au tumulus. À ce surgissement, à cette apparition d'une verticalité épiphanique, une force, un élan auraient dû répondre, je sentais bien que nos embrassades avaient été conventionnelles, que je tardais à revenir vers la maison — tout était prétexte à traîner dans le parc, nous fîmes bien dix fois le même tour —, c'était comme un poids mort qui m'oppressait, une confidence qui, ce soir, n'adviendrait pas.

Elle fit preuve d'une grande patience, ne relevant jamais ma gêne, ne s'irritant pas même des redites de la promenade, de gestes qui ne venaient pas. Je ne voulais pas mesurer le sacrifice qu'elle avait fait pour moi — l'absence illicite, la disparition du lycée, les trois heures de train —, cette preuve évidente qui me paralysait et que je ne voulais pas voir; non, de ce geste, de ce mouvement qui l'avait propulsée du bout des terres, je ne retenais que cette irruption dans un domaine qui n'était pas le sien. Elle n'était pas provinciale, elle n'était pas innommable, j'aurais très bien pu la présenter à George ou à Ludovic, c'était autre chose, de plus mystérieux et de plus confus que je démêlais mal, elle était d'avant, depuis j'avais eu d'autres vertiges, d'autres éblouissements.

— La mer ne te manque pas trop? demanda-t-elle comme nous nous rapprochions de chez Mme Roger.

Je répondis que non. C'était une réponse de circonstance qui, à mes yeux, n'engageait rien.

— C'est un lieu étrange ici, un lieu de marche. Tu ne vas pas me dire que tu t'y plais...

Sa rigueur, son sens de la fidélité m'agacèrent. La mer ne pouvait pas me manquer, elle grondait près de moi, elle avait hanté toutes mes hallucinations de novembre. Quant à ces lieux, la neige, la magie d'une nuit leur avaient donné un nouveau visage. Elle continua :

— C'est ton grand-père qui serait content... Il t'avait bien dit de te méfier de la ville...

Je ne relevai pas. Elle devait avoir raison, sa remontrance n'était pas innocente, qui mêlait la fidélité au territoire et la famille. Je voulus lui expliquer que je commençais à vivre enfin, que je sortais lentement de mes angoisses de mort. Elle avait ce beau visage douloureux de femme qui aime, ce visage qui vous fixe mais ne vous juge pas, expression d'une maturité incroyable à dix-huit ans, grand front lisse, bombé, les joues pleines. Elle avait perdu soudain le goût des spéculations idéologiques, elle qui avait beaucoup parlé d'errance, de nomadisme et de transgression, au moment d'avouer son amour, elle ne pouvait que s'enfermer dans la loi du *genos* et de la terre. Elle se tenait immobile sur le bord du lit, j'étais à quelques pas d'elle, à mon bureau. Elle était venue avec un léger bagage, elle devait avoir l'intention de rester, au moins pour la nuit. Je ne voulus lui parler de rien, surtout pas de Ludovic, ces choses étaient encore trop confuses et trop douloureuses. Je n'avais qu'une certitude, cruelle : qu'elle ne reste pas là, que Mme Roger, qui pouvait rentrer à tout moment, ne me voie pas en sa compagnie. Je me savais lâche et coupable.

— On pourrait dîner avec Erwan et Gilles, si tu veux. Avant, on peut passer à la librairie. Tu as un train à huit heures.

Elle ne manifesta aucune irritation, aucun dépit. Le coup était terrible, dans sa maladresse. Et c'était parce que je me savais divisé, coupable, blessé, que j'avais répondu à sa magistrale apparition de pietà marine par ce ridicule coup de poignard. Je crus qu'elle allait partir sur-le-champ, déjà elle se levait, saisissait son bagage ; non, elle parut accepter ce que je lui proposais. Nous fîmes comme dit : la librairie, le dîner avec Erwan et Gilles, dont la surprise s'estompa vite. J'attendis qu'ils se fussent repliés vers leurs quartiers pour prendre le bus avec Nohann. Sitôt Gilles et Erwan disparus, elle avait retrouvé sa rigidité sombre. Le silence était retombé, lourd, tenace. Plus tard, je l'apprendrais un jour de la bouche de Gilles, elle dirait qu'elle m'avait trouvé changé, distant. Il fallait sans doute la force de l'élan qui l'avait menée vers moi, à la fois l'audace et l'aveuglement, pour en rester à ce simple constat qu'habillait l'euphémisme de la compassion.

Nous nous quittâmes. Je ressentis un soulagement extrême. Je me disais les noms des gares qu'elle traverserait dans la nuit, ce long voyage océanique, Brest vide, terrifiante, la déception, le reflux, la solitude de son box. J'avais froid. J'étais un renégat. Au retour, je ne pris pas le bus, je voulais marcher. Nohann, par sa visite, avait révélé le clivage qui me déchirait. L'aphasie du désir avait tué cette histoire. Dans la légende des êtres de mer, dont j'étais, on appelait ces étapes visitations ou remontrances. Des forces qui nous dépassaient, qui dépassaient la seule venue de Nohann, s'étaient manifestées là, obscure cristallisation des intersignes du sang, de la terre, de l'embrun. Pour la première fois, j'avais manqué à l'ordre sacré de ma race. J'aurais tout loisir d'expier, dans le deuil, dans la folie.

VIII

Ludovic ne sut jamais rien de toutes ces histoires. Nous avions deux vies désormais : celle du jour, celle du caisson, de notre amitié avec George qui paraissait ne rien voir, et l'autre, celle du pacte nocturne. La ville nous appartenait quand les autres s'enfermaient pour travailler. Nous ne faisions plus rien. J'étais tout à la perspective de ce roman que j'allais écrire, j'en avais déjà le titre : *L'Enchantement*. La venue de Nohann avait laissé un sillage de nostalgie, les hallucinations de novembre, l'intercession de Ludovic m'avaient taillé : l'angoisse, moins lourde, m'habitait encore, j'étais prêt pour l'écriture.

Ludovic semblait se détacher des choses. Je l'avais cru, au début, capable d'ordre, de rigueur, d'une exigence même qui faisait que lorsqu'il avait une idée en tête, il n'en démordait pas, toujours soucieux de savoir, d'approfondir. Il eut une série de mauvaises notes, et dans ses matières favorites, en philosophie, en histoire. En ce mois de mars, il lisait beaucoup les philosophes taoïstes. Il se désintéressait de l'hypokhâgne. Il parla de Paris, d'un voyage que nous pourrions faire ensemble. Il se mit à peindre, des griffes, des signes rageurs sur de grands espaces blancs, il se découvrait une passion pour le Japon. Chaque fois que je l'interrogeais, il se crispait :

— Il y a deux mondes interdits ici, tu le sais, le personnel et le caisson !

Je ne survivais pas trop mal à l'horreur du caisson. Les quelques déconvenues qu'il avait eues avaient raidi sa position, plus intransigeante que jamais. Il avait bâti une théorie selon laquelle tous ces milieux qui nous *aliénaient* — la Brière, le Finistère, le caisson — devaient être proscrits de notre conversation. Des heures, il restait immobile sur ses tapis à fixer je ne sais quel signe sur le mur, obsédé par le trait, le silence. Quand il reprenait vie, il fendait la ville à grandes enjambées, courait aux *Nourritures terrestres* acheter des textes poétiques — il en rapporta un jour pour près de mille francs — ou s'enivrait dans son café du Thabor.

Un matin, il n'était pas en classe. J'eus peine à dissimuler mon inquiétude. Ne parvenant pas à fixer mon attention, j'attendais qu'il arrive. À dix heures, il n'était toujours pas là. Profitant de l'intercours, je courus jusqu'à chez lui : il n'y avait personne, pas un mot, rien. George paraissait aussi très inquiète. Où pouvait-il bien être ? Des langues acerbes nous rapportèrent qu'il avait été vu ivre la veille à la sortie du cinéma. De multiples pans de sa vie nous échappaient. Il réapparut, à quatorze heures, lumineux, en grande forme. Il était d'une volubilité rare. Le cours d'histoire traînait. Plusieurs fois, il prit la parole, citant les mémoires d'un préfet de la Restauration qu'il venait de lire, et *Lucien Leuwen*.

Puisque le *personnel* était proscrit, je ne saurais jamais rien de cette disparition et de ce retour en fanfare. Le soir, nous devions nous retrouver. Je manifestai mon agacement.

— Il n'y a rien d'extraordinaire, j'ai fumé, j'ai bu, beaucoup, et je me suis retrouvé Dieu sait où... J'ai le souvenir d'un grand appartement dans les vieux quartiers, avec une verrière...

Il riait, il était comme fou. Il m'échappait. Le week-end, je lui adressai une sorte de lettre de rupture. La lettre dut l'affecter : deux jours, il m'ignora ou ne me dit que quelques banalités. Sa disparition et la peur que nous avions eue avaient cassé quelque chose. Je soupçonnais George de lui en vouloir. Il l'avait deviné. Il m'écrivit :

« Je vous invite George et toi à venir dîner vendredi. Après, nous ferons semblant de raccompagner George jusqu'à chez elle. Je voudrais passer la nuit chez toi. »

L d N.

La perspective m'enchanta. Il faudrait déjouer la vigilance de deux femmes, George et Mme Roger. Il se montra éblouissant, pendant le dîner. Il chanta de longs morceaux de son requiem. On dînait de spécialités chinoises sur la table basse. George et moi avions apporté du champagne. Il connaissait par cœur les paroles du requiem, et il avait ajouté des passages de sa composition, textes ramassés, aphoristiques. À un moment, avant de passer au dessert, il fit cet aveu :

— J'ai failli partir l'autre jour. Vous savez, comme dans le poème de Rimbaud... Assez eu... Assez vu... Assez connu... Départ dans l'affection et le bruit neufs... J'étais au *Rimbaud* — excusez du peu ! — rue Saint-Melaine, il y avait là un type étrange, avec qui on s'est mis à réciter du Rimbaud et du Michaux... Il partait pour l'Afrique, l'Inde peut-être... J'étais bourré... J'ai failli le suivre... Il faut partir... On est trois ici à avoir eu des ancêtres voyageurs... Des marins... Faut être à leur hauteur ! Autrement notre itinéraire est tracé : le caisson deuxième année, la licence, l'agrégation, le caisson de l'autre côté de la barre... Ça vous dit ?

Plus tard, dans ma chambre, je voulus en savoir plus. Il semblait sincère. Il me prit dans ses bras :

— Avec toi, mon corps n'a jamais menti...

Nous fîmes l'amour avec plus de violence encore, j'avais failli le perdre, à tout moment, il pouvait partir. Dans le désir, il était maternel, enfantin. Il n'avait plus besoin de danser pour me séduire, la parade n'était plus nécessaire, je n'en finissais pas de rouler avec cet ange musclé, torride. Quand il se fut endormi, je caressai longuement son corps, les pectoraux, le couteau du sternum, le ventre lisse, les couilles. On n'avait pas fermé les volets : un champ d'étoiles brasillait au-dessus des toits. J'avais dans la main cette tendresse, ce sexe mort. Ludovic dormait, blotti contre moi. Impossible de m'endormir, comme après *le Septième Sceau*, quand les vagues roulaient dans le jardin.

Le jardin était calme, lumineux, criblé d'astres. Les saules ruisselaient de chants d'oiseaux et d'astéroïdes. Le printemps commençait bien avant l'aube, des zones d'incandescence se répandaient, le printemps naissait de l'endormissement de l'angoisse, de l'insomnie, du *lieu* de l'androgynie, des sexes donnés. Pour la première fois depuis longtemps, dans la grâce de l'insomnie qui permettait de saisir le surgissement des choses, j'entendais le monde répondre à mon désir.

IX

C'était le dimanche 20 mars 1977. J'avais pris le train de bonne heure, gare vide, quelques clochards allongés. Rarement comme à cette période j'ai eu le goût des voyages ferroviaires, des noms de gare, des interminables stations dans les villages oubliés, des trains qui fendent les campagnes, les taillis, les rivières. Bussan m'avait donné rendez-vous dans sa maison, près de Paris. Il habitait un vieux presbytère dans une forêt. Il entrait dans mon énervement beaucoup d'excitation juvénile, l'idée d'approcher un créateur, de visiter une maison d'artiste. Mes camarades du caisson n'aimaient que les écrivains morts : jamais il ne serait venu l'idée d'écrire à un écrivain, d'avoir l'envie d'aller le voir. C'était l'époque où il se disait beaucoup que la vie de l'artiste n'avait aucune importance, seule comptait l'œuvre, le matériau laissé aux scalpels logiques des cuistres. On pouvait disséquer, gloser tant qu'on voulait, sans jamais franchir le seuil d'un artiste vivant.

Le voyage était compliqué jusque chez Bussan. Arrivé à Montparnasse, il fallait filer à Saint-Lazare ;

de là, je m'engouffrai sous la verrière dans un train vieillot qui traversait les banlieues. Des quartiers décrépits, de hauts murs de briques aux inscriptions délavées, des passerelles rouillées, de longues perspectives de rails abandonnés, voués aux herbes, tel était le paysage qu'on découvrait. La voie passait tout près de maisons fuligineuses, vitres opaques, petits rideaux jaunâtres, aux minuscules jardins succédaient d'immenses espaces de terrain vague, puis on surplombait un cimetière qui s'étirait entre les avancées du bidonville et les boucles du fleuve. La végétation était très précoce, des lianes déjà feuillues plongeaient dans les biefs d'eau dolente et grasse.

Pierre Bussan vint me chercher à la gare à bord d'un coupé noir très anglais. On avait quitté le décor de la misère, les alignements de bicoques tristes, les murailles maculées de fumée et de suie, les bras morts et putrides du fleuve. Des habitations blanches, avec péristyle et véranda, étaient accrochées au coteau qui dominait la ville. Nous nous enfoncions dans la forêt, aérée de clairières d'un vert tendre, de promenades où passaient des chevaux. La maison de Bussan ressemblait à une grande villa exotique avec une verrière qui courait tout le long de la façade. C'était superbe, encore plus étonnant au sortir de la crasse, du train vieillot et des banlieues damnées. Des vignes vierges, des rideaux de lierre voilaient les fenêtres. Dans la maison éventrée de lumière, on se serait cru dans le jardin, au cœur des clairières de la forêt, parmi les pur-sang.

Bussan s'activait, parlait très vite. Il avait un physique d'adolescent nerveux, taillé sur l'os. La maison s'étoilait, des passerelles de bois clair menaient aux étages, jusqu'à l'atelier coiffé d'une verrière, on était brusquement en plein ciel, sous les nuages, comme dans une cataracte lumineuse; des passages plus étroits, presque labyrinthiques, flanqués d'alvéoles de livres, conduisaient aux appartements et à la bibliothèque, j'entrevis des chambres avec des lits bas, posés à même le sol, du mobilier en noyer, des commodes ventrues, paysannes. J'étais sous le charme du lieu, une maison, une parole qui m'envoûtaient. Nous fîmes halte dans la bibliothèque qui se présentait à la façon d'un repaire sacré avec en son centre une lourde table de chêne, des mesures d'étain et un immense lutrin en forme d'épervier. Bussan me servit un whisky, puis il porta un toast, à ma venue, à notre rencontre, à nos amours et aux livres qu'on écrirait. Il demanda d'emblée le titre du roman que je préparais. *L'Enchantement* lui plut.

— J'ai aimé vos lettres, elles sont folles, excessives... Faites ce livre...

Des livres, ses livres nous entouraient. J'avais aperçu des toiles à l'étage.

— Je suis dans une période de grande effervescence créatrice. Vous le savez bien, il y a des moments morts, des phases de reflux. Je redémarre! Je peins beaucoup ces temps-ci, je dois dire que la maison s'y prête, les bois, les clairières, les crocus, les chevaux! Vous n'avez pas encore ma liberté...

Je lui racontai l'hypokhâgne, l'atonie du caisson, les amitiés, les lectures. Il faisait preuve d'une extraordinaire capacité d'écoute, silencieux, les traits tendus soudain, buvant à lentes gorgées tandis que j'évoquais mon cheminement, ma passion pour la littérature. Tout ce que je racontais, tous ces mots qui passaient pourtant par ma bouche me semblaient brusquement très loin de moi, était-ce le dépaysement ou les premiers effets de la griserie, je n'étais plus celui dont je disais l'histoire, j'étais ailleurs, projeté parmi les livres dans l'étrave de la bibliothèque qui ouvrait sur les bois. Le matin même, je m'étais levé à Rennes, j'avais traversé des champs, des hectares de plaines, des villes, des cimetières, des banlieues sordides pour arriver dans ce chalet, loin du naufrage de la vie provinciale. Et le soir j'y serais de nouveau, après cette parenthèse qui aurait l'éclat du météore.

On descendit déjeuner. Une jeune femme élégante nous rejoignit, Annick. Elle avait une lointaine ascendance bretonne. Je voulais connaître le cheminement de Bussan. Annick se taisait. La salle à manger avait la forme d'une rotonde en rez-de-jardin. Ils m'offrirent des huîtres et de la sole, arrosée de Sancerre, pour me fêter. Bussan parlait à ne plus s'interrompre. De son enfance sur la côte Sud, de ses premiers métiers, dans l'édition, dans les galeries. Très tôt il avait su qu'il écrirait, qu'il peindrait. Il évoqua Malraux qu'il avait bien connu — le Malraux de *La Voie royale*, le plus beau selon lui —, la maison de Verrières, le diplôme qu'il avait écrit sur « l'esthétique et l'éthique chez Malraux », ses premières lectures, ses débuts chez Gallimard. Il avait un modeste bureau, une cellule sous les toits. Là il avait rencontré Caillois, Giono qui allait mourir, dans le Sud il avait bien connu Saint-John Perse, les Picasso et les Maeght. Il devait me voir béat car à plusieurs reprises il insista :

— Ces noms vous font de l'effet parce qu'ils sont célèbres et qu'on les croit inaccessibles... Les hasards de mon histoire ont fait que je les ai rencontrés, en toute simplicité, comme vous m'avez écrit... En 1967, j'avais écrit — tu te souviens, Annick, c'était l'été, nous étions à Fréjus — à Malraux pour les *Antimémoires*... C'est ainsi qu'on s'est connus...

Il y avait eu au début de ma griserie la grande, vertigineuse maison des bois, il y avait maintenant le parcours de Bussan, ses rencontres. Il mangeait avec avidité, tout en parlant. Il avait un peu plus de trente ans et il avait déjà tout connu. Après le déjeuner, pendant qu'il faisait encore jour, nous sortîmes.

— C'est bien une maison dans les bois, pour créer... On vit au rythme des saisons et j'ai passé mon enfance sur un front de mer, dans l'évidence de la lumière... Je rêvais d'un refuge, d'une tanière près de Paris...

Les promenades, comme couvertes de sable ou d'une sciure très jaune, se greffaient directement sur le jardin. On s'aventura dans la forêt, d'abord en longeant des terrasses qui dominaient la perspective de Paris, puis, plus avant, sous le couvert. On croisait des chevaux en sueur, le poitrail frissonnant de nerfs. Il devait y avoir des écuries cachées derrière les arbres. De nouveau, je l'interrogeai sur son parcours, sur les livres qui avaient précédé *Le Chaos des rêves*.

— Tout avait bien commencé, le succès immédiat,

facile. Je n'avais pas vingt ans quand j'ai publié mon premier livre. Vers 1973, les choses se sont gâtées... Étrange période. Les comptes rendus de lectures que j'écrivais à la N.R.F., les livres, les articles, les toiles, tout tombait dans l'indifférence. Je m'étais lancé dans un gros roman, autobiographique. Je n'en sortais pas. Un soir, j'habitais avec Annick du côté de Bastille, j'ai pris peur et j'ai tout brûlé... Des toiles, des articles, le roman... Je devais partir... L'Italie du Sud, Naples, la Sicile... Je voulais voir des mosaïques, des fresques primitives, et surtout aller très loin dans l'errance, dans l'excès des nuits blanches, des alcools, je voulais goûter la grâce de la lumière italienne, quitter Paris, mon grenier de la rue Sébastien-Bottin, mon boulot de scribe, mon enfermement pathologique... Je doutais de la valeur de la littérature... La création n'avait donné aucune orientation à ma vie...

Le couvert s'épaississait. Sous les fougères mortes, répandues en jonchées noirâtres, on devinait des pierres, comme des mamelons géants, des ventres lisses, des arches disloqués. Bussan reprit :

— Cela, il faut que vous le sachiez... Dans toute cristallisation, ne perdez jamais votre lucidité... Croyez de toutes vos forces à la littérature en vous disant au même moment que ce n'est pas elle qui vous sauvera. Je n'étais pas allé assez loin encore dans l'errance. Je voulus remonter vers le nord. Par l'Autriche, Prague, les monastères baroques... C'est ainsi qu'est né *Le Chaos des rêves*... Je l'ai commencé un soir dans une chambre glaciale de Prague... Et je suis remonté encore. Je voulais des steppes, l'aridité.

En Finlande, j'ai trouvé une sorte de refuge, de chalet très rudimentaire. Je croyais que j'allais pouvoir peindre et écrire... Les intérieurs peints, naïfs, des églises m'inspiraient... Les bêtes me réveillaient la nuit en venant se gratter contre les murs du refuge... Dans les Ardennes, au retour, entre Montermé et la vallée de la Semoy, je me suis installé dans une école désaffectée. Et c'est là, dans ce qui avait été une classe, auprès du poêle, que j'ai fini le *Chaos*... Vous connaissez la suite...

Nous nous étions assis dans le grand cirque que délimitaient les pierres. On eût dit une aire sacrificielle dans la forêt, des conglomérats de troncs charbonneux, fossilisés. Mes tempes battaient. Une émotion, que j'avais peine à masquer, me tétanisait. Sous le livre, je voyais se ramifier le parcours de Bussan, avec les crises, les extases. C'était une vérité qu'il eût fallu clamer dans le caisson, le nomadisme, l'initiation de l'écriture. Et parmi les pierres circulaires, dans l'énorme chaos des roches entremêlées d'arbres, je me disais que jamais je ne serais capable de ces errances, de ces départs. Bussan s'était tu. Une brume froide montait des pierres.

— Elles ne sont jamais si belles que lorsque la brume les enveloppe. On dirait des sphinges, des juments cosmiques !

La nuit tombait. Il était temps de rentrer.

— Je voudrais lire votre texte lorsqu'il sera prêt... Comme j'aimerais, sincèrement, connaître ces amis dont vous m'avez parlé dans vos lettres... George, Ludovic...

À la nuit tombée, la forêt prenait des proportions inquiétantes qu'elle n'avait pas le jour, trop aérée de clairières, de promenades à chevaux. Au-delà des terrasses, les lisières urbaines s'étaient allumées, un océan de fumées, de balises, de dômes et de cathédrales noires prolongeait les rives des bois. Nous arrivions à la maison.

— C'était un ancien ermitage, c'est ici que j'ai commencé à renaître, quand le *Chaos* a eu le succès écrasant, irrationnel que vous savez... Je n'aime plus les fronts de mer, la maison du Sud. Mais ceci n'est qu'une étape, un jour je larguerai tout !

Annick, qui avait pris le volant, faisait celle qui n'entendait rien. Discrète, silencieuse, elle avait su s'effacer pendant la promenade. Je la voyais me regarder dans le rétroviseur, s'amusant sans doute d'une admiration qu'elle avait partagée au début de leur couple et qu'elle devait aujourd'hui juger excessive. C'était une femme gracieuse, lumineuse, qui paraissait à mille lieues des angoisses et du parcours des extrêmes de Bussan. Je me souvenais au même moment d'une scène du *Chaos des rêves* : le narrateur était avec une femme dans une chambre blanche du sud de l'Italie, une chambre calcinée de soleil. Il la regardait et rêvait de lui taillader les veines pour l'habiller d'une robe de sang dans la chaleur et le soleil...

Les banlieues avaient disparu sous le brouillard, les bicoques au bord de l'eau, le cordeau des maisons tristes, les bidonvilles à flanc de cimetière que ceinturaient les bretelles d'autoroutes. La verrière de Saint-Lazare se dressait comme un décor suranné, encrassé de vieille suie. Dans le métro, les passagers avaient l'air de spectres ou de momies que mon excitation ne brûlerait jamais. Je rentrais, détenteur d'un Graal, d'une connaissance des extrêmes. Une énergie était passée en moi, que je ne tarderais pas à mettre en mots. Tout le temps que dura le voyage de retour, je réentendais les paroles de Bussan, ce phrasé si rare, si rapide, si musical, les noms de Malraux, de Giono, de Saint-John Perse, c'était cela un écrivain, ces délires et ces fuites, cette folie surtout, l'Italie sanglante, les monastères de Bohême, la Finlande et l'Ardenne, l'école abandonnée, l'écriture hallucinée. Là où les passagers du caisson — à commencer par les timoniers — auraient sans doute vu scories et détails biographiques, j'entendais des sortilèges, une somptueuse matière poétique faite d'intersignes et d'échos, je revenais du pavillon de Bussan, de ces forêts qui avaient été royales, lourdes d'une rumeur, la rumeur des pierres, des parcours, des excès et des sacrifices. On était toujours le dimanche 20 mars 1977, mais c'était une césure, une brèche hors du temps, une journée comme j'en avais rarement vécue. George parlerait le lendemain de « visite au grand temple ». Ludovic, tout pétri d'imaginaire chevaleresque, irait jusqu'à l'adoubement. C'étaient des mots, des appréciations extérieures portées sur une expérience qui était de l'ordre de l'initiation et de la connaissance. Plus que le regard qu'avait pu porter Bussan sur moi — il devait recevoir des dizaines de visites similaires —, ce qui comptait, c'était la charge que j'avais recueillie. Encore quelques jours de caisson et l'énergie reviendrait, près de l'Aulne, comme tous les ans à Pâques, quand j'irais écrire dans la maison de Gaël.

X

Les départs en vacances correspondaient toujours à des moments de cohue. Après le cours d'histoire, j'eus tout juste le temps de saluer Ludovic, puis je sautai dans un taxi avec Gilles en direction de la gare. Ludovic ne partait que le lendemain pour la Brière, quant à George, elle passait quelques jours à Rennes en compagnie de sa mère. Je crois qu'ils avaient prévu de dîner tous les trois ce vendredi 25 mars 1977. La gare était assiégée, tous les trains supplémentaires étaient pris d'assaut. Dans la cohue qui s'engouffrait dans les passages souterrains, je perdis Gilles et retrouvai miraculeusement Erwan, chargé d'un énorme sac à dos. Il n'y avait plus de places assises, nous dûmes nous réfugier dans un couloir. Je n'avais pas eu d'échange vrai avec Erwan depuis l'incident qui nous avait opposés, le jour de la venue de Julia. Il quittait Rennes avec un plaisir évident, il passerait les vacances à l'île aux Chiens avec Julia.

Il faisait beau, la campagne du bassin de Rennes, avec ses gravières, ses étangs, ses grands champs plats et ses talus plantés de saules nains, était ensoleillée.

Nous étions tassés contre la vitre, parmi les étudiants et les amoncellements de bagages. L'air vif nous fouettait en plein visage. Erwan était là, près de moi, complice, les joues piquetées de barbe blonde. De nouveau sa beauté me saisissait. Il me demanda de lui raconter ma visite chez Bussan, il voulait que je lui décrive en détail la maison, les lieux, le salon de verre et la forêt environnante. Il parlait de Ludovic avec aménité. Nous roulions dans le soir vers la pointe des terres, le visage, les paroles au vent, un soleil pourpre s'arrondissait sur les colzas, la vitesse, l'inconfort du voyage nous grisaient, et remontait dans notre conversation le pacte originel, celui qui nous avait liés le jour des inondations, au début de l'adolescence. Erwan n'était jamais si silencieux, si attentif que lorsque j'évoquais le livre que j'allais peut-être écrire. Voulait-il se faire pardonner son attitude désagréable de l'autre fois ? Le train commençait à se vider. Nous traversâmes des tunnels. Il s'était rapproché de moi, nous nous touchions presque, pour dire la souffrance et l'horreur qu'avaient été les deux trimestres, la solitude, l'échec. Sa voix se voilait. Puis il eut cet aveu :

— Gilles est passé à côté de tout cela, il est plus fort que nous, et toi tu avais Ludovic...

Était-ce un appel ? Je n'eus pas l'audace de lui dire ce qu'était mon amitié pour Ludovic. Il était étrange au même moment qu'il revienne toujours à cet adolescent qu'il n'avait jamais rencontré, tout juste aperçu en octobre au retour de *Barry Lyndon* et plusieurs fois avec moi ensuite à la sortie du lycée, lui dont Julia aurait dû remplir la vie, lui qui m'avait exclu sans ménagement. Le train, le crépuscule, la suie des tunnels, les prairies encore inondées qui longeaient la voie lui donnaient une gravité subite, il semblait désamarré, sans repères, et sa voix le révélait nettement, qui avait quitté son registre et ses inflexions ordinaires. Un autre parlait en lui soudain, un adolescent blessé, des ombres, des fantômes revenaient, le mariage, la maison, l'efficience scientifique qu'il proclamait souvent n'étaient en fait que des leurres, il était mon jumeau, mon frère de l'ombre. La nuit venait, elle nous éclaboussait, acide, gonflée des senteurs de mars. Erwan revint à la charge :

— Allez, dis-le, Ludovic est plus qu'un ami...

Ces choses relevaient d'un autre pacte. Un trouble humectait le regard d'Erwan. Plus que quelques minutes et on se séparerait. Il voulait savoir, et la jalousie et la blessure semblaient ce soir-là l'emporter sur la condamnation. Déjà on arrivait. Julia était là-bas, seulette, timide au bout du quai. Avant de le quitter, je devais absolument lui dire quelque chose, ne fût-ce que pour la beauté de ce voyage, pour le désir qu'il avait fait renaître. Nous étions à quelques pas de Julia quand je lui soufflai :

— Oublie tout ça, ce qui compte c'est notre amitié, on est ensemble jusqu'à la fin des temps...

*

J'avais tout retrouvé, ma chambre auprès de celle de Gaël et Anne, avec sa Vierge bleue, mes *tours*, mon bief, le chemin du Passage, encore plus terrifiant dans la nudité de l'hiver, la forêt et la ligne des Roches Noires que je regardais du jardin, le fouillis paradisiaque d'An Od, chez Jude, avec les bouvreuils flamboyants qui saccageaient fleurs et bourgeons, les sapinaies de Morlan, l'ancienne carrière, son bassin d'eaux putrides, la route de la presqu'île, la rivière marine et la masse ocre de l'Abbaye. Dès le réveil, je partais dans la campagne. L'herbe était grasse, boueuse encore, constellée de primevères, auprès de mon bief reculé la terre gorgée d'eau absorbait les pas. Quel que fût le temps, je marchais. Grisaille, soleil, rosée glaciale, bruine, je partais. Je maudissais les heures perdues dans l'enfermement du caisson. L'ivresse pascale que j'avais toujours connue, celle qui me vivifiait enfant quand je courais avec Aurélie, me traversait encore.

La ville, les mots, la fréquentation des livres, la sécheresse des dérives mentales n'avaient pas tué l'enchantement du monde. En novembre, dans mes traversées solitaires, dans les longs mois que j'avais vécus dans l'obsession permanente de la mort, j'avais craint de perdre pour toujours la jouissance du socle des choses. Étendre des mots, filer des tissages arachnéens, édifier des tombeaux, ouvrir des creusets pour la nostalgie, et perdre à l'infini dans le langage la trace, la base même du monde. Et parler, écrire, des mots qui renverraient toujours leur écho, si magnétique, si chatoyant soit-il, des mots écrans qui ne conservaient aucune empreinte de la fulguration des eaux, des astres, des éléments, de la totalité cosmique, des mots qui n'en finissaient pas de rebondir sur eux-mêmes, se diffractant ou se brisant parfois, mais si coriaces, si pétris de l'immortelle sève langagière qu'ils se reconstituaient bientôt, pilotis d'une totalité nouvelle, d'une arche mensongère, d'une arche de mort.

Auprès de Gaël, l'homme des traversées, des silences, des dormitions de la mémoire, j'avais brisé mon arche. Je m'asseyais près de lui, en sueur, les vêtements mouillés après les promenades matinales. On se redisait l'été, les Roches Noires calcinées, l'orage, le feu qui aurait pu traverser l'Aulne. Ses lectures n'avaient pas varié, le journal, des histoires de la guerre, le dictionnaire. Je fus surpris en m'apercevant qu'il connaissait par cœur la notice consacrée à Rennes, nombre d'habitants, grandes étapes de l'édification de la ville, principales activités économiques. Rennes existait pour lui, c'était là-bas, à l'est, dans l'axe même de la forêt et des Roches Noires, comme une image écrite, figée dans l'intangible vérité du dictionnaire.

*

Le soir, je m'endormais en pensant à Ludovic. Sa beauté, nos ébats irradiaient. Je lui écrivis dès la première semaine une longue lettre pour lui confier l'enchantement du retour, la vérité retrouvée. Je l'imaginais dans son décor de marais, de château féodal. Qui avait-il pu inviter chez lui pendant ces vacances ? Un instant, la jalousie et l'angoisse me taraudaient. Il était interdit de téléphoner. Une nuit, je fis un rêve étrange. Il m'avait rejoint au village et je l'avais immédiatement emmené dans mon bief. Le rêve avait bousculé la topographie du vallon, les eaux de l'Aulne roulaient à présent dans l'ancien lit déserté. Eaux d'une violence terrible, qui surgissaient par-delà le Menez Hom, arrachant les sapins, des pans entiers de forêt. L'Aulne rageuse nous avait surpris alors que nous étions couchés au fond du bief. Les cataractes pleuvaient sur nous. Nous étions nus, sans défense. Les vagues de l'Aulne étaient dardées comme des pieux. Ludovic chavirait, loin de moi, dans le fracas d'une cataracte terreuse. Il n'y avait plus rien, le monde retissait sa cohérence autour de quelques bruits, de quelques lueurs, la respiration d'Anne et de Gaël, de l'autre côté du mur, la lune sur le vernis des meubles, la Vierge phosphorescente.

J'étais seul, haletant, déchiré, comme lorsque avaient retenti les sirènes de l'accident, la nuit d'été. Il m'était difficile de me rendormir. L'Aulne devait haïr l'unité des adolescents androgynes.

L'après-midi, dans le fouillis de la chambre — fouillis à la vue duquel Anne hurlait —, je m'enfermais pour écrire. Et là, c'est comme pour *Le Septième Sceau*, une trappe s'ouvre soudain dans mon évocation, tant il est vrai qu'autant on conserve le souvenir exact des forces qui nous ont fait écrire et même des conditions matérielles, anecdotiques dans lesquelles on l'a fait, autant on oublie les lignes, les mots, le tissu des figures. *L'Enchantement* que je donnai ensuite à Grenier devait brûler dans l'incendie de son appartement à M. en 1981. L'Aulne, l'Elorn y coulaient déjà, le roman naissait d'un voyage en train — le retour avec Erwan le 25 mars ? —, la topographie du bief, des vallées que j'avais explorées le matin dessinaient le territoire romanesque, embryons de lieux, d'une langue qui n'était pas encore advenue. Les pas du matin soulevaient en moi une énergie terrible, comme le souvenir de la soif, les sortilèges de novembre, le double secret de la chair. J'allais noircir près de quatre cents pages tout ce printemps, sans trouver un corps, un nom, une langue. Livre béant, proliférant — voué aux flammes.

Quand je descendais, je m'installais auprès de Gaël, qui avait jardiné toute l'après-midi. On ne se parlait pas. J'étais vidé. Anne, un soir, avait eu ce mot terrible, cette parole d'oracle :

— Je n'aime pas ton visage quand tu écris...

Quel petit-fils devenais-je donc ? Étais-je à ce point méconnaissable ? Les photographies d'écrivain sont sans conteste mensongères, qui manquent toujours le vrai visage, redessiné par la claustration du *laboratoire central*.

Il pleuvait, et comme toujours, à l'approche de la marée haute. J'annonçais que j'irais jusqu'à chez Jude, de l'autre côté de la rivière qui traverse le village. En réalité je n'avais qu'un désir : m'enfermer dans l'église. Les pleureuses, les commères avaient en règle générale quitté à cette heure l'église pour le cimetière. De tout temps, ces rythmes influaient sur la vie des habitants du village : la montée de la mer, la houle qui emplissait le port. Ils agissaient sur moi également, j'entrais dans la nef, sombre, voilée par la pluie. On entendait les vagues lécher la naissance des murailles. J'aimais descendre sur les dalles polies et suintantes, parmi les travées des bancs, comme dans mon bief, une forêt sentant les sphaignes et les pierres charbonneuses, sous la voûte bleue piquetée d'étoiles. Les statues craquaient, rongées par les vers, les ravageuses maladies du bois. Parfois les vitraux — en particulier, celui qui était l'objet de toutes mes fascinations, le combat mythique de Saint Joana et du dragon verdâtre — s'illuminaient, accrochant un embrun d'or, un éclat de l'embellie.

Les arums caoutchouteux, les trompes molles et obscènes qu'avaient disposées les pleureuses me dégoûtaient. Il n'y avait personne. Le Sauveur rescapé du tombeau me dominait ; de vieilles toiles, destinées à l'édification des fidèles, avaient disparu, mangées par la crasse, les coulures de pluie. Il régnait dans la nef une odeur insistante de vase, de mer morte, d'ombre terreuse, de feuilles macérées. Je me souvins d'une chose que j'avais lue dans un livre que m'avait un jour passé Ludovic de Nel : il n'y a que deux *postures* pour saisir, pour englober l'âme véritable d'une église, celle du mort et celle du prêtre célébrant. J'avais trop hanté les églises pour que la remarque me laissât indifférent. Et j'étais décidé à aller jusqu'au bout du cheminement. Je devais donc trouver dans la nef un lieu qui fût central, un lieu aussi dans lequel il fût possible de s'immerger comme un mort. Et ce lieu existait, c'était le maître-autel ! Il suffisait, en effet, de se glisser entre le mur du chevet et l'arrière de l'autel pour découvrir que celui-ci s'ouvrait à la manière d'un coffre, avec deux lourdes portes qui n'étaient pas verrouillées. L'initié Ludovic de Nel m'avait prêté le livre à dessein : je m'enfonçai entre les portes, l'autel était profond, je crus un instant que j'allais perdre pied, à tâtons je cherchai les limites, les courbes internes des galbes du coffre, puis, quand je me fus fait à la pénombre moisie, je fermai les portes. Je me laissai emplir du silence, des senteurs de mort, de bois ténébreux : les étoiles du planétarium brasillaient autour de moi, l'eau sourdait dans le fond, par les interstices des dalles, eau glaciale, salée qui me pétrifierait, les vagues m'entouraient progressivement, j'étais porté par le rythme des flots qui envahissaient le port. Tout le temps que dura mon enfouissement, cette vertigineuse descente sous l'arche, mon corps engourdi durcit, mon sexe était de pierre, et des étoiles, des buissons d'astéroïdes venaient fondre sous mes paupières, aux limites improbables de ma chair ; un remuement de vagues explosait sur les dalles, je croyais qu'elles allaient me recouvrir en lacérant l'ossature de l'autel. J'étais le célébrant mort, le pontife des eaux, le sédiment sacrificiel. Je brassais les eaux, les rites, les étoiles et les âmes.

Tout s'effaça. Je pouvais sortir. Ce fut un affaissement terrible, comme si la marée, d'un coup, avait reflué du port. Je bondis hors de l'autel. Il pleuvait encore et les gargouilles déversaient des flots de soleil. De nouveau je passai dans la lumière. Les portes de l'église s'ouvrirent. La mer ondulait, de belles gerbes d'écume éclataient à la crête des vagues. J'étais encore dans la nef, dans son arche brisée, éventrée par le flux. Sur le pont luisant, tout inondé par l'averse et les paquets d'embruns se tenaient les Pères, les Patriarches, immobiles, en vêtements de mer, occupés à scruter le large, le couchant. Au premier rang, le plus près possible du flot, je reconnus Gaël.

XI

C'est le proviseur, l'air sombre, embarrassé, qui vint nous annoncer la nouvelle. C'était le lundi de la rentrée des vacances de Pâques, pendant le cours de philosophie. C'était le lundi 11 avril 1977. Ludovic de Nel était mort. Il avait été trouvé inanimé dans la crypte de la chapelle du château. Le proviseur expliqua qu'il avait eu les parents de Ludovic au téléphone. Un gaz, un gaz des marais dont je ne voulus pas retenir le nom, avait tué Ludovic pendant qu'il explorait la crypte. C'était une chose connue. À l'automne, quatre élèves du Prytanée militaire de la Flèche avaient péri dans des conditions identiques alors qu'ils visitaient les chapelles souterraines d'une église. Ludovic avait été inhumé le samedi 9 avril.

Le caisson était abasourdi. Le proviseur pensait aux condoléances, aux fleurs. Le professeur de philosophie — le vieil iguane vert, agité de tics — parla de la mort, de l'absurdité de la mort d'un adolescent. Il parla de Ludovic comme d'un bel adolescent passé au monde des ténèbres. J'étais ailleurs. Je ne comprenais pas cette comédie qu'on nous jouait. Je ne voulus pas me retourner, regarder la place vide, George. J'avais une grosse boule de souffrance et de pleurs contenus qui bouillonnait en moi. Ce n'était pas vrai. Cette annonce « institutionnelle » était un rite du caisson. Le proviseur, tremblant, s'était effacé. Imperturbable, comme galvanisé par la mort, l'iguane phrasait encore.

À l'intercours, George et moi avons rangé nos affaires et sommes sortis. Je me souviens qu'elle portait un nouveau costume gris, un costume autrichien avec un col vert et dur. On aurait dit un habit de clergyman. Nous titubions, blessés par le soleil, les oiseaux. George avait le visage ravagé par la douleur, les traits déchirés. On ne savait plus où aller. Des lieux nous étaient brusquement interdits : la petite rue qui descendait vers le studio de Ludovic, les allées du Thabor, les alentours de la cathédrale, le café des bières belges. George croyait au suicide. Depuis l'automne, d'après elle, Ludovic avait décidé de mourir. Il avait traversé le caisson comme un météore noir. Il n'avait jamais cru au travail, aux études. Les Indes, le Harrar dont il nous avait parlé un soir, il les avait trouvés au fond d'une crypte. J'étais incapable de parler. J'écoutais George, sûre d'elle, elle connaissait le deuil, elle racontait la veillée funèbre de son grand-père quelques années avant.

On avait trouvé refuge chez elle. Des livres, des objets de sa Grèce chérie nous entouraient. On était aphasiques et inertes. Une bouillie se répandait dans nos bouches, une saveur âcre, comme un pus, le magma de mots qui ne *prenaient* plus.

J'ai quitté George. Je voulais errer seul. Maintenant,

je voyais mieux ce corps que j'avais aimé, je revoyais son visage tendu, extatique dans la jouissance, ce corps mort de la crypte, ce corps qui allait pourrir, c'était celui que j'avais étreint. Un monde, une nappe de gaz mortel me séparaient de lui. Il pourrirait sans moi. Nos étreintes avaient été fulgurantes. Je ne l'avais jamais possédé. Il m'avait initié pour me préparer à l'absence, à cet état que je découvrais. C'était comme un sevrage, une rupture absurde, la crypte avaleuse d'adolescents, le marais mortifère l'avait emporté, je ne parvenais pas à croire à cette disparition qui était un récit sans corps.

Je pris le train pour M. Je descendis dans des villes, Lamballe je crois, je marchai seul, comme un fou. Je marchais parce que je ne pouvais plus dormir. À mon tour j'avais disparu sans prévenir personne. Je repris le train. À Guingamp, je couchai dans un hôtel sordide près de la gare. Je ne fermai pas l'œil. Des bidasses en fête avaient envahi le bistrot sous l'hôtel. Que faisais-je là ? J'avais pour paravent la musique et le bruit des bidasses. Je pouvais enfin hurler ma douleur.

Dans les moments d'accalmie, le visage de Ludovic se recomposait. Le visage de l'ivresse, des fêtes folles, le visage du sommeil, dans mon lit en mars. Ses mots revenaient, ses intonations, cette façon qu'il avait d'appuyer certains mots, d'en faire traîner les finales. Il ne me quittait pas.

À M. je m'en remis à ma mère. Elle me soigna comme un enfant. George téléphonait le soir. On passait des heures à écouter des chants grégoriens, *Rorate*, *Surrexit Dominus*, laudes et complies de l'ombre. L'explication officielle était la suivante : je venais de vivre un drame, un ami était mort. Je passai dix jours environ avant de regagner Rennes. L'après-midi, je sortais marcher, je me perdais par les venelles, sur les collines qui surplombent la rivière et l'hôpital psychiatrique. Il m'avait toujours attiré avec ses hauts murs, ses fenêtres grillagées. Les quelques drogues qu'on m'avait prescrites ne me suffisaient pas. La folie de novembre revenait, décuplée par le deuil. Une cellule, un caisson : l'enfermement définitif. Je courais vers l'église où trônait la Vierge ouvrante. Ses portes miraculeuses ne happeraient pas ma douleur. La Vierge contenait le Père, lequel portait le corps crucifié du Fils. Des heures, je restai devant ce tabernacle ouvert, dans l'intimité des cierges qui crépitaient sur l'autel. J'entendais le Christ parler au Père : « Toi qui m'as aimé avant même la création du monde... » L'amour avait une souche qui s'enracinait par-delà le creuset du cosmos.

Dans la ville, je ne supportais plus la lumière, les corps d'adolescents. J'aimais le refuge de la musique grégorienne, la contemplation secrète de l'hôpital et de la Vierge, les venelles moussues, ombreuses, les nefs des églises. À M. les rivières canalisées couraient sous les rues. Comme en 1974, au moment des inondations, elles surgissaient dans ma rêverie. Vertes, tressées d'algues. Elles allaient à la mer. Elles portaient un gisant à la dague lumineuse, le corps d'un chevalier des eaux.

De retour à Rennes, je n'avais qu'un désir : voir la tombe de Ludovic. Nous avions reçu, George et moi, un faire-part officiel. La famille avait dû trouver nos adresses dans les papiers de Ludovic. George me raconta qu'il y avait eu une veillée funèbre dans l'église Saint-Augustin, à côté du lycée. Tous les élèves du caisson, tous les amis de Ludovic étaient là pour une veillée *sans corps*. On s'était interrogé sur les motifs de mon absence. George avait lu le poème de Rimbaud : « Départ dans l'affection et le bruit neufs... »

Le premier mercredi de mai, nous prîmes la direction de Savenay et des marais de Brière. George portait son costume gris. Je ne pouvais entreprendre ce voyage de deuil qu'avec elle. Elle ne posait jamais de questions sur ce qu'avait été ma relation avec Ludovic. Elle savait ma fascination pour lui. Au mois d'août 1992, comme j'écrivais ces pages, j'ai voulu revoir George. Nous avons parlé des heures dans le beau jardin ombragé de sa villa minérale de la côte Nord. Elle habite un antre peuplé de chats. Nous avons évoqué le caisson, notre triade, Ludovic, le versant nocturne de notre vie, le désir et son pacte. Elle avait tout deviné. Elle attendait que je formule l'aveu. La traversée de plusieurs stratifications du deuil était nécessaire pour que j'y parvienne. Nous étions dans sa bibliothèque et nous regardions des photos. Soudain m'est apparue l'image du chevalier des eaux, un soir de fête, et j'ai raconté à George la légende de Gaël, le *Phénix*, la mer et la forêt, les veilles et les morts traversées, l'agonie hivernale — le livre que j'étais en train d'écrire. Son visage s'est éclairé, elle a cité quelques mots de grec qu'elle a traduits ensuite, des mots d'Anacharsis : « Il y a trois sortes d'hommes, les vivants, les morts et ceux qui vont sur la mer. »

Au départ de Rennes, la voie ferrée longe la rivière. C'était une journée de soleil bouillant. Nous avions pris place dans un compartiment vide. Bien que je fusse bourré de tranquillisants, le simple fait de monter dans le train avait ravivé la douleur. Le soleil bouillait sur les prairies, les marécages, les chemins de halage. Des chutes brisaient le cours de la rivière. Ludovic de Nel m'obsédait encore, je n'arrivais pas à me délivrer de l'image d'un corps qui pourrissait sous le soleil. Un corps défait en rhizomes liquides, une boue sépulcrale gangrenée par le gaz de la crypte. Nous appartenions à un monde dans lequel la beauté mourait. La beauté était par essence foudroyante et traversière. Elle n'habitait le réel que par fulgurations. Elle était passée et nous roulions au déclin de son erre. Nous roulions vers une crypte qui contenait une tombe, laquelle renfermait un corps. Voyage des gisants-gigognes, des sanctuaires de la lumière morte.

Le soleil m'était insupportable, si jaune, si violent que les prairies en contrebas de la voie bouillonnaient d'ombres. Le vacarme du train s'intensifiait. Bientôt la vallée se resserra, les flancs parés de conifères noirs. On aurait dit la vallée de l'Aulne. Des brumes montaient, des langues verdâtres, tentaculaires qui me voilaient les yeux. Le train faisait un fracas à crever les tympans. On traversa un premier tunnel qui s'enfonçait sous la forêt de sapins. Ce fut comme un éclair noir. Les arbres, les murailles de l'arche, le train, tout s'effondrait. En une seconde vertigineuse, je revis les images du rêve, les eaux boueuses, lacérées de rayons noirs, qui emportaient Ludovic. Je poussai un cri. George était dressée comme une statue aux yeux révulsés.

Je devais me réveiller deux jours après, à l'hôpital.

Fils de la mémoire

I

En novembre 1991, quelques semaines après mon voyage à Essaouira, j'ai appris la mort de Julia. Elle était internée depuis l'été à l'hôpital de M. Laure, qui était depuis quelques semaines psychologue à l'hôpital, m'appela sitôt que le corps eut été découvert dans la rivière. Julia s'était gavée de médicaments, elle avait réussi à s'enfuir. La rivière bordait les terrasses de l'hôpital.

Il y avait de nombreuses formalités à accomplir. Erwan m'avait demandé de l'accompagner. Je l'ai suivi de bureau en bureau mais je n'ai pas eu le courage d'aller jusqu'à la morgue. Le corps gonflé, défiguré de Julia était là. À quelques pas de la chambre où j'avais découvert le cadavre de Gaël. J'ai préféré laisser Erwan descendre seul dans l'hypogée de carrelage blanc. Sur les parvis, les rafales projetaient des tourbillons de feuilles déchiquetées.

La tempête s'est levée. Julia devait être inhumée dans son village natal pas très loin de Roscoff, en plein cœur du Léon. Les vents pluvieux brouillaient l'horizon. Les rafales cinglaient, glaciales. La campagne et les routes déployaient leur réseau d'ornières boueuses. La lumière dorée d'Essaouira était morte. Nous plongions dans un monde de spectres, de lichens gris, de passages venteux. Erwan avait des gestes de somnambule ou de spectre. Le décès de Julia avait réveillé en lui une vive culpabilité :

— Je l'ai abandonnée, je l'ai abandonnée, répétait-il en roulant vers l'église.

On traversa des villages déserts, des places vides. Des ensembles religieux monumentaux se dressaient parfois, porches, calvaires, ossuaires, des cortèges de pleureuses granitiques. Nous suivions le fourgon mortuaire. La tempête redoublait de violence.

La cérémonie fut sinistre. L'église, en travaux, sentait le bois rongé, le prêtre ânonnait des prières insipides. La famille de Julia, de vieille souche paysanne, portait le deuil, mantilles pour les femmes, crêpes noirs au revers pour les hommes. Les enfants n'assistaient pas à la cérémonie. Erwan s'était placé tout près du cercueil, seul à son rang, comme si la famille l'eût tenu à l'écart. La grand-mère et la mère de Julia étaient raides, inflexibles. Pas une larme. La tempête fouettait les vitraux, le vent soulevait les bâches de la toiture en réfection. On dut rallumer les flambeaux. Seules les femmes chantaient. De lugubres cantiques en breton. Pour Julia, je voulus prier. Une prière trinitaire dans laquelle entreraient la prairie mystique de Gand, le *Selig sind die Toten* de Brahms et le deuil lumineux de Santa Lucia.

Une pluie glacée s'abattait sur le cimetière quand nous sortîmes. Il fallut patienter dans le porche, sous une galerie d'apôtres au visage mangé par le vent salin. La rumeur de la mer tempétueuse arrivait par-delà les champs boueux. Le prêtre avait revêtu une chape noire bordée de franges d'argent. Le cortège s'ébranla. La fosse s'ouvrait parmi les dalles de lichen gris. Alors les hommes et les femmes se séparèrent. Les pleureuses granitiques se massèrent à gauche de la tombe tandis que les hommes, le chef nu, s'agenouillaient dans la boue au bord de la fosse. Le prêtre bénit le cercueil. Erwan s'avança le premier, je le suivis. La famille au regard dur — une tribu de statues des calvaires — nous dévisageait, d'une impassibilité terrifiante, insensible à la douleur, aux rafales, au tumulte des sirènes et de la grande aboyeuse qui courait à la lisière des champs, les plus terribles, les plus menaçantes étant les femmes, qui nous excluaient. Le cercle minéral de la famille se refermait autour de la tombe, surplombant le ventre noir où se jouait la fusion de la terre et des corps. À voir la folie de ces êtres sauvages, d'une rare beauté, figés dans la boue et la pluie autour du bief des ossements, je comprenais mieux le naufrage de Julia. Elle avait voulu suivre Erwan dans l'univers factice de la modernité, des fausses valeurs. La tribu ressoudée signifiait ce jour-là à Erwan qu'elle reprenait sa fille : Julia Kerinec venait de descendre dans l'autel jalousement gardé des morts vénérés.

Un repas devait être servi ensuite, qui réunirait la famille. Erwan me fit comprendre qu'il était hors de question qu'il y assiste. Nous prîmes la route. Je voulais fuir le deuil, la boue, la tempête. Les vagues s'élançaient à grand fracas contre le rivage. Je voulais rouler vers l'Arrée, vers le centre des terres. Aller jusqu'à Commana, par cette route des landes qui est comme un commencement d'Irlande, rouler vers ce nom ludique, tout de voyelles perchées. Erwan se taisait, ou alors il disait :

— C'est affreux, tu as vu ces femmes, un morceau de moi va pourrir dans cette tombe...

Les sortilèges de novembre revenaient. Et cette route que nous empruntions, bordée de fougères ruisselantes et de végétaux ruinés, menait tout droit au Royaume des morts qui s'étend au cœur même de l'Arrée. Julia en terre, l'appel avait été plus fort que tout, l'angoisse montait, taraudante. L'appel que j'avais entendu après l'enterrement de Gaël quand j'avais voulu fuir du côté de la forêt et des Roches Noires. L'appel que j'avais entendu lorsque j'avais sombré sous le tunnel après la mort de Ludovic. Des ombres couraient sur les pentes, agiles, transpercées de paquets de pluie. Une rouille mauve — lande et bruyères macérées — dégouttait des pierres. Des croix usées, avec des têtes de saints mutilées, se dressaient à la croisée des routes. Je ne savais plus trop où nous étions. Erwan ne disait mot. La route montait vers les hauteurs de Commana, chaotique, sinueuse. Nous étions perdus dans la lande pluvieuse, seuls comme au début, après ces veuvages. Les pleureuses noires de la tombe de Julia me hantaient. De nouveau l'architecture du monde craquait, les ergots, les accrocs ténébreux affleuraient. D'ombre nous étions, comme la lumière éteinte par la pluie qui glissait dans le vent sur les plaques schisteuses. Et dans la tempête, dans la violence de la mer qui devait voler à la rive des croix, l'être aussi se brisait, la mémoire des ténèbres revenait, la vraie mémoire qui est le sanctuaire de la mort. Gaël se dessinait, vagabond errant sur la lande. De là, il dominait les lointains, la mer rageuse. La mémoire de novembre, celle qui fracassait les sceaux, tissait sa confrérie de veilleurs levés parmi les pierres, les pinacles du tumulus cosmique de l'Arrée. Bientôt la route franchirait l'obstacle de la dernière crête érodée par le vent et alors s'ouvrirait la perspective des tourbières, du grand étang des âmes. Il serait là-bas, dans les vapeurs de la brume de novembre, bouillant, fumant.

Nous continuions à rouler, égarés, silencieux. Il n'y avait plus de repères, de noms connus. À l'infini, des cataractes de pluie. Le chemin n'était plus carrossable. Nous étions, signes, vestiges granitiques, comme ces bétyles, ces pinacles hercyniens qu'on apercevait parfois. Une histoire nous avait liés à l'origine et nous ramenait là, après la tempête, après la mort. On connaissait maintenant l'usure, la folie. On savait que la vie niait la beauté. Erwan pleurait un corps qu'il avait vu descendre dans la boue. Le souvenir d'un ange me revenait, dont j'avais jadis bu la sève immortelle. Et face au grand étang des tourbières, face à l'océan des âmes démontées, pour la première fois, nous nous disions ce secret, la beauté traversière, enterrée dans les cryptes, sous les boucliers pierreux de l'Arrée, la beauté perdue, et nous veufs à jamais, impossibles jumeaux, veufs de notre histoire arrêtée, frères de novembre et de souffrance.

Dès mon retour, dans la nuit, j'ai appelé Irène, ma compagne des marges de la mort. L'instabilité me reprenait. Je voulais partir. Dès que je cessais d'écrire la mort, je la rencontrais. Dans sa solitude nordique, j'ai demandé à Irène de citer un nom de ville que nous pourrions visiter ensemble, un nom qui serait comme un aimant ou un Graal à l'horizon des pages de l'Aulne qu'il me restait à écrire. Un nom où partir, pour renaître. Un nom, loin des cryptes, des rivières et des landes de la mort. C'est alors qu'Irène a dit le nom de Prague.

II

De l'avion, j'ai reconnu la courbe du fleuve, les coupoles, l'éminence du château. Irène ne croyait pas que ce fût Prague. Il traînait encore à l'aéroport quelques uniformes brunâtres au visage patibulaire. La déception commençait. On se l'est tue d'abord, voulant mieux voir, il fallait marcher pour appréhender la ville. Jusqu'aux quartiers du centre, le décor se répétait à l'infini : vitrines pauvres, rideaux de tôle baissés, cabines téléphoniques miséreuses, façades noires et poussiéreuses. Il faisait froid. En ce début de Semaine sainte, une bise hivernale soufflait dans les rues. Celle que Kafka appelait « la petite mère » se refusait à nous. Place Venceslas hideuse, envahie de touristes allemands. Nous nous sommes perdus par les rues du quartier juif, courant jusqu'au couvent d'Agnès la Bienheureuse pour chasser le froid et conjurer la déception. Le vieux cimetière juif, avec sa tectonique de stèles, de dalles bousculées, était assiégé de touristes braillards. Ils couraient sur les pierres, s'accrochaient au chevet des tombes, piétaille infernale et profanatrice. La froidure, le ciel plombé rendaient l'endroit plus saisissant encore, archives de pierres, d'os, de terre et d'arbres mêlés, ramifications souterraines, souches inextricables dans l'enclave des murailles bétonnées et des façades de suie. On eût aimé pouvoir rester seul dans le cimetière, après le départ de la foule, pour écouter bouger les ossements dans l'entrelacs des racines et des pierres. Fusion minérale, végétale, tribu élue rayonnant sous son lacis d'arbres et de signes basaltiques.

La nuit du cimetière, la grisaille des maisons avaient envahi la ville. Le pont Charles avec sa cohue de passants et de marchands nous faisait peur. Le Château immense, citadelle de murailles rectilignes, paraissait plus vert dans le vent froid. Il était criblé d'ouvertures, milliers de fenêtres, d'yeux rectangulaires depuis lesquels les dictateurs communistes pouvaient naguère surveiller la ville. Les abords du pont Charles, goulot de façades lépreuses et lourdement étayées, sentaient l'urine, la misère. Un vent violent s'engouffrait sous les voûtes. Nous étions gelés, gagnés par une déception sans appel. Il nous semblait qu'on bradait tout, statues pieuses, casquettes de l'armée soviétique. Comme nous remontions vers la place de la Vieille Ville par un réseau de rues plus sinistres encore, un étrange spectacle a soudain attiré notre regard : un homme en habit, en grande tenue de chef d'orchestre, dirigeait un ensemble fantôme. La musique — le *Stabat mater* de Dvořák — sortait d'un énorme appareil qu'il avait disposé au sommet de l'autel qu'il avait édifié, et sur les gradins du monument, il y avait des bouquets de fleurs, des veilleuses et des portraits, plusieurs photographies en noir et blanc qu'on distinguait à peine. Il jouait ainsi, seul, avec un entrain terrible, comme s'il avait eu à diriger plusieurs centaines d'instrumentistes et de choristes, absurde métaphore du déclin et de l'horreur de la ville. Pour qui donnait-il ce concert simulacre ? Pour ces disparus dont les visages étaient exposés sur l'autel ? Pour une crucifixion invisible ? Nous restâmes plusieurs minutes à le regarder, autour de lui tout n'était que murs borgnes, ceinturés d'échafaudages, trottoirs dévastés, ponctués de gigantesques cratères.

Irène avait dit qu'il fallait aller jusqu'au bout de la *ville réelle*. Si déçus, si engourdis fussions-nous. Les mesures du *Stabat* nous hantaient encore. Le grand chant de la déploration se heurtait aux murailles hideuses. La nuit tombait et avec elle comme une neige fondue. Je voulais entrer dans Notre-Dame de Tyn, passer les arches, la petite cour. Je voulais voir la fenêtre de Kafka qui donne à l'intérieur de l'église. Rêve ? Mirage ? J'avais vu dans un livre cette étrange fenêtre grise surplombant un autel, avec cette simple mention : fenêtre du bureau de Kafka à Notre-Dame de Tyn. La foule qui occupait Prague semblait plus soucieuse de photographier les graffites, les façades baroques, les passages étroits avec leurs lampadaires qui encerclent l'église. Irène et moi étions venus pour cette fenêtre. L'église n'était ouverte que quelques heures par jour. La neige tombait dans la petite cour. On allait ouvrir les portes pour la messe. Nous sommes entrés dans l'édifice sombre. Elle était là, à droite dans le collatéral, surplombant son autel, sa station de chemin de croix. Étrange vitre grise, épaisse, derrière laquelle on devinait une vague forme, comme un bouquet séché. C'était là le vrai tabernacle de Notre-Dame de Tyn. Il s'était tenu là, derrière cette vitre, le froid fonctionnaire des Assurances, le scribe méticuleux, tout occupé à se défaire des griffes de la *petite mère*. Là, et il regardait la messe, le culte, derrière le mur, derrière la vitre. Voyeur de scènes cocasses qui viraient vite à l'absurde. Rien n'indiquait que ç'avait été la fenêtre de Franz Kafka, l'œil dans la cloison, la brèche dans le mur, motif essentiel de son univers. C'était la messe du commencement de la Semaine sainte, une messe d'or, de chasubles royales. L'alpha du sacrifice. Le hasard ne m'aurait pas conduit à feuilleter ce livre, rien ne m'aurait permis de savoir que c'était la fenêtre de Kafka, peut-être d'ailleurs ne l'avait-elle jamais été, elle l'avait été dans le délire de l'auteur de ce livre, dans le nôtre, pas un flambeau, pas une fleur sous ce retable encrassé, deux veilleurs simplement qui contemplaient une silhouette figée dans le gel noir d'une vitre.

Nous sommes sortis. La neige n'avait pas tenu. Les maisons, les graffites de la place de la Vieille Ville étaient éclairés. Nous avons dîné dans un restaurant encavé, profond comme une crypte romane. Depuis la messe à Notre-Dame de Tyn, depuis la découverte de la fenêtre de Kafka, l'horreur de la *ville réelle* commençait à se dissiper. Irène, qui avait été très lasse un moment, voulait encore marcher, monter au Château. La nuit avait effacé la suie des murailles. De-ci, de-là, les réverbères lançaient sur la lèpre des murs leurs grelots d'or. Le pont Charles était vide. La procession des statues basaltiques s'étirait au-dessus des eaux amples du fleuve. La citadelle naissait d'un moutonnement de coupoles et de toits. Quelques coulures de neige parsemaient le pavé du pont. Il était tard, dans la neige, dans la nuit. Nous sortions de la réclusion de Tyn, de l'encavement de la crypte. Le chef d'orchestre fou ne jouait plus. Stabat mater. Stabat parva mater. Et le fils lumineux, crucifié sous la vitre.

Nous entrions dans le Domaine interdit. Aux abords de l'église Saint-Nicolas, les rues commencent à monter, abruptes. Irène avait retrouvé son allégresse, ce pas vif qui m'avait réjoui l'hiver de 1990 quand elle m'entraînait dans Rennes. Un passage escarpé se lançait à l'assaut du Château. Les réverbères de fer forgé, avec leurs belles lanternes de verre épais, étaient allumés, un sur deux. Les marches luisaient sous le faisceau intermittent des lampadaires. Des ombres s'infiltraient parfois dans les recoins du passage, sous les porches. Nous allions vite, magnétisés par l'appel des marches, les hautes douves minérales, le décor vide, les torches. Quand nous nous arrêtions pour reprendre notre souffle, nous découvrions l'étagement des toits, l'entaille nette du passage avec ses paliers de pierre scintillante, les coupoles obscures de Saint-Nicolas, la ligne brasillante du fleuve. L'opacité minérale des murs absorbait l'écho de nos pas. Nous parvînmes bientôt à la place, à la grande esplanade du Château. Les grilles étaient ouvertes sur l'enfilade des cours. Des gardes hiératiques se tenaient à l'entrée. Des champs de pavés brillaient sous la succession des arches. La place était vide. Les immenses lampadaires dressaient leurs buissons de volutes et d'entourloupes. Le cœur du Château paraissait vide, ou alors rétracté derrière des épaisseurs de pierre muette. La ligne du seuil devait marquer le commencement de la zone interdite. Kafka était toujours derrière sa vitre, au-dessus du vaisseau de Tyn anuité. Il n'y avait qu'une fenêtre éclairée, à la façade du palais épiscopal chargé de stucs et de moulures crémeuses : on apercevait de grands portraits de papes, de cardinaux rouges.

Nous étions les voyeurs de la Citadelle interdite. Arpenteurs comblés soudain. Il suffisait d'aller jusqu'au bout de l'écœurement de la *ville réelle*, d'attendre la neige et la nuit pour atteindre les marges du secret de la cité fantasmatique. Liquide et verte, d'une émeraude alchimique, surplombant la vastitude des eaux et des toits. Hradčany : nom d'aigle rocailleux, de pierre de vigie. La nuit qui avait suivi l'enterrement de Julia, Irène avait dit le nom de Prague. C'était la destination qu'elle avait choisie après la troisième mort. La fenêtre nocturne de K. Le pavé effulgent des cours interdites. Et une dilatation merveilleuse de l'être, une sensation d'élévation dans le fût minéral de la ville, loin de la crasse et de la suie, par les marches, sous le signe des réverbères, par les degrés de l'*escalier intérieur*. Comme toutes les femmes qui avaient compté dans ma vie — Nohann, George, Laure — Irène était attentive aux sollicitations de l'ailleurs. J'étais heureux d'être là avec elle. Sur la pierre sonore de Hradčany, lissée par la matière astrale, au-dessus de la rumeur de la Vltava et de Prague.

*

Malá Strana serait notre quartier d'élection. Le petit côté. Magie du pont noir encrassé, enkysté, qui s'avance vers l'île Kampa, lourd, touffu, avec ses deux colonnes de statues ténébreuses. Magie des bords du fleuve, des jardins qui descendent jusqu'à l'eau avec leur débordement de saules, de végétation campagnarde. Les eaux roulaient sur leur lit pierreux. On passait insensiblement des rives aux places, aux folies décrépites des jardins Wallenstein, des maisons recluses dans l'épaisseur des clos de verdure tout remuant d'oiseaux aux passages abrupts qui partent à l'assaut des collines. La ville réelle était soudain oubliée. La cité fantasmatique et baroque commence aux berges de l'île Kampa. La foule se concentrait sur le pont Charles, un peu encore aux abords de l'église Saint-Nicolas, veule et enrégimentée, elle campait encore à l'intérieur de la Citadelle qui devenait le jour un promenoir de la vulgarité moutonnière, mais elle s'aventurait très peu du côté de la place Pohorelec, du couvent des Strahov ou des belles ruelles ocre, longées de hauts murs qui descendent depuis les hauteurs de Notre-Dame-de-Lorette. Irène et moi avions adopté le *petit côté*. Féerie de splendeurs baroques et d'escaliers alertes, de passages étroits, de jardins silencieux. Le soir, nous repartions coucher dans la ville réelle. Le jour, nous arpentions le petit côté. Milliers de pas fous, libres, insouciants soudain, haltes dans les jardins de l'île Kampa, dans l'écrin vert de Saint-Nicolas, dans les petits bistrots des places, sous les arcades, le temps de boire un verre de vin blanc de Bohême.

Nous descendions une après-midi du couvent des Strahov. On découvre alors une perspective sans pareille sur la ville, les milliers de dômes, de pinacles, de coupoles, qui rédiment la ville réelle. La venelle pavée se déroulait sous l'à-pic des maisons, surplombant à droite un énorme verger en fleurs. Sensation étonnante d'une nature paradisiaque en pleine ville entre les monastères, les collines boisées, l'escarpement des venelles qui sillonnent les hauteurs comme autant de chemins de croix et les toits rouges qui déclinent doucement vers les rives de l'île Kampa. Sous nos yeux, soudain, des milliers de feuilles blanches, de pétales gonflés ponctuaient l'herbe verte et grasse du verger qui s'enfonçait comme un ravin soyeux. Les arbres courts, tordus, étaient plantés en lignes régulières sur les gradins de l'amphithéâtre herbu. Un soleil de printemps glissait sur les contreforts ocre de Malá Strana. Nous restâmes plusieurs minutes interdits, fascinés par cette marée de pétales, le surgissement de la reverdie dans l'enclave du verger.

Quelques centaines de mètres plus bas, nous avisâmes une étrange boutique qui exhibait en vitrine quelques statues abîmées, on aurait dit l'antre d'un sculpteur. Nous entrâmes. Le sculpteur était là, barbu, bougon. Il parlait au téléphone et ne daigna pas nous regarder. Autour de lui, dans la poussière et la sciure de l'atelier, des candélabres, des statues d'anges dorés, des fragments de décoration d'autel, des croix, des dalmatiques pendues aux poutres. De vieux objets usés, empoussiérés. Nous allions sortir quand soudain Irène me montra deux Christs suspendus au mur, l'un mutilé, de facture très sulpicienne, l'autre, mi-oriental, mi-roman, très beau, le corps longiligne et galbé, avec pour couronne d'épines trois pals noirs fichés dans le crâne. Irène, en allemand, demanda le prix du second. Le sculpteur bougon daigna répondre en disant que c'était une pièce ancienne, rescapée d'on ne sait quelle église. On en resta là. Nous sortîmes.

Nous avions à peine entamé notre redescente vers Saint-Nicolas qu'Irène inventait la légende du Christ de Malá Strana. Le Christ oriental, les paupières mi-closes, dans sa royauté sagittale. Le Christ prisonnier de l'antre du sculpteur barbu, dans la crasse de la boutique. Ce Christ baroque, la douleur vaincue, pacifiée, qu'on avait découvert après la contemplation du verger édénique. C'était la Semaine sainte, disait encore Irène, bientôt les chants de deuil éclateraient dans les nefs de marbre rose et vert, on allait laver les pieds, chanter l'office des Ténèbres, éteindre les lettres du nom de Dieu sous la fenêtre intérieure de Kafka, c'était un signe, ce Christ était pour moi, je devais impérativement l'acheter. Elle le décrivait dans sa vêture de vieil or, de sang caillé, il finirait chez un antiquaire, un notaire ou un pharmacien, le Christ fléché de Malá Strana.

J'ai résisté. Je ne voulais pas acheter ce Christ. Vieille réticence, vieux respect pour les objets sacrés ? Il avait été volé, il venait d'un sanctuaire, jamais je n'achèterais un Christ volé. Toute la soirée, Irène parla du Christ perché dans l'antre sur la colline. On passerait à la banque dès le lendemain matin. On reviendrait. On l'arracherait à la sciure de l'antre bougon, le talisman de ma rédemption. Je m'imaginais déjà promenant le Christ de nef en nef, vieux bois fragile, rongé, ce ne serait que le début du voyage ; il faudrait, à l'aéroport, déjouer la surveillance des douaniers. Il entrait dans cette histoire je ne sais quoi d'interdit, de profanation, de mensonge, qui m'excita. Je cédai. Le lendemain, de bonne heure, nous étions à Malá Strana. Le barbu était déjà dans sa boutique. L'affaire fut promptement réglée. Dès que j'eus payé, l'homme se précipita vers la porte qu'il verrouilla. Dans son sabir, je compris quelque chose comme *deposito italiano*. Il nous entraîna alors dans l'arrière-boutique par un passage voûté ruisselant de salpêtre. Il chantait une sorte de mélopée très lente, il n'y avait plus de lumière, c'était comme si nous étions entrés dans une habitation troglodyte. Il éclaira bientôt une nouvelle salle voûtée remplie jusqu'au plafond de trésors : des dalmatiques de toutes les couleurs du temps liturgique, des candélabres et des ciboires d'or, des ostensoirs, des Christs colossaux cloués à même la muraille, des Madones et des Anges. Où étions-nous ? Quelque part sous le verger paradisiaque peut-être. Le gardien du trésor riait à voir notre ébahissement. Le trésor exposé à Notre-Dame-de-Lorette n'était rien à côté de ces merveilles. Il avait suffi d'acheter le Christ aux flèches pour avoir le droit d'entrer sous la colline. Irène posa quelques questions. L'homme répétait : « le vrai trésor de Prague ». Ces objets allaient partir : destination inconnue. Il éteignit, referma soigneusement la porte. Nous prîmes congé du gros receleur barbu.

J'avais dans les bras le Christ aux flèches. Nous redescendions, grisés, la légende du Christ et du verger se doublait d'une autre légende, celle du trésor enterré, celle de l'énigmatique sculpteur qui était un passeur d'objets d'art. J'avais ce Christ, somptueux, avec sa calligraphie de sang noir qui lui ruisselait du flanc, ce Christ doré, tourbeux, Christ du petit côté et de l'Orient lumineux. Irène m'avait souvent entendu raconter l'histoire du grand Christ espagnol de l'Abbaye de l'Aulne, celui que les moines avaient un jour retrouvé fracassé sur la grève et qu'ils portaient chaque Vendredi saint de la mer à l'autel. J'avais mon Christ, acquis dans des conditions louches, frauduleuses. Je n'avais pas de permis spécial indispensable pour l'exportation d'objets religieux. Et comment l'aurais-je eu ? J'avais peine à situer le sculpteur entre le verger et le couvent des Strahov...

À l'hôtel nous avons déballé le beau Christ. Je l'ai accroché sur le mur blanc, Messie rigide, ensanglanté, dans sa tourbe romane, sa royauté sagittale. J'en avais vu jadis d'identiques dans des chapelles primitives des premiers contreforts du Jura ! Sa migration vers l'Ouest commençait. Mal ! Il n'entrait dans aucune de nos valises ! Il faudrait le rapporter à Malá Strana, mais Irène était inflexible. Nous repartîmes donc en ville acheter une valise qui contiendrait le Christ. Nous avions pris des mesures approximatives. La quête fut difficile. Les boutiques fermaient. C'était notre dernier soir à Prague. Je transportai la valise au restaurant et ensuite pendant notre promenade vespérale. Irène voulait monter au Château par les escaliers qui nous avaient enchantés le premier soir. Lente montée sous les beaux réverbères, ceux-là même qui avaient éclairé les déambulations désespérées de K. Nous étions fous, hilares. Je portais jusqu'au Château de Prague ce qui allait être le cercueil de passage du Christ aux flèches. Nous arrivâmes sur la grand-place. La fenêtre du cardinal était encore allumée. Les gardes immobiles veillaient toujours à l'entrée du Château. On crut, tout à coup, apercevoir des silhouettes à l'intérieur.

— Allons-y, souffla Irène.

— Tu n'y penses pas, avec la valise, jamais ils ne nous laisseront passer !

On ne résiste pas aux pas fougueux d'Irène. Elle était déjà dans la cour d'honneur. Le Château inexpugnable était visitable la nuit ! Il suffisait d'avoir l'audace de passer. Nous découvrîmes en son cœur la cathédrale Saint-Guy, verrières et arcs-boutants illuminés. Nos pas résonnaient dans l'enceinte vide. On allait de cour en cour, sans apercevoir âme qui vive. Nous marchions avec la valise du Christ, dans ce décor de portants austères au-dessus des eaux, des réverbères et des centaines de marches, dans l'alliance mystérieuse de l'émeraude et des astres. Le Château était un lieu qu'on traversait : dans la rue des

Alchimistes, contre la porte de la maison de Kafka, deux femmes cherchaient à s'embrasser en toute tranquillité, le Château était un grand déambulatoire sous les étoiles, dans la nuit bleutée d'avril.

Le secret de cette ville, comme celui de Venise, n'était pas assignable à un lieu, une zone donnée, il se répandait dans l'espace, vibratile, il résonnait dans le martèlement des pas fougueux de l'Arpenteur, sous les jalons des réverbères qui auréolaient les murs, nos ombres se découpaient, minuscules, auprès du tombeau géant du Christ de Malá Strana.

III

Un château hantait mes rêves. Au-dessus d'un fleuve. Les murailles étaient d'une pierre verte qui se levait jusqu'aux astres. L'intérieur du château fourmillait de sas, de douves lactées, de couloirs labyrinthiques. Des gisants flottaient dans la nef d'une chapelle romane, ronde, avec des voûtes surbaissées. Trois morts qui entouraient le Christ tourbeux, sagittal. Une triade essentielle.

Ce rêve revint plusieurs nuits; avec quelques variantes. Parfois les morts m'échappaient comme j'arrivais au sommet des marches. Ils nageaient au cœur du sanctuaire interdit. Rapporter le Christ aux flèches en France, c'était, d'une certaine manière, rester fidèle à ce songe, garder quelque chose de l'extase des nuits minérales au Château.

Nous prîmes la route de Marienbad. Le Christ de Malá Strana était dans le coffre, soigneusement étendu dans sa valise. La campagne que nous traversâmes était affreuse : étendues de champs immenses, nombreux sites industriels, villages sordides, miséreux. Les pluies acides avaient attaqué les forêts. Des plantations de conifères il ne restait souvent que des hampes noircies, à l'écorce suppurante. Un territoire d'Apocalypse. On était loin de l'enchantement nocturne de Prague. Après Karlsbad, le paysage changea, plus montagneux, plus boisé. Irène semblait plus détendue. Elle avait détesté la grande route qui traversait les champs pelés et les forêts mortes. Nous parlions du Christ, du receleur barbu, du trésor sous la colline, de notre visite au Château. De l'itinéraire des morts qui nous avait menés là. Des gisants du songe. La légende du Christ s'étoffait : on l'imaginait à présent dans quelque monastère lointain, dans l'encens et les flammes. Le Messie de Malá Strana, morceau de Verbe dur, patiné. Irène était éclatante. Nous passions des moments merveilleux, innervés par l'extase et le mythe.

Sous l'à-pic de ses forêts, Marienbad se présentait comme un ensemble de portants baroques dressés de part et d'autre d'une rivière cristalline. Les hôtels semblaient sans réalité, frontons orgueilleux, peints, chargés de chérubins colorés qui paraissaient émerger des bois. L'austérité du cadre — les forêts sombres qui se dessinaient par-dessus la ligne des toits ocre ou verts — contrastait avec le vert vif des pelouses, la gamme chromatique des façades, la beauté du promenoir sous lequel défilaient les curistes, leur godet d'eau chaude à la main. Notre chambre donnait sur les hauteurs boisées et le grand temple aux arcades blanches. On apercevait les curistes et les cygnes, même dérive gourde, comme somnambulique. Un gigantesque cratère de béton se creusait sous nos fenêtres : chantier aujourd'hui interrompu d'un immense hôtel que voulaient construire les dignitaires communistes. Il ne se passait rien à Marienbad. On était soudain vacant, délesté. Un grand vide envahissait l'être, on se laissait aller au bruit de la rivière, aux incurvations des pelouses qui descendaient du promenoir, aux stucs et aux frontons qu'on apercevait de la chambre. Des chérubins replets arrimés au front des hôtels. Des vieillards lents, revenus de plusieurs morts, qui n'en finissaient pas de parcourir le grand promenoir. Et les cygnes, dernière étape du cycle, prêts à entraîner dans des caïques, sur les eaux de Marienbad, les vieillards et les chérubins.

Les chambres étaient comme des grottes enracinées dans la forêt. Elles dominaient le grand théâtre vert, sous leur guirlande de glands et de festons baroques. Après l'intensité des journées et des nuits pragoises, les variations permanentes qu'imposait la ville, nous nous sentions vides, sans vie. Il nous fallait habiter ce théâtre d'une fiction nouvelle. Nous sortîmes. Nous prîmes les eaux. Rien ne valait le vin blanc de Bohême. Une terrasse charmante surplombait les pelouses et la rivière. Le délire revenait. Les vieillards et les cygnes passaient toujours sous l'œil narquois des chérubins. Je rêvais de monter sous les bois, de découvrir les coulisses forestières. J'avais aperçu des villages perchés, des fortins dans la montagne, des citadelles délabrées. C'était l'heure de dîner. Nous entrâmes dans une somptueuse salle parée de colonnes de marbre et de lustres de cristal. Les verres de vin blanc nous avaient plongés dans une douce griserie qui atténuait l'angoisse due au calme, à la proximité des valétudinaires. Il n'y avait pas grand monde au restaurant. Près de la table à laquelle nous prîmes place, dînaient deux adolescents vêtus à l'identique, bruns, le teint très mat, on aurait dit des jumeaux. D'emblée, ils attirèrent mon attention et je m'installai de manière à pouvoir les regarder pendant le dîner. Ils avaient entre dix-huit et vingt-cinq ans. Le classicisme de leur tenue, leur gravité les vieillissaient. Ils étaient beaux, un peu gauches. Voilà qui nous changeait des curistes. Qui étaient-ils ? Simples camarades, jumeaux, couple ? L'un d'eux s'adressa à Irène pour lui demander si elle pouvait lui traduire les noms des plats. Ils étaient français. Ils avaient sans doute entendu mes propos, mes remarques. Leur duo me fascinait sous les lustres de cristal, dans le luxe de Marienbad. Irène multipliait les hypothèses : adolescents fortunés, étudiants en vacances, jeunes homosexuels en voyage. Ce n'était pas leur beauté ou leurs corps qui m'attiraient, c'était leur duo, le mystère de leur présence là, l'énigme de leur pérégrination gémellaire. Qui pouvaient-ils bien être ? Je soufflai à Irène qui s'était déjà entretenu avec l'un d'eux au début du dîner qu'elle pourrait les inviter pour le dessert. Elle trouva la tactique grossière. J'insistai. Ils nous rejoignirent, avec un semblant de réticence. Ils arrivaient de Prague et repartaient le lendemain en train. Peu à peu les choses se précisaient. Ils étaient tous les deux élèves de terminale, se faisaient passer pour frères. De nombreux éléments les rapprochaient : le teint mat, les sourcils noirs très abondants, le nez fin, légèrement bossué, les pommettes saillantes, les lèvres charnues. Nous commandâmes de nouveau du vin blanc. Je voulais les faire parler. Ils se méfiaient de ce couple qui les avait invités. Ils préparaient le bac dans un collège catholique, ils nous racontèrent les rites, l'inquisition sexuelle du Grand Confesseur. Il semblait qu'ils avaient déjà beaucoup voyagé ensemble. Ils connaissaient bien l'Écosse, Tongue, l'Irlande, Dublin, Glenveigh. Dès qu'on les interrogeait sur leur vie, sur le lien qui les unissait, ils se cabraient. Thomas, le plus frêle, se plaçait toujours sous la protection de Guillaume, ne parlait qu'avec son aval. À un moment ils affichèrent une haine très violente de l'homosexualité. Ils avaient des références littéraires, connaissaient Kafka, Kundera.

Le restaurant allait fermer. Nous gênions. Les mystérieux jumeaux habitaient à quelques pas de notre hôtel. Tout était fermé. Difficile de les inviter chez nous. Je voulais pourtant les revoir. Leur duo, leur aisance, leur lien secret m'intriguaient. Irène l'avait bien senti qui insista pour que l'on se vît le lendemain. On partirait, dès trois heures, vers la forêt. La perspective parut leur convenir.

À l'hôtel le mystère des jumeaux m'excitait encore. Les vieillards, les cygnes, les chérubins, tous dormaient. Ce voyage était celui des rencontres insolites. Après le gardien du trésor de Malá Strana, les jumeaux de Marienbad. Avec Irène, on passait en revue tout ce qu'ils avaient dit, les éléments qu'ils avaient livrés.

Leur éducation stricte, leur fausse identité de frères. Nous les imaginions, jeunes errants rimbaldiens, frères de désir. Ils avaient les rites, le code d'un couple. Leur beauté ne tenait qu'à leur couple, irradiante parce que gémellaire. Ils avaient traversé l'Europe, du fjord de Tongue et de la Chaussée des Géants aux fastes de Prague. Pérégrins ailés, androgynes voyageurs. Après, ils se cachaient dans l'univers d'un collège inquisitorial, sous la férule du Grand Confesseur. Ils passaient dans notre vie, comme était passé Ludovic de Nel. Il n'y avait pas de hasard. C'est à eux que je confierais le Christ pour qu'ils le rapportent en France. Les deux anges visiteurs, auréolés dans le silence des forêts, des chérubins, des portants et des cygnes.

Le lendemain, comme convenu, nous les retrouvâmes à quinze heures. Seul Guillaume était là. Thomas téléphonait. Une peur sourde les paralysait. De jour, la griserie retombée, ils étaient moins fascinants. Nous prîmes la direction de la forêt. Ils s'étaient tous les deux installés à l'arrière de notre voiture de location, une Skoda qui les faisait beaucoup rire. La route sinueuse surplombait un torrent, des prairies constellées de galets et de branchages blancs. Aux passages à niveau, dont les barrières restaient de longues minutes baissées, Guillaume descendait de voiture pour s'assurer que le train n'était pas annoncé. Sans le vin, sans la convivialité de la table, ils étaient plus raides, ils devaient se méfier de nous. Nous sommes montés

365

jusqu'à un village concentré autour d'une citadelle ruinée. Il ne venait jamais de touristes sur ces hauteurs. Les femmes, vêtues de fichus et de grands tabliers à carreaux, nous regardaient comme des intrus. Nous nous assîmes dans l'herbe, au pied du perron fracturé de l'église. Il faisait beau et chaud. Les jumeaux nous parlaient des œuvres qu'ils étudiaient, de leurs projets. Ils avaient l'âge, les goûts de nos élèves, quelque chose de plus racé peut-être, une réserve aristocratique, le respect des usages familiaux, des rites du collège, et surtout, un brin de perversité qui les poussait à la transgression. J'aimais leurs silences soudains, les regards qu'ils échangeaient alors. C'était tout ce qu'on pouvait lire de leur pacte, de leur secret.

Face à la misérable église, je leur dis l'histoire du Christ de Malá Strana. Le gros barbu, le trésor sous la colline. Ils voulaient voir le Christ. D'après eux, l'Est dilapidait ses richesses. Les splendeurs des églises et des monastères étaient bradées. On pouvait craindre un contrôle à l'aéroport. Alors je leur avouai le plan que j'avais mûri pendant la nuit. Pour éviter ce contrôle strict, je leur donnerais le Christ. Ils le déposeraient à Paris, chez des amis d'Irène, rue des Saussaies. Ils seraient les passeurs du Christ de Malá Strana.

Nous rentrions dîner. Leur train était à minuit. Irène m'a pris à part :

— Ton projet est fou... Tu ne reverras peut-être

jamais ton Christ... Mais je sais pourquoi tu le leur confies...

Je voulais en savoir plus. Irène, qui s'était faite à mes énigmes, a dit alors :

— C'est en souvenir de la première mort. Et pour le mystère de l'être double, de leur beauté...

Dans la nuit de Marienbad, près de la rivière aux cygnes endormis, je leur ai confié la valise. Ils étaient formels : les trains de nuit n'étaient jamais fouillés. Les frontons magnifiques se découpaient sur la masse noire des forêts. Les jumeaux étaient penchés sur le Christ, les traits plus nets, plus saillants dans l'ombre. Dans la voiture, sur la route de la gare, je les fis rire en leur disant que je voulais être enterré avec ce Christ. Au village, près de Gaël.

La gare était vide et sale. Un vieux fonctionnaire de l'ancien régime nous épiait. Nos rires devaient lui être insupportables. Les jumeaux sont montés dans le train de Francfort. Nous n'avions passé que quelques heures ensemble. On se connaissait à peine. Ils partaient avec le Christ, avec leur secret. Marienbad n'avait plus de réalité. Quelques heures et nous serions partis.

Le dernier jour de notre voyage, il pleuvait. À Prague, nous avions voulu voir la tombe de Kafka dans son environnement de lierres. Nous nous étions perdus dans les faubourgs. Avant de gagner l'aéroport, Irène tenait à revoir la ville depuis les hauteurs. Le hasard de nos errances nous a conduits place Pohorelec, à quelques pas du monastère des Strahov. Il pleuvait encore, à verse. Profitant d'une accalmie, nous sommes sortis. Nous avons emprunté le passage sous les arcades. Soudain le soleil nous a foudroyés : les milliers de toits, de clochers scintillants et, à nos pieds, ruisselant, lumineux, le verger de Malá Strana. Irène et moi étions immobiles, silencieux. Il montait du ravin une odeur de terreau noir, d'herbe mouillée. Pour les avoir déjà vus dans une autre vie qu'on appelle l'enfance, nous les reconnaissions, signes évidents, *dépliés*, les fleurs de la Béatitude, de la Résurrection.

IV

Gaël est sur le pont, entouré de ses frères marins, compagnons des odyssées sous les eaux. Je regarde une photographie qui doit dater des années 1934-1935. Visages lisses, confiants. Uniformes, galons au vent. La photo ne présente aucune indication. Sont-ce les marins du *Phénix* ? Les promis à la grande immersion ? À cette époque-là, Gaël a déjà repéré le monde. Il connaît l'Orient, les ports fétides, la suavité des soirs sur les quais, la puanteur des corps qui pourrissent sur les rives du Yang Tsé. Il connaît l'isolement des soutes, les mois de mer, les ports guerriers, les alliances fraternelles. Rien ne transparaît sur son beau visage d'homme blond, intact. Tel est Gaël, d'une force, d'une virginité qui résiste à l'horreur des découvertes, des coupe-gorge putrides des escales lointaines. Tel est Gaël, sauvé par la Marine de la misère des bords de l'Elorn, d'une adolescence dans l'opprobre, sous les pierres. Une fraternité nouvelle, une église, celle de veilleurs, des timoniers, l'appelle. Cette église a ses rites, ses secrets, l'échange, les relèves, la nuit des abysses, l'écoute des ancrages du monde. On glisse des mois entiers sous la nappe des eaux, ce qui, en apparence, à la surface, au regard des hommes, est délimité, nommé, soumis au carcan d'une taxinomie scrupuleuse. Dans les profondeurs, dans l'égarement des mois, ces compartimentations, ces frontières existent-elles ? La nuit de l'élément, la grâce des grands fonds sont un seul continuum, un unique royaume pour qui est prêt à renoncer au jour, à l'évidence des choses, pour qui se dit que l'existence ne se laisse saisir qu'à l'approche du naufrage. Des nuits, des mois aux racines de l'Orient. Les fleuves, les continents surgissent. La matière même du monde est brassée par les fonds. Sous les eaux, les ports, les arsenaux auxquels on abordera ont moins de réalité que les étoiles. La voûte étoilée hante les marins des grands fonds. Qui sombre ainsi des années de sa vie cache au creux de son cœur une triple nostalgie : les étoiles, les fleurs, les femmes. La grand-mère adorée attend sur les rives de l'Elorn. Il plane dans la mémoire du jeune officier le souvenir de fleurs fastueuses dans un verger des matins du monde. La nostalgie d'étoiles aussi, brisées dans le ressac de l'Elorn.

Sur la photo que je contemple, Gaël a trente-trois ans. Il va se marier bientôt, quitter ses compagnons promis au sacrifice. La coque mortuaire, le grand caisson funèbre va rester quelque part sous les mers, là peut-être où l'eau devient d'émeraude, quand commence à irradier l'Orient. Ils y sont encore. Seul le nom flotte, bouée miraculée. Et Gaël est ce miraculé qui renonce, qui brise les liens du sacerdoce abyssal, qui quitte sciemment l'église du *Phénix*. Anne s'installe dans sa vie, elle arrive de l'autre côté de l'Aulne. Il lui fait l'offrande de ce qui lui reste des patiences, des richesses de l'Elorn, lui que les années de mer ont renouvelé. Trente-trois ans. L'heure des ténèbres tombe. Le caisson du *Phénix* s'immobilise, fracassé, quelque part sous les eaux. Gaël acquiesce à la magie de l'Aulne.

Gaël, je me dis aujourd'hui que ta vie s'est arrêtée alors. Quand tu as appris qu'ils étaient morts, que pour l'éternité ils étaient prisonniers des eaux. Tu serais, toi aussi, pour toujours, relié à ce caisson funèbre. Comme tu avais été lié à l'ombre d'un père tôt disparu, lié à la fatalité de la mort qui te harcelait. Il ne te restait qu'à sombrer, en forêt, en mémoire, pour retrouver un peu de la plainte des abysses. Fils miraculé du *Phénix*, unique rescapé du tombereau des âmes. Le monde se doublait pour toi désormais d'une cartographie d'absents. À partir de trente-trois ans, dès que tu as rompu le lien de ton sacerdoce marin, tu as cessé de vivre. Songeur, absent tu étais, parce que hanté par une mouvance d'âmes nocturnes. Il te fallait encore parfois t'approcher du grand précipice pour entendre la vocifération des naufragés : le passage de l'Aulne, quand les eaux noires engloutissent la route marine, la forêt gelée, quand hurlent l'effraie et la hulotte, les noms des cartes, souvent remodelés par le temps, parce qu'ils étaient comme des nasses qui te permettaient de capter la rumeur de l'église sous-marine, un peu du bouillonnement des continents.

Dans ton silence, dans ta songerie, il y avait le souvenir lancinant d'une perte. Je te croyais rugueux, ombrageux, inaccessible. Je savais que tu avais erré par les profondeurs. Si taciturne que pour moi tu n'avais pas d'origine. Géographiquement, par le mariage, tu étais passé de l'Elorn à l'Aulne. Simple glissement latéral, déplacement infime pour qui avait plongé, pour qui avait sombré, pour qui avait souffert. Je te voyais comme quelqu'un de monstrueux. Tu me taisais ton origine. Je te voyais écouter les conférences de presse de De Gaulle dans un état d'attention qui avoisinait la piété et, quand je te demandais pour qui tu votais, tu ne me répondais pas. Je t'imaginais *communiste* sans trop savoir ce que le terme recouvrait.

Aujourd'hui je sais. Je sais que je tiens de toi mon goût des liturgies élémentaires. Que je suis, comme toi, un fils du monde. J'ai rêvé ton retour à la surface, après les traversées, quand dans le ciel de Saigon se dessinent des étoiles moins lumineuses que celles que tu as contemplées sous les eaux. Je sais à quel point tu étais un exilé, à quel point ta rêverie silencieuse ressassait la nostalgie de ces noms morts.

Tu les entendais encore quand tu te dressais sur ton lit à l'hôpital de M., ce dimanche de tempête, quand tu ouvrais frénétiquement les fenêtres, saisi d'une peur panique à la sensation du souffle qui te manquait, ces noms de frères, ta vraie famille, ton église, dans les douves de l'Orient.

L'Histoire continuait. Ce corps qui n'avait pas sombré dans la nef de l'abîme se délabrait. Quand on a été grand prêtre, on ne saurait se satisfaire des modestes activités de la vie réelle. Quand par son origine, par ses traversées, on est immortel, porteur d'une âme cosmique, on ne peut que s'insurger d'avoir à supporter la prison d'un corps qui se délabre. Tu ne pouvais plus marcher jusqu'aux rives de l'Aulne, jusqu'à la forêt. Tu n'arpenterais plus le socle de ton territoire. Le 16 mars 1990, tu les as rejoints enfin, tu as retrouvé ta place, ton ordre, ton lignage.

V

J'écrivais ce livre. Un caisson noir me happait. Sous les voix de Gand, sous la prairie des frères Van Eyck, malgré la magie de Brahms, du soleil des morts que j'avais vu se lever quand Bussan m'avait conduit à la chartreuse de Santa Lucia, il y avait comme un gouffre. Je remuais une masse énorme de passé, de forces endormies : des êtres, des visages que j'avais oubliés, que j'avais perdus, revenaient, lancinants, dévastés. Et il fallait continuer de vivre. Sortir, parler, faire des cours, rencontrer des amis, nourrir des conversations. Comme toujours, parler des seules choses qui comptent, les livres, les désirs, les voyages, avec dans la voix cette soif, cette vrille d'ombres.

Un adolescent m'a sauvé. Blond, yeux bleus, un physique solide de marin. Il m'avait fasciné dans un bar. Je l'ai rencontré comme je sombrais dans la dépression de ce livre. Viking ardent, encore une beauté d'adolescent des mers. Il venait souvent me voir, m'arrachait à mes ruminations d'archéologue. Il me parlait de son grand-père, de leur village de la Hague, des passes dangereuses où il surfait, du bateau qu'il aurait un jour et à bord duquel il partirait pour l'Irlande. C'étaient des rêves d'enfant que j'écoutais avec un infini recueillement. Assis devant moi, il jouait avec la copie d'Excalibur qu'on m'avait offerte, gestuelle sûre, grand manieur de voile et d'épée. Nous avions nos rites. Nous partions dans la ville, comme jadis, boire des bières. Dans la belle coque lambrissée du *Chatham*, sous les aquariums aux poissons flamboyants ou dantesques. Magie des noms des bières belges — Saint-Sixtus, Carolus, Chimay, et même, cela ne s'invente pas, abbaye d'Aulne... Loïc aimait celle-ci, pour communier au livre qui se faisait. Sous ces noms, sous ces rites, j'entendais une ombre, de l'autre côté.

Je l'attendais. Vivant, bien réel lui, magnifique dans son kabig bleu sombre, jeune chevalier qui me racontait la Hague, la lande de Lessay, les récifs et les arbres, un grand-père adoré. Sain, plein de vie, une beauté vigoureuse. J'étais spectral, nocturne. Je revenais du caisson, de la crypte, des douves de l'Orient ou des profondeurs de l'Aulne. Il irradiait. Il m'entraînait. À Saint-Malo, un dimanche de décembre, un jour glacial, de frondaisons rousses et d'étangs gelés, pour voir la mer. En février, au bord du fleuve gravillonneux, chez le vieil écrivain admiré. Silencieux, écoutant cette voix rare, souveraine, au-dessus du fleuve embrumé, des bruits qui voyagent sur l'eau.

Ces ivresses étaient nécessaires. Pour oublier le caisson noir, les divinités souterraines, toutes ces figures enchâssées dans la matrice de la mémoire. Ces figures que le deuil faisait éclore d'autres figures.

Avant d'écrire, avant de redescendre, il fallait boire. Symposium des princes celtes. Boire avec le bel adolescent mythique qui rêvait de partir sur la mer. Coque profonde du *Chatham*, battue par le flot. Éperons de la Hague. Dague lumineuse d'Excalibur.

*

Quand je n'écrivais pas, quand je ne déambulais pas dans la ville, je parlais devant des auditoires d'élèves. Le programme, cette année-là, portait sur la passion amoureuse. Philtre de Tristan et Iseut. Massacre du Morholt. Failles libertines des *Liaisons dangereuses*. Je leur parlais de l'amour, de la mesure d'aimer, du monde neuf, autarcique des amants, du philtre et de l'initiation amoureuse. On était à Vérone, en Irlande, dans la forêt du Morois ou dans les salons libertins. Loin, soudain, des voix, des ombres du livre. Mais les voix et les ombres du livre ne cessaient de me travailler. Cette matière vivifiait mon cours. Avais-je quelquefois des écarts, faisais-je des aveux alors que j'essayais de commenter les textes avec le plus de rigueur possible ? Toujours est-il que les élèves voulaient savoir ce que j'étais en train d'écrire. Je croyais répandre devant eux les embruns d'une parole autre. Dans la folie verbale des cours, je croyais me travestir. Là encore, la mémoire se dénudait.

À la fin de l'année, au moment toujours douloureux pour moi de la séparation, ils sont venus me voir. Ils voulaient m'inviter. Je suis allé dîner avec eux. Tard dans la nuit, un petit groupe a manifesté le désir de finir la soirée chez moi. Le prétexte était de goûter les whiskies fumés des îles. Étrange cours nocturne, cénacle de *happy few*. Un désir ne venant jamais seul, ils m'ont demandé ensuite de leur lire des pages du roman que j'étais en train d'écrire. C'était un exercice auquel je ne m'étais jamais livré. J'avais aimé ces visages. J'étais prêt à leur faire cette offrande impudique, dans la nuit, autour du whisky d'Écosse. Ils écoutaient, silencieux. Sur la table basse autour de laquelle ils s'étaient assis, ils avaient déposé Excalibur et le Christ sagittal.

VI

> « La mer rendit les morts qui étaient en elle ; la mort et le séjour des morts rendirent les morts qui étaient en eux ; et chacun fut jugé selon ses œuvres. »
>
> *L'Apocalypse.*

Bussan m'avait donné rendez-vous à Braemar, dans le nord de l'Écosse pluvieuse, dans un ancien pavillon de chasse transformé en hôtel. Il travaillait à un livre. Tôt le matin, il se levait, vers quatre heures, pour voir les cerfs qui remontent des prairies vers les hauteurs pierreuses où ils se terrent tout le jour. La maison forestière était entourée de landes mouillées, de bruyères pourpres, de sorbiers. La cage d'escalier, les salons étaient parés de massacres. De la chambre où il s'enfermait pour écrire, on ne voyait qu'un horizon de collines mauves. Au crépuscule, les hardes se dessinaient sur les hauteurs. Bussan partait en voiture, il aimait braquer les phares sur les buissons de pupilles soudain rutilantes massées sous les sapins. Un matin, je l'accompagnai. Sur la route qui domine la rivière, cinq cerfs nous escortaient.

Des chasseurs habitaient l'hôtel. Nous ne nous mêlions guère à eux. L'automne était précoce. Les bruyères et les sorbiers avaient un éclat que nous ne leur avions jamais vu. Bussan semblait obsédé par la mort, la mort, disait-il, qu'on devine dans les états de désir, de passion, d'écriture extrême. Je marchais avec lui dans la lande où se tapissent les *grouses*. Parfois les oiseaux s'échappaient. C'était un battement lourd de plumes mouillées.

Une nuit, je fus réveillé. Des coups sourds, des bois de cerf peut-être heurtaient une porte. J'étais encore dans la coque d'un rêve éventré. La proximité du songe était telle que j'en captais encore l'irradiation. Je voyais un décor de bistrot souterrain, louche, envahi de vapeurs de fumigènes bleus. De jeunes hommes étaient massés autour du comptoir, ils dansaient, ils s'étreignaient en se regardant dans un miroir. Franz, livide, comme malade, appartenait à cette confrérie maudite. Quand ils ne dansaient plus, ils se passaient une coupe à laquelle tous buvaient, ils plongeaient leurs lèvres fines et mauves dans le cratère de mort.

La conscience revenait. Le rêve avait une souche réelle. Quelques jours avant de partir pour l'Écosse, j'avais aperçu Franz dans un des bars de la colonie homosexuelle, derrière la gare. Mais à la réalité il fallait la résonance du rêve ou de la réminiscence pour que son opacité s'éclaircît, l'Aulne mauvaise qui vous abandonne dans la nuit, des strates de souvenirs, ou la distance. Soudain le sanctuaire de la mémoire livrait ses archétypes. Ludovic de Nel n'était pas ce corps mort que je n'avais pas vu, ce sexe qui avait pourri, ce cadavre invisible, il était tout entier dans la vigueur dynastique d'armoiries que j'avais déchiffrées, treillis d'ombres ligneuses et cryptiques qui s'enfonçaient dans la nuit, fantôme obsédant dont j'avais tenté de me délivrer en initiant Fabrice. La rugosité de l'Écosse, l'automne des sorbiers, le feu de la tourbe et le passage des cerfs donnaient une vibration nouvelle au secret des êtres que j'avais aimés. Je ne pourrais plus me rendormir. La lune bleutée inondait la chambre. Elle éclairait les objets que j'avais disposés sur la crédence victorienne, entre les fenêtres. Comme si j'avais dû ne jamais rentrer en Bretagne, j'avais pris dans mes bagages le carnet de navigation de Gaël, l'épée et le Christ sagittal.

Quelques minutes, quelques heures peut-être, l'insomnie me tiendrait hors du rêve, hors du monde. Les cerfs n'étaient qu'une cavalcade spectrale dans le jardin du pavillon. Dans la nuit, les chiens, sans doute excités par la présence du gibier, aboyaient. Je revoyais le cratère de mort, le verger de Prague, la prairie des frères Van Eyck, la chartreuse au deuil lumineux, tous ces jalons qui m'avaient aidé à saisir l'indéchiffrable de notre histoire. Je n'avais pas d'histoire. Tout au plus avais-je été le témoin des histoires de ceux que j'avais approchés. Je n'avais fait que rechercher des racines. Ce dimanche de décembre où, en compagnie de Loïc, nous nous étions arrêtés dans un café obscur au pied des murailles de Saint-Malo. Sur les poutres du bistrot, multiples, en lettres dorées, il y avait des noms de sous-marins : *Ariane*, *Morse*, *Galatée*, *Narval*, *Marsouin*, *Agosta*, *Gymnote*... Il ne manquait que le *Phénix*. Une fois encore, j'avais succombé à l'appel de la nuit, de la mer. Et soudain m'étaient revenus la voix, les mots mêmes de Gaël, des intonations, des particularismes qui devaient lui venir de l'idiome que l'on parle dessous les mers : je m'étais souvenu que pour lui les moines de l'Aulne habitaient une *abeille* ; Loïc et moi, nous eût-il vus ensemble à décrypter les noms des sous-marins qu'il eût voulu nous *mateloter*.

Je marchais dans la grande chambre sombre du pavillon de Braemar. Dans la bogue de la nuit que fendait le rai de lune, il y avait les collines mauves, les rivières chaotiques, les cerfs, les sorbiers. Je m'étonnais presque de vivre encore après ces sondes, ces mots. Dans l'insomnie qui me permettait d'errer, léger, dans la maison endormie, je retrouvais un peu de la ferveur qui m'avait habité pendant les mois d'écriture. J'avais une certitude : ma dette était payée. Et tout en marchant dans les pièces vides qui sentaient les feuilles rouissantes et la tourbe brûlée, je songeais à l'*abeille* de l'Aulne, aux matelots lumineux et platoniciens du *Phénix*. J'entendais encore les noms des sous-marins, les mots du Témoin magnifique. Comme en un palimpseste, je me redisais aussi ces mots du portrait de Gaël que j'avais retrouvés dans de vieux papiers juste avant de partir, ces mots qui dataient de la soif et des Roches Noires, de 1976 :

« Enfance et adolescence malheureuses. Mère célibataire. Aux Mousses à quatorze ans. Marié à trente-trois ans en 1936. Je lui voue une admiration sans borne. C'est mon double. Secret et insaisissable. Marin, il a fait de fabuleux voyages : jamais il ne nous en parle. Il est indifférent et remarquable... »

C'était le 17 mars 1990. Sur les eaux qui avaient monté, on venait d'emporter le corps cosmique de Gaël. Je racontais à Irène le pharaon d'un bleu froid, la messe lumineuse, le vitrail du Dragon et du Saint éclairé par le beau soleil de mars, la mer qui venait des douves de l'Orient, des lointains de l'Elorn et de l'Aulne, et qui encerclait le vieux vaisseau craquelé. J'attendais des paroles de réconfort. Irène se taisait. C'était sa manière de porter le deuil de Gaël. Puis elle a dit :
— C'était la continuité de ta légende.

Rennes, Beg-Meil, Morlaix,
Janvier 1991 — Octobre 1992.

LE PASSAGE DE L'AULNE, PAR PHILIPPE LE GUILLOU
ÉCRITURE D'UNE LÉGENDE, LÉGENDE D'UNE ÉCRITURE

On n'écrit pas innocemment mais dans un savoir aveugle qui nous dépasse, nous traverse et parfois nous précède. Le passage de l'Aulne *parle de ce lieu original, où vie et œuvre fusionnent et où toute parole est par définition bifide, inscrite dans la contradiction qui la fonde, à la fois élue et maudite sous le signe de l'arbre des paradis perdus.*

Car c'est de percer le double mystère de la naissance d'une écriture et d'une identité, que tente le livre de Philippe Le Guillou, roman de formation où se joue la rencontre du réel et de l'imaginaire, leur confrontation, leur réconciliation, leur intrication surtout, fondatrice d'une langue, d'une perception du monde et de ce que l'Irène du roman nomme la « légende » du narrateur.

Le livre délivre au double sens du terme conformément à la racine de son nom. Au fur et à mesure de la lecture des réseaux se dessinent, révélateurs d'une quête essentielle : celle d'une identité que l'écriture à la fois fixe et efface. À la trame de tout, un itinéraire initiatique et, de façon aveuglante, un parcours d'identification à Gaël, le grand-père adoré et magnifié par la mémoire; au « caisson » du Phénix, le sous-marin coulé dans lequel Gaël ne s'est pas embarqué ayant sauvé sa vie au prix d'une « rupture du sacerdoce », fait écho le « caisson » de l'année d'hypokhâgne qui culmine dans l'ensevelissement au centre du Maître autel en réponse à l'ensevelissement du sous-marinier. Comme son grand-père, le narrateur, qui dit expressément de Gaël « c'est mon double », fait le compte de ses compagnons morts, recense la litanie des amours passées et des deuils, établit la topographie de son parcours. La survie providentielle de Gaël et la faute de vivre propre aux survivants sont rachetées par le sacerdoce d'une écriture qui ira jusqu'au bout de son œuvre d'ensevelissement — car disant le passé d'un même mouvement elle l'exhume et l'enfouit à jamais dans le cénotaphe des mots — tandis qu'en contrepoint à la prégnance de la mort s'exprime, extatique, la « passion » de l'adolescence. Passion de cet âge d'or perdu, passion de son souvenir incarné dans des corps désirés, passion dans tous les sens du terme, dont, bien sûr, central, celui de passion christique.

L'écriture, version profane du sacerdoce, est toujours sacrificielle; elle entérine le renoncement à la magie de l'enfance et de l'adolescence et à l'illusion de leur toute puissance tandis que le narrateur écrivain se donne à voir dans les « postures » révélatrices « du mort ou du prêtre célébrant » qui l'intronisent dans un ordre sacré, élevant l'écriture au rang d'une ascèse religieuse toujours menacée par les flamboiements du désir interdit et sans cesse célébré.

Le livre est compte rendu de cette quête d'une légitimation par et dans le sacré, peut-être rachat, là aussi, de l'illégitimité du grand-père né de père inconnu en des temps où c'était tare à cacher; significativement le silence de Gaël renvoie, de façon très ambiguë, au silence serein de celui qui sait mais aussi à un mutisme qui aurait partie liée avec la faute que l'on tait, celle originelle de la naissance et celle finale d'une mort non partagée avec les siens. Du grand-père au petit-fils il y a en même temps transmission de la part de ce silence par une écriture qui se voudrait capable de conjurer le vide d'une Présence inaccessible.

Le texte est témoin de cette quête qui s'accomplit au cours d'une traversée non plus réelle, comme dans La rumeur du soleil, *mais symbolique. Dans* Le passage de l'Aulne, *le livre est cette traversée. Il est lui-même une figure analogique du Phénix, le sous-marin coulé, où sont ensevelis les morts abandonnés : s'y raconte une traversée intime, un parcours de l'espace intérieur. Le récit inscrit une géographie symbolique; le livre opère le passage de l'écriture d'une légende à la légende d'une écriture.*

Géographie d'abord, établissement d'une carte semblable à celles des périples de Gaël et qui se construit sur des oppostions : la terre et la mer, le socle nordique et la fascination solaire du Sud, la forêt et la ville. Toujours le Sud et le feu sont épreuves. L'Italie, l'Écosse et Prague dessinent en perspective les étapes d'une initiation. Irène, la sœur-épouse allégorique du narrateur, propose Prague où cesse la malédiction de Gaël contre la ville, dans cette image de réconciliation qu'est le jardin — « sensation étonnante d'une nature paradisiaque en pleine ville » —; là se fait la double rencontre significative du « Christ sagittal », figure à la fois transpercée de flèches et couronnée de rayons en qui se superposent le martyre de saint Sébastien et le pouvoir de résurrection solaire, et des deux « jumeaux » dont le narrateur rêve l'union idéale démentie avec acharnement par les deux adolescents.

Cette géographie intime est constellée de signes, comme un chemin marqué par la borne ou le calvaire ; ce sont, entre autres, les cartes, l'épée, les christs, les pietàs et aussi les chevaux. Ce blason marque les étapes d'un pèlerinage qui ne peut qu'aboutir à la figure centrale de la cathédrale, architecture à la fois réelle et symbolique présente dans toute l'œuvre de Philippe Le Guillou. Le narrateur y déambule, s'y enfouit, en fouille le sens par les mots, l'église de pierre ne renvoyant jamais qu'à ce « palais des songes que chacun abrite » car « la mémoire se donne à lire comme une succession de rêves, poreux, transparents, qui sont autant de chapelles d'un gigantesque sanctuaire enfoui » et ce qui est l'objet de la quête est « cette arche centrale qui (me) livrerait les clefs du monde ».

Les personnages s'organisent eux aussi en constellations symboliques. En priorité frappent les trois visages des initiateurs : le grand-père, le professeur et l'écrivain. À ceux-là le livre rend justice et paye sa dette. Ensuite viennent les compagnons de traversée, hommes et femmes dont le narrateur éclaire le visage à la lumière de ses propres obsessions. Les femmes cheminent dans diverses formes d'attachement qui souvent soutiennent ou guident, alors que l'homme blesse. La fascination des filiations se ferme sur un avenir impossible hors de l'écriture ; nulle autre cérémonie ne peut être célébrée que celle de la mort à qui sont interdites la célébration nuptiale et celle de la descendance.

Traversée, quête, pèlerinage : la carte, l'épée, le Christ. Il n'est pas surprenant que fusionnent la forêt et l'église : « c'est la forêt fastueuse, un édifice entier qui s'extériorise », c'est une langue qui se fait forêt et architecture.

Passage de l'écriture d'une légende à la légende d'une écriture, c'est bien cela Le passage de l'Aulne. *Le narrateur tisse sa légende par le sortilège des mots, mais l'écrivain, lui, s'en échappe, capable de « quitter le champ de la métaphore pour s'approcher de la vérité » et de son scandale. Une claire conscience de la duplicité de toute écriture double l'illusion romanesque. Désir et mort mis à nu, il reste cette magnifique définition d'une écriture se déployant en « mots lumineux », cette clef du texte présente dans le texte même et qui se découvre lors de la description de la fresque de Santa Lucia (« son secret ») : « On ne distingue rien d'abord, une cascade de plis peut-être, une impression de ruissellement, mais structurés, sous-tendus par une géométrie, une scénographie* rigides... » *Philippe Le Guillou donne là une définition de son écriture avec une exactitude du socle et de l'os dévoilant « le secret d'une poétique de la mort qui est le ressort de toute écriture ».*

Entre récit et poème, entre réalité et transfiguration de la réalité navigure le livre-Phénix...

CLAUDE BER

Le témoin magnifique	13
Le deuil lumineux	89
La soif	157
La brisure	249
Fils de la mémoire	339
Postface	383

DU MÊME AUTEUR

Aux Éditions Gallimard

LA RUMEUR DU SOLEIL, roman. 1989; Folio, 1994.
LE DONJON DE LONVEIGH, roman, 1991.
LE PASSAGE DE L'AULNE, roman, 1993.
LIVRES DES GUERRIERS D'OR, roman, 1995.
LE SONGE ROYAL. LOUIS II DE BAVIÈRE, collection L'Un et l'Autre, 1996.

Aux Éditions Artus

LA MAIN À PLUME, essai, 1987.
IMMORTELS, MERLIN ET VIVIANE, récit, 1991.
UN DONJON ET L'OCÉAN, album, 1995.

Aux Éditions du Mercure de France

L'INVENTAIRE DU VITRAIL, roman, 1983.
LES PORTES DE L'APOCALYPSE, roman, 1984.
LE DIEU NOIR, roman, 1987 ; Folio, 1990.

Aux Éditions Ouest-France

BROCÉLIANDE, album, 1995.

Aux Éditions de la Table ronde

JULIEN GRACQ, FRAGMENTS D'UN VISAGE SCRIPTURAL, essai, 1991.

COLLECTION FOLIO

Dernières parutions

2661. Fédor Dostoïevski — Crime et châtiment.
2662. Philippe Le Guillou — La rumeur du soleil.
2663. Sempé-Goscinny — Le petit Nicolas et les copains.
2664. Sempé-Goscinny — Les vacances du petit Nicolas.
2665. Sempé-Goscinny — Les récrés du petit Nicolas.
2666. Sempé-Goscinny — Le petit Nicolas a des ennuis.
2667. Emmanuèle Bernheim — Un couple.
2668. Richard Bohringer — Le bord intime des rivières.
2669. Daniel Boulanger — Ursacq.
2670. Louis Calaferte — Droit de cité.
2671. Pierre Charras — Marthe jusqu'au soir.
2672. Ya Ding — Le Cercle du Petit Ciel.
2673. Joseph Hansen — Les mouettes volent bas.
2674. Agustina Izquierdo — L'amour pur.
2675. Agustina Izquierdo — Un souvenir indécent.
2677. Philippe Labro — Quinze ans.
2678. Stéphane Mallarmé — Lettres sur la poésie.
2679. Philippe Beaussant — Le biographe.
2680. Christian Bobin — Souveraineté du vide suivi de Lettres d'or.
2681. Christian Bobin — Le Très-Bas.
2682. Frédéric Boyer — Des choses idiotes et douces.
2683. Remo Forlani — Valentin tout seul.
2684. Thierry Jonquet — Mygale.
2685. Dominique Rolin — Deux femmes un soir.
2686. Isaac Bashevis Singer — Le certificat.
2687. Philippe Sollers — Le Secret.
2688. Bernard Tirtiaux — Le passeur de lumière.

2689.	Fénelon	*Les Aventures de Télémaque.*
2690.	Robert Bober	*Quoi de neuf sur la guerre?*
2691.	Ray Bradbury	*La baleine de Dublin.*
2692.	Didier Daeninckx	*Le der des ders.*
2693.	Annie Ernaux	*Journal du dehors.*
2694.	Knut Hamsun	*Rosa.*
2695.	Yachar Kemal	*Tu écraseras le serpent.*
2696.	Joseph Kessel	*La steppe rouge.*
2697.	Yukio Mishima	*L'école de la chair.*
2698.	Pascal Quignard	*Le nom sur le bout de la langue.*
2699.	Jacques Sternberg	*Histoires à mourir de vous.*
2701.	Calvin	*Œuvres choisies.*
2702.	Milan Kundera	*L'art du roman.*
2703.	Milan Kundera	*Les testaments trahis.*
2704.	Rachid Boudjedra	*Timimoun.*
2705.	Robert Bresson	*Notes sur le cinématographe.*
2706.	Raphaël Confiant	*Ravines du devant-jour.*
2707.	Robin Cook	*Les mois d'avril sont meurtriers.*
2708.	Philippe Djian	*Sotos.*
2710.	Gabriel Matzneff	*La prunelle de mes yeux.*
2711.	Angelo Rinaldi	*Les jours ne s'en vont pas longtemps.*
2712.	Henri Pierre Roché	*Deux Anglaises et le continent.*
2714.	Collectif	*Dom Carlos* et autres nouvelles françaises du XVIIe siècle.
2715.	François-Marie Banier	*La tête la première.*
2716.	Julian Barnes	*Le porc-épic.*
2717.	Jean-Paul Demure	*Aix abrupto.*
2718.	William Faulkner	*Le gambit du cavalier.*
2719.	Pierrette Fleutiaux	*Sauvée!*
2720.	Jean Genet	*Un captif amoureux.*
2721.	Jean Giono	*Provence.*
2722.	Pierre Magnan	*Périple d'un cachalot.*
2723.	Félicien Marceau	*La terrasse de Lucrezia.*
2724.	Daniel Pennac	*Comme un roman.*
2725.	Joseph Conrad	*L'Agent secret.*
2726.	Jorge Amado	*La terre aux fruits d'or.*
2727.	Karen Blixen	*Ombres sur la prairie.*
2728.	Nicolas Bréhal	*Les corps célestes.*

2729.	Jack Couffer	*Le rat qui rit.*
2730.	Romain Gary	*La danse de Gengis Cohn.*
2731.	André Gide	*Voyage au Congo* suivi de *Le retour du Tchad.*
2733.	Ian McEwan	*L'enfant volé.*
2734.	Jean-Marie Rouart	*Le goût du malheur.*
2735.	Sempé	*Âmes sœurs.*
2736.	Émile Zola	*Lourdes.*
2737.	Louis-Ferdinand Céline	*Féerie pour une autre fois.*
2738.	Henry de Montherlant	*La Rose de sable.*
2739.	Vivant Denon Jean-François de Bastide	*Point de lendemain,* suivi de *La Petite Maison.*
2740.	William Styron	*Le choix de Sophie.*
2741.	Emmanuèle Bernheim	*Sa femme.*
2742.	Maryse Condé	*Les derniers rois mages.*
2743.	Gérard Delteil	*Chili con carne.*
2744.	Édouard Glissant	*Tout-monde.*
2745.	Bernard Lamarche-Vadel	*Vétérinaires.*
2746.	J.M.G. Le Clézio	*Diego et Frida.*
2747.	Jack London	*L'amour de la vie.*
2748.	Bharati Mukherjee	*Jasmine.*
2749.	Jean-Noël Pancrazi	*Le silence des passions.*
2750.	Alina Reyes	*Quand tu aimes, il faut partir.*
2751.	Mika Waltari	*Un inconnu vint à la ferme.*
2752.	Alain Bosquet	*Les solitudes.*
2753.	Jean Daniel	*L'ami anglais.*
2754.	Marguerite Duras	*Écrire.*
2755.	Marguerite Duras	*Outside.*
2756.	Amos Oz	*Mon Michaël.*
2757.	René-Victor Pilhes	*La position de Philidor.*
2758.	Danièle Sallenave	*Les portes de Gubbio.*
2759.	Philippe Sollers	*PARADIS 2.*
2760.	Mustapha Tlili	*La rage aux tripes.*
2761.	Anne Wiazemsky	*Canines.*
2762.	Jules et Edmond de Goncourt	*Manette Salomon.*
2763.	Philippe Beaussant	*Héloïse.*
2764.	Daniel Boulanger	*Les jeux du tour de ville.*
2765.	Didier Daeninckx	*En marge.*
2766.	Sylvie Germain	*Immensités.*

2767.	Witold Gombrowicz	*Journal I (1953-1958).*
2768.	Witold Gombrowicz	*Journal II (1959-1969).*
2769.	Gustaw Herling	*Un monde à part.*
2770.	Hermann Hesse	*Fiançailles.*
2771.	Arto Paasilinna	*Le fils du dieu de l'Orage.*
2772.	Gilbert Sinoué	*La fille du Nil.*
2773.	Charles Williams	*Bye-bye, bayou!*
2774.	Avraham B. Yehoshua	*Monsieur Mani.*
2775.	Anonyme	*Les Mille et Une Nuits III (contes choisis).*
2776.	Jean-Jacques Rousseau	*Les Confessions.*
2777.	Pascal	*Les Pensées.*
2778.	Lesage	*Gil Blas.*
2779.	Victor Hugo	*Les Misérables I.*
2780.	Victor Hugo	*Les Misérables II.*
2781.	Dostoïevski	*Les Démons (Les Possédés).*
2782.	Guy de Maupassant	*Boule de suif* et autres nouvelles.
2783.	Guy de Maupassant	*La Maison Tellier. Une partie de campagne* et autres nouvelles.
2784.	Witold Gombrowicz	*La pornographie.*
2785.	Marcel Aymé	*Le vaurien.*
2786.	Louis-Ferdinand Céline	*Entretiens avec le Professeur Y.*
2787.	Didier Daeninckx	*Le bourreau et son double.*
2788.	Guy Debord	*La Société du Spectacle.*
2789.	William Faulkner	*Les larrons.*
2790.	Élisabeth Gille	*Le crabe sur la banquette arrière.*
2791.	Louis Martin-Chauffier	*L'homme et la bête.*
2792.	Kenzaburô Ôé	*Dites-nous comment survivre à notre folie.*
2793.	Jacques Réda	*L'herbe des talus.*
2794.	Roger Vrigny	*Accident de parcours.*
2795.	Blaise Cendrars	*Le Lotissement du ciel.*
2796.	Alexandre Pouchkine	*Eugène Onéguine.*
2797.	Pierre Assouline	*Simenon.*
2798.	Frédéric H. Fajardie	*Bleu de méthylène.*
2799.	Diane de Margerie	*La volière* suivi de *Duplicités.*
2800.	François Nourissier	*Mauvais genre.*
2801.	Jean d'Ormesson	*La Douane de mer.*

2802.	Amos Oz	*Un juste repos.*
2803.	Philip Roth	*Tromperie.*
2804.	Jean-Paul Sartre	*L'engrenage.*
2805.	Jean-Paul Sartre	*Les jeux sont faits.*
2806.	Charles Sorel	*Histoire comique de Francion.*
2807.	Chico Buarque	*Embrouille.*
2808.	Ya Ding	*La jeune fille Tong.*
2809.	Hervé Guibert	*Le Paradis.*
2810.	Martín Luis Guzmán	*L'ombre du Caudillo.*
2811.	Peter Handke	*Essai sur la fatigue.*
2812.	Philippe Labro	*Un début à Paris.*
2813.	Michel Mohrt	*L'ours des Adirondacks.*
2814.	N. Scott Momaday	*La maison de l'aube.*
2815.	Banana Yoshimoto	*Kitchen.*
2816.	Virginia Woolf	*Vers le phare.*
2817.	Honoré de Balzac	*Sarrasine.*
2818.	Alexandre Dumas	*Vingt ans après.*
2819.	Christian Bobin	*L'inespérée.*
2820.	Christian Bobin	*Isabelle Bruges.*
2821.	Louis Calaferte	*C'est la guerre.*
2822.	Louis Calaferte	*Rosa mystica.*
2823.	Jean-Paul Demure	*Découpe sombre.*
2824.	Lawrence Durrell	*L'ombre infinie de César.*
2825.	Mircea Eliade	*Les dix-neuf roses.*
2826.	Roger Grenier	*Le Pierrot noir.*
2827.	David McNeil	*Tous les bars de Zanzibar.*
2828.	René Frégni	*Le voleur d'innocence.*
2829.	Louvet de Couvray	*Les Amours du chevalier de Faublas.*
2830.	James Joyce	*Ulysse.*
2831.	François-Régis Bastide	*L'homme au désir d'amour lointain.*
2832.	Thomas Bernhard	*L'origine.*
2833.	Daniel Boulanger	*Les noces du merle.*
2834.	Michel del Castillo	*Rue des Archives.*
2835.	Pierre Drieu la Rochelle	*Une femme à sa fenêtre.*
2836.	Joseph Kessel	*Dames de Californie.*
2837.	Patrick Mosconi	*La nuit apache.*
2838.	Marguerite Yourcenar	*Conte bleu.*
2839.	Pascal Quignard	*Le sexe et l'effroi.*
2840.	Guy de Maupassant	*L'Inutile Beauté.*

2841.	Kôbô Abé	*Rendez-vous secret.*
2842.	Nicolas Bouvier	*Le poisson-scorpion.*
2843.	Patrick Chamoiseau	*Chemin-d'école.*
2844.	Patrick Chamoiseau	*Antan d'enfance.*
2845.	Philippe Djian	*Assassins.*
2846.	Lawrence Durrell	*Le Carrousel sicilien.*
2847.	Jean-Marie Laclavetine	*Le rouge et le blanc.*
2848.	D.H. Lawrence	*Kangourou.*
2849.	Francine Prose	*Les petits miracles.*
2850.	Jean-Jacques Sempé	*Insondables mystères.*
2851.	Béatrix Beck	*Des accommodements avec le ciel.*
2852.	Herman Melville	*Moby Dick.*
2853.	Jean-Claude Brisville	*Beaumarchais, l'insolent.*
2854.	James Baldwin	*Face à l'homme blanc.*
2855.	James Baldwin	*La prochaine fois, le feu.*
2856.	W.-R. Burnett	*Rien dans les manches.*
2857.	Michel Déon	*Un déjeuner de soleil.*
2858.	Michel Déon	*Le jeune homme vert.*
2859.	Philippe Le Guillou	*Le passage de l'Aulne.*
2860.	Claude Brami	*Mon amie d'enfance.*

Composition Bou
Impression Bussière Camedan Imprimeries
à Saint-Amand (Cher),
le 4 septembre 1996.
Dépôt légal : septembre 1996.
Numéro d'imprimeur : 1/2091.
ISBN 2-07-040116-2./Imprimé en France.